鲁迅杂文选

鲁迅

译林出版社

* 本版保留原作惯用字、通假字和标点符号；翻译的人名、地名亦保留原用法。

五十三岁生辰

在景云公寓所中之三

目录

随感录三十五[1]

从清朝末年，直到现在，常常听人说“保存国粹”这一句话。

前清末年说这话的人，大约有两种：一是爱国志士，一是出洋游历的大官。他们在这题目的背后，各各藏着别的意思。志士说保存国粹，是光复旧物的意思；大官说保存国粹，是教留学生不要去剪辫子的意思。

现在成了民国了。以上所说的两个问题，已经完全消灭。所以我不能知道现在说这话的是那一流人，这话的背后藏着什么意思了。

可是保存国粹的正面意思，我也不懂。

什么叫“国粹”？照字面看来，必是一国独有，他国所无的事物了。换一句话，便是特别的东西。但特别未必定是好，何以应该保存？

譬如一个人，脸上长了一个瘤，额上肿出一颗疮，的确是与众不同，显出他特别的样子，可以算他的“粹”。然而据我看来，还不如将这“粹”割去了，同别人一样的好。

倘说：中国的国粹，特别而且好；又何以现在糟到如此情形，新派摇头，旧派也叹气。

倘说：这便是不能保存国粹的缘故，开了海禁的缘故，所以必须保存。但海禁未开以前，全国都是“国粹”，理应好了；何以春秋战国五胡十六国闹个不休，古人也都叹气。

倘说：这是不学成汤文武周公的缘故；何以真正成汤文武周公时代，也先有桀纣暴虐，后有殷顽作乱；后来仍旧弄出春秋战国五胡十六国闹个不休，古人也都叹气。

我有一位朋友说得好：“要我们保存国粹，也须国粹能保存我们。”

保存我们，的确是第一义。只要问他有无保存我们的力量，不管他是否国粹。

注释

1. 本篇最初发表于1918年11月15日《新青年》第五卷第五号，署名唐俟。

随感录三十八[1]

中国人向来有点自大。——只可惜没有“个人的自大”，都是“合群的爱国的自大”。这便是文化竞争失败之后，不能再见振拔改进的原因。

“个人的自大”，就是独异，是对庸众宣战。除精神病学上的夸大狂外，这种自大的人，大抵有几分天才，——照Nordau[2]等说，也可说就是几分狂气。他们必定自己觉得思想见识高出庸众之上，又为庸众所不懂，所以愤世疾俗，渐渐变成厌世家，或“国民之敌”[3]。但一切新思想，多从他们出来，政治上宗教上道德上的改革，也从他们发端。所以多有这“个人的自大”的国民，真是多福气！多幸运！

“合群的自大”，“爱国的自大”，是党同伐异，是对少数的天才宣战；——至于对别国文明宣战，却尚在其次。他们自己毫无特别才能，可以夸示于人，所以把这国拿来做个影子；他们把国里的习惯制度抬得很高，赞美的了不得；他们的国粹，既然这样有荣光，他们自然也有荣光了！倘若遇见攻击，他们也不必自去应战，因为这种蹲在影子里张目摇舌的人，数目极多，只须用mob[4]的长技，一阵乱噪，便可制胜。胜了，我是一群中的人，自然也胜了；若败了时，一群中有许多人，未必是我受亏：大凡聚众滋事时，多具这种心理，也就是他们的心理。他们举动，看似猛烈，其实却很卑怯。至于所生结果，则复古，尊王，扶清灭洋等等，已领教得多了。所以多有这"合群的爱国的自大"的国民，真是可哀，真是不幸！

不幸中国偏只多这一种自大：古人所作所说的事，没一件不好，遵行还怕不及，怎敢说到改革？这种爱国的自大家的意见，虽各派略有不同，根柢总是一致，计算起来，可分作下列五种：

甲云："中国地大物博，开化最早；道德天下第一。"这是完全自负。

乙云："外国物质文明虽高，中国精神文明更好。"

丙云："外国的东西，中国都已有过；某种科学，即某子所说的云云"，这两种都是"古今中外派"的支流；依据张之洞的格言，以"中学为体西学为用"的人物。

丁云："外国也有叫化子，——（或云）也有草舍，——娼妓，——臭虫。"这是消极的反抗。

戊云:“中国便是野蛮的好。”又云:“你说中国思想昏乱,那正是我民族所造成的事业的结晶。从祖先昏乱起,直要昏乱到子孙;从过去昏乱起,直要昏乱到未来。……(我们是四万万人,)你能把我们灭绝么?”[5]这比“丁”更进一层,不去拖人下水,反以自己的丑恶骄人;至于口气的强硬,却很有《水浒传》中牛二的态度。

五种之中,甲乙丙丁的话,虽然已很荒谬,但同戊比较,尚觉情有可原,因为他们还有一点好胜心存在。譬如衰败人家的子弟,看见别家兴旺,多说大话,摆出大家架子;或寻求人家一点破绽,聊给自己解嘲。这虽然极是可笑,但比那一种掉了鼻子,还说是祖传老病,夸示于众的人,总要算略高一步了。

戊派的爱国论最晚出,我听了也最寒心;这不但因其居心可怕,实因他所说的更为实在的缘故。昏乱的祖先,养出昏乱的子孙,正是遗传的定理。民族根性造成之后,无论好坏,改变都不容易的。法国G. Le Bon[6]著《民族进化的心理》中,说及此事道(原文已忘,今但举其大意)——“我们一举一动,虽似自主,其实多受死鬼的牵制。将我们一代的人,和先前几百代的鬼比较起来,数目上就万不能敌了。”我们几百代的祖先里面,昏乱的人,定然不少:有讲道学的儒生,也有讲阴阳五行的道士,有静坐炼丹的仙人,也有打脸打把子[7]的戏子。所以我们现在虽想好好做“人”，难保血管里的昏乱分子不来作怪，我们也不由自主，一变而为研究丹田脸谱的人物：这真是大可寒心的事。但我总希望这昏乱思想遗传的祸害，不至于有梅毒那样猛烈，竟至百无一免。即使同梅毒一样，现在发明了六百零六[8]，肉体上的病，既可医治；我希望也有一种七百零七的药，可以医治思想上的病。这药原来也已发明，就是“科学”一味。只希望那班精神上掉了鼻子的朋友，不要又打着“祖传老病”的旗号来反对吃药，中国的昏乱病，便也总有全愈的一天。祖先的势力虽大，但如从现代起，立意改变：扫除了昏乱的心思，和助成昏乱的物事（儒道两派的文书），再用了对症的药，即使不能立刻奏效，也可把那病毒略略羼淡。如此几代之后待我们成了祖先的时候，就可以分得昏乱祖先的若干势力，那时便有转机，Le Bon所说的事，也不足怕了。

以上是我对于“不长进的民族”的疗救方法；至于“灭绝”一条，那是全不成话，可不必说。“灭绝”这两个可怕的字，岂是我们人类应说的？只有张献忠这等人曾有如此主张，至今为人类唾骂；而且于实际上发生出什么效验呢？但我有一句话，要劝戊派诸公。“灭绝”这句话，只能吓人，却不能吓倒自然。他是毫无情面：他看见有自向灭绝这条路走的民族，便请他们灭绝，毫不客气。我们自己想活，也希望别人都活；不忍说他人的灭绝，又怕他们自己走到灭绝的路上，把我们带累了也灭绝，所以在此着急。倘使不改现状，反能兴旺，能得真实自由的幸福生活，那就是做野蛮也很好。——但可有人敢答应说"是"么？

注释

1. 本篇最初发表于1918年11月15日《新青年》第五卷第五号，署名迅。

2. 诺尔道（1849—1923），出生于匈牙利的德国医生、政论家、作家，著有政论《退化》、小说《感情的喜剧》等。

3. 指以挪威剧作家易卜生戏剧《国民之敌》主人公斯铎曼为代表的一类人。

4. mob，英语，意为“乌合之众”。

5. 以上几句，是针对《新青年》第五卷第二号刊载的任鸿隽致胡适的信而发的。

6. 勒朋（1841—1931），法国医生和社会心理学家。

7. 打脸，指传统戏曲演员勾画花脸。打把子，指传统戏曲中的武打表演。

8. 指胂凡纳明（Arsphenamine），一种抗梅毒药物，1910年研制成功，得名于该药试验阶段获得的六〇六号化合物。

随感录五十九 “圣武”[1]

我前回已经说过“什么主义都与中国无干”的话了；今天忽然又有些意见，便再写在下面：

我想，我们中国本不是发生新主义的地方，也没有容纳新主义的处所，即使偶然有些外来思想，也立刻变了颜色，而且许多论者反要以此自豪。我们只要留心译本上的序跋，以及各样对于外国事情的批评议论，便能发见我们和别人的思想中间，的确还隔着几重铁壁。他们是说家庭问题的，我们却以为他鼓吹打仗；他们是写社会缺点的，我们却说他讲笑话；他们以为好的，我们说来却是坏的。若再留心看看别国的国民性格，国民文学，再翻一本文人的评传，便更能明白别国著作里写出的性情，作者的思想，几乎全不是中国所有。所以不会了解，不会同情，不会感应；甚至彼我间的是非爱憎，也免不了得到一个相反的结果。

新主义宣传者是放火人么，也须别人有精神的燃料，才会着火；是弹琴人么，别人的心上也须有弦索，才会出声；是发声器么，别人也必须是发声器，才会共鸣。中国人都有些不很像，所以不会相干。

几位读者怕要生气，说，“中国时常有将性命去殉他主义的人，中华民国以来，也因为主义上死了多少烈士，你何以一笔抹杀？吓！”这话也是真的。我们从旧的外来思想说罢，六朝的确有许多焚身的和尚，唐朝也有过砍下臂膊布施无赖的和尚；从新的说罢，自然也有过几个人的。然而与中国历史，仍不相干。因为历史结帐，不能像数学一般精密，写下许多小数，却只能学粗人算帐的四舍五入法门，记一笔整数。

中国历史的整数里面，实在没有什么思想主义在内。这整数只是两种物质，——是刀与火，“来了”便是他的总名。

火从北来便逃向南，刀从前来便退向后，一大堆流水帐簿，只有这一个模型。倘嫌“来了”的名称不很庄严，“刀与火”也触目，我们也可以别想花样，奉献一个谥法，称作“圣武”，便好看了。

古时候，秦始皇帝很阔气，刘邦和项羽都看见了；邦说，“嗟乎！大丈夫当如此也！”羽说，“彼可取而代也！”羽要“取”什么呢？便是取邦所说的“如此”。“如此”的程度，虽有不同，可是谁也想取；被取的是“彼”，取的是“丈夫”。所有“彼”与“丈夫”的心中，便都是这“圣武”的产生所，受纳所。

何谓“如此”？说起来话长；简单地说，便只是纯粹兽性方面的欲望的满足——威福，子女，玉帛，——罢了。然而在一切大小丈夫，却要算最高理想（？）了。我怕现在的人，还被这理想支配着。

大丈夫“如此”之后，欲望没有衰，身体却疲敝了；而且觉得暗中有一个黑影——死——到了身边了。于是无法，只好求神仙。这在中国，也要算最高理想了。我怕现在的人，也还被这理想支配着。

求了一通神仙，终于没有见，忽然有些疑惑了。于是要造坟，来保存死尸，想用自己的尸体，永远占据着一块地面。这在中国，也要算一种没奈何的最高理想了。我怕现在的人，也还被这理想支配着。

现在的外来思想，无论如何，总不免有些自由平等的气息，互助共存的气息，在我们这单有“我”，单想“取彼”，单要由我喝尽了一切空间时间的酒的思想界上，实没有插足的余地。

因此，只须防那“来了”便够了。看看别国，抗拒这“来了”的便是有主义的人民。他们因为所信的主义，牺牲了别的一切，用骨肉碰钝了锋刃，血液浇灭了烟焰。在刀光火色衰微中，看出一种薄明的天色，便是新世纪的曙光。

曙光在头上，不抬起头，便永远只能看见物质的闪光。

注释

1. 本篇最初发表于1919年5月《新青年》第六卷第五号，署名唐俟。

论辩的魂灵[1]

二十年前到黑市，买得一张符，名叫“鬼画符”。虽然不过一团糟，但帖在壁上看起来，却随时显出各样的文字，是处世的宝训，立身的金箴。今年又到黑市去，又买得一张符，也是“鬼画符”。但帖了起来看，也还是那一张，并不见什么增补和修改。今夜看出来的大题目是“论辩的魂灵”；细注道：“祖传老年中年青年‘逻辑’扶乩灭洋必胜妙法太上老君急急如律令敕”[2]。今谨摘录数条，以公同好——

“洋奴会说洋话。你主张读洋书，就是洋奴，人格破产了！受人格破产的洋奴崇拜的洋书，其价值从可知矣！但我读洋文是学校的课程，是政府的功令，反对者，即反对政府也。无父无君之无政府党，人人得而诛之。”

“你说中国不好。你是外国人么？为什么不到外国去？可惜外国人看你不起……。”

“你说甲生疮。甲是中国人，你就是说中国人生疮了。既然中国人生疮，你是中国人，就是你也生疮了。你既然也生疮，你就和甲一样。而你只说甲生疮，则竟无自知之明，你的话还有什么价值？倘你没有生疮，是说诳也。卖国贼是说诳的，所以你是卖国贼。我骂卖国贼，所以我是爱国者。爱国者的话是最有价值的，所以我的话是不错的，我的话既然不错，你就是卖国贼无疑了！”

“自由结婚未免太过激了。其实，我也并非老顽固，中国提倡女学的还是我第一个。但他们却太趋极端了，太趋极端，即有亡国之祸，所以气得我偏要说‘男女授受不亲’。况且，凡事不可过激；过激派都主张共妻主义的。乙赞成自由结婚，不就是主张共妻主义么？他既然主张共妻主义，就应该先将他的妻拿出来给我们‘共’。”

“丙讲革命是为的要图利：不为图利，为什么要讲革命？我亲眼看见他三千七百九十一箱半的现金抬进门。你说不然，反对我么？那么，你就是他的同党。呜呼，党同伐异之风，于今为烈，提倡欧化者不得辞其咎矣！”

“丁牺牲了性命，乃是闹得一塌糊涂，活不下去了的缘故。现在妄称志士，诸君切勿为其所愚。况且，中国不是更坏了么？”

“戊能算什么英雄呢？听说，一声爆竹，他也会吃惊。还怕爆竹，能听枪炮声么？怕听枪炮声，打起仗来不要逃跑么？打起仗来就逃跑的反称英雄，所以中国糟透了。”

“你自以为是‘人’，我却以为非也。我是畜类，现在我就叫你爹爹。你既然是畜类的爹爹，当然也就是畜类了。”

“勿用惊叹符号，这是足以亡国的。但我所用的几个在例外。

中庸太太提起笔来，取精神文明精髓，作明哲保身大吉大利格言二句云：

中学为体西学用，

不薄今人爱古人。”

注释

1. 本篇最初发表于1925年3月9日北京《语丝》周刊第十七期。本文列举的诡辩式言论，是鲁迅从当时社会上一些反对新思想、反对改革和毁谤革命者的言论中概括出来的。

2. 扶乩是一种迷信活动，由二人扶一丁字形木架，使下垂一端在沙盘上画字，假托为神鬼所示。急急如律令，意为如同法律命令，必须迅速执行。道士常用于符咒的末尾。敕，古代上对下的命令词。

战士和苍蝇[1]

Schopenhauer[2]说过这样的话：要估定人的伟大，则精神上的大和体格上的大，那法则完全相反。后者距离愈远即愈小，前者却见得愈大。

正因为近则愈小，而且愈看见缺点和创伤，所以他就和我们一样，不是神道，不是妖怪，不是异兽。他仍然是人，不过如此。但也惟其如此，所以他是伟大的人。

战士战死了的时候，苍蝇们所首先发见的是他的缺点和伤痕，嘬着，营营地叫着，以为得意，以为比死了的战士更英雄。但是战士已经战死了，不再来挥去他们。于是乎苍蝇们即更其营营地叫，自以为倒是不朽的声音，因为它们的完全，远在战士之上。

的确的，谁也没有发见过苍蝇们的缺点和创伤。

然而，有缺点的战士终竟是战士，完美的苍蝇也终竟不过是苍蝇。

去罢，苍蝇们！虽然生着翅子，还能营营，总不会超过战士的。你们这些虫豸们！

三月二十一日。

注释

1. 本篇写于孙中山逝世后第九天，最初发表于1925年3月24日北京《京报》副刊《民众文艺周刊》第十四号。鲁迅在同年4月3日在《京报副刊》发表的《这是这么一个意思》中对本篇曾有说明："所谓战士者，是指中山先生和民国元年前后殉国而反受奴才们讥笑糟蹋的先烈；苍蝇则当然是指奴才们。"《京报副刊》，《京报》的一种副刊，孙伏园编辑，1924年12月创刊。

2. 叔本华（1788—1860），德国哲学家，唯意志论者。这里引述的话，见《比喻 · 隐喻和寓言》一文。

忽然想到（五至六）[1]

五

我生得太早一点，连康有为们“公车上书”的时候，已经颇有些年纪了。政变之后，有族中的所谓长辈也者教诲我，说：康有为是想篡位，所以他的名字叫有为；有者，“富有天下”，为者，“贵为天子”也。非图谋不轨而何？我想：诚然。可恶得很！

长辈的训诲于我是这样的有力，所以我也很遵从读书人家的家教。屏息低头，毫不敢轻举妄动。两眼下视黄泉，看天就是傲慢，满脸装出死相，说笑就是放肆。我自然以为极应该的，但有时心里也发生一点反抗。心的反抗，那时还不算什么犯罪，似乎诛心之律，倒不及现在之严。

但这心的反抗，也还是大人们引坏的，因为他们自己就常常随便大说大笑，而单是禁止孩子。黔首[2]们看见秦始皇那么阔气，捣乱的项羽道:“彼可取而代也!”没出息的刘邦却说:“大丈夫不当如是耶?”我是没出息的一流，因为羡慕他们的随意说笑，就很希望赶忙变成大人，——虽然此外也还有别种的原因。

大丈夫不当如是耶，在我，无非只想不再装死而已，欲望也并不甚奢。

现在，可喜我已经大了，这大概是谁也不能否认的罢，无论用了怎样古怪的“逻辑”。

我于是就抛了死相，放心说笑起来，而不意立刻又碰了正经人的钉子：说是使他们“失望”了。我自然是知道的，先前是老人们的世界，现在是少年们的世界了；但竟不料治世的人们虽异，而其禁止说笑也则同。那么，我的死相也还得装下去，装下去，“死而后已”，岂不痛哉!

我于是又恨我生得太迟一点。何不早二十年，赶上那大人还准说笑的时候？真是“我生不辰”，正当可诅咒的时候，活在可诅咒的地方了。

约翰弥耳[3]说：专制使人们变成冷嘲。我们却天下太平，连冷嘲也没有。我想：暴君的专制使人们变成冷嘲，愚民的专制使人们变成死相。大家渐渐死下去，而自己反以为卫道有效，这才渐近于正经的活人。

世上如果还有真要活下去的人们，就先该敢说，敢笑，敢哭，敢怒，敢骂，敢打，在这可诅咒的地方击退了可诅咒的时代！

四月十四日。

六

外国的考古学者们[4]联翩而至了。

久矣夫，中国的学者们也早已口口声声的叫着"保古！保古！保古！……"

但是不能革新的人种，也不能保古的。

所以，外国的考古学者们便联翩而至了。

长城久成废物，弱水也似乎不过是理想上的东西。老大的国民尽钻在僵硬的传统里，不肯变革，衰朽到毫无精力了，还要自相残杀。于是外面的生力军很容易地进来了，真是"匪今斯今，振古如兹"。至于他们的历史，那自然都没我们的那么古。

可是我们的古也就难保，因为土地先已危险而不安全。土地给了别人，则"国宝"虽多，我觉得实在也无处陈列。

但保古家还在痛骂革新，力保旧物地干：用玻璃板印些宋版书，每部定价几十几百元；"涅槃！涅槃！涅槃！"佛自汉时已入中国，其古色古香为何如哉！买集些旧书和金石，是劬古爱国之士，略作考证，赶印目录，就升为学者或高人。而外国人所得的古董，却每从高人的高尚的袖底里共清风一同流出。即不然，归安陆氏[5]的皕宋，潍县陈氏[6]的十钟，其子孙尚能世守否？

现在，外国的考古学者们便联翩而至了。

他们活有余力，则以考古，但考古尚可，帮同保古就更可怕了。有些外人，很希望中国永是一个大古董以供他们的赏鉴，这虽然可恶，却还不奇，因为他们究竟是外人。而中国竟也有自己还不够，并且要率领了少年，赤子，共成一个大古董以供他们的赏鉴者，则真不知是生着怎样的心肝。

中国废止读经了，教会学校不是还请腐儒做先生，教学生读"四书"么？民国废去跪拜了，犹太学校不是偏请遗老做先生，要学生磕头拜寿么？外国人办给中国人看的报纸，不是最反对五四以来的小改革么？而外国总主笔治下的中国小主笔，则倒是崇拜道学，保存国粹的！

但是，无论如何，不革新，是生存也为难的，而况保古。现状就是铁证，比保古家的万言书有力得多。

我们目下的当务之急，是：一要生存，二要温饱，三要发展。苟有阻碍这前途者，无论是古是今，是人是鬼，是《三坟》《五典》，百宋千元[7]，天球河图[8]，金人玉佛，祖传丸散，秘制膏丹，全都踏倒他。

保古家大概总读过古书，“林回弃千金之璧，负赤子而趋”，该不能说是禽兽行为罢。那么，弃赤子而抱千金之璧的是什么？

四月十八日。

注释

1. 本篇最初分两次发表于1925年4月18日、22日《京报副刊》。

2. 黔首是秦代对民众的称呼。

3. 约翰弥耳（1806—1873），今译约翰·穆勒，英国哲学家、经济学家，著作有《逻辑体系》《论自由》（严复中译名分别为《穆勒名学》《群己权界论》）等。

4. 指借考古之名而来我国掠夺文物的帝国主义分子。

5. 指陆心源（1834—1894），字刚甫，号存斋，清末藏书家。因为藏有宋版书约二百种，所以他的藏书处名为皕宋楼。

6. 指陈介祺（1813—1884），字寿卿，号簠斋，清代古文物收藏家。因为藏有古代乐器钟十口，所以他的书斋名为十钟山房。

7. 指清乾隆、嘉庆时的藏书家黄丕烈和吴骞的藏书。

8. 天球，相传为古雍州所产的美玉；河图，相传为伏羲时龙马从黄河负出的图。

杂感[1]

人们有泪，比动物进化，但即此有泪，也就是不进化，正如已经只有盲肠，比鸟类进化，而究竟还有盲肠，终不能很算进化一样。凡这些，不但是无用的赘物，还要使其人达到无谓的灭亡。

现今的人们还以眼泪赠答，并且以这为最上的赠品，因为他此外一无所有。无泪的人则以血赠答，但又各各拒绝别人的血。

人大抵不愿意爱人下泪。但临死之际，可能也不愿意爱人为你下泪么？无泪的人无论何时，都不愿意爱人下泪，并且连血也不要：他拒绝一切为他的哭泣和灭亡。

人被杀于万众聚观之中，比被杀在“人不知鬼不觉”的地方快活，因为他可以妄想，博得观众中的或人的眼泪。但是，无泪的人无论被杀在什么所在，于他并无不同。

杀了无泪的人，一定连血也不见。爱人不觉他被杀之惨，仇人也终于得不到杀他之乐：这是他的报恩和复仇。

死于敌手的锋刃，不足悲苦；死于不知何来的暗器，却是悲苦。但最悲苦的是死于慈母或爱人误进的毒药，战友乱发的流弹，病菌的并无恶意的侵入，不是我自己制定的死刑。

仰慕往古的，回往古去罢！想出世的，快出世罢！想上天的，快上天罢！灵魂要离开肉体的，赶快离开罢！现在的地上，应该是执着现在，执着地上的人们居住的。

但厌恶现世的人们还住着。这都是现世的仇仇，他们一日存在，现世即一日不能得救。

先前，也曾有些愿意活在现世而不得的人们，沉默过了，呻吟过了，叹息过了，哭泣过了，哀求过了，但仍然愿意活在现世而不得，因为他们忘却了愤怒。

勇者愤怒，抽刃向更强者；怯者愤怒，却抽刃向更弱者。不可救药的民族中，一定有许多英雄，专向孩子们瞪眼。这些孱头[2]们！

孩子们在瞪眼中长大了，又向别的孩子们瞪眼，并且想：他们一生都过在愤怒中。因为愤怒只是如此，所以他们要愤怒一生，——而且还要愤怒二世，三世，四世，以至末世。

无论爱什么，——饭，异性，国，民族，人类等等，——只有纠缠如毒蛇，执着如怨鬼，二六时中[3]，没有已时者有望。但太觉疲劳时，也无妨休息一会罢；但休息之后，就再来一回罢，而且两回，三回……。血书，章程，请愿，讲学，哭，电报，开会，挽联，演说，神经衰弱，则一切无用。

血书所能挣来的是什么？不过就是你的一张血书，况且并不好看。至于神经衰弱，其实倒是自己生了病，你不要再当作宝贝了，我的可敬爱而讨厌的朋友呀！

我们听到呻吟，叹息，哭泣，哀求，无须吃惊。见了酷烈的沉默，就应该留心了；见有什么像毒蛇似的在尸林中蜿蜒，怨鬼似的在黑暗中奔驰，就更应该留心了：这在豫告"真的愤怒"将要到来。那时候，仰慕往古的就要回往古去了，想出世的要出世去了，想上天的要上天了，灵魂要离开肉体的就要离开了！……

五月五日。

注释

1. 本篇最初发表于1925年5月8日北京《莽原》周刊第三期。

2. 孱头，江浙方言，指怯弱的人。

3. 二六时中即十二个时辰，代指整天整夜。

导师[1]

近来很通行说青年；开口青年，闭口也是青年。但青年又何能一概而论？有醒着的，有睡着的，有昏着的，有躺着的，有玩着的，此外还多。但是，自然也有要前进的。

要前进的青年们大抵想寻求一个导师。然而我敢说：他们将永远寻不到。寻不到倒是运气；自知的谢不敏，自许的果真识路么？凡自以为识路者，总过了“而立”之年，灰色可掬了，老态可掬了，圆稳而已，自己却误以为识路。假如真识路，自己就早进向他的目标，何至于还在做导师。说佛法的和尚，卖仙药的道士，将来都与白骨是“一丘之貉”，人们现在却向他听生西的大法，求上升的真传，岂不可笑！

但是我并非敢将这些人一切抹杀；和他们随便谈谈，是可以的。说话的也不过能说话，弄笔的也不过能弄笔；别人如果希望他打拳，则是自己错。他如果能打拳，早已打拳了，但那时，别人大概又要希望他翻筋斗。

有些青年似乎也觉悟了，我记得《京报副刊》征求青年必读书时，曾有一位发过牢骚，终于说：只有自己可靠！我现在还想斗胆转一句，虽然有些杀风景，就是：自己也未必可靠的。

我们都不大有记性。这也无怪，人生苦痛的事太多了，尤其是在中国。记性好的，大概都被厚重的苦痛压死了；只有记性坏的，适者生存，还能欣然活着。但我们究竟还有一点记忆，回想起来，怎样的“今是昨非”呵，怎样的“口是心非”呵，怎样的“今日之我与昨日之我战”呵。我们还没有正在饿得要死时于无人处见别人的饭，正在穷得要死时于无人处见别人的钱，正在性欲旺盛时遇见异性，而且很美的。我想，大话不宜讲得太早，否则，倘有记性，将来想到时会脸红。

或者还是知道自己之不甚可靠者，倒较为可靠罢。

青年又何须寻那挂着金字招牌的导师呢？不如寻朋友，联合起来，同向着似乎可以生存的方向走。你们所多的是生力，遇见深林，可以辟成平地的，遇见旷野，可以栽种树木的，遇见沙漠，可以开掘井泉的。问什么荆棘塞途的老路，寻什么乌烟瘴气的鸟导师！

五月十一日。

注释

1. 本篇最初发表于1925年5月15日《莽原》周刊第四期。

这个与那个[1]

一　读经与读史

一个阔人[2]说要读经，嗡的一阵一群狭人也说要读经。岂但"读"而已矣哉，据说还可以"救国"哩。"学而时习之，不亦说乎？"那也许是确凿的罢，然而甲午战败了，——为什么独独要说"甲午"呢，是因为其时还在开学校，废读经以前。

我以为伏案还未功深的朋友，现在正不必埋头来哼线装书。倘其咿唔日久，对于旧书有些上瘾了，那么，倒不如去读史，尤其是宋朝明朝史，而且尤须是野史；或者看杂说。

现在中西的学者们，几乎一听到"钦定四库全书"这名目就魂不附体，膝弯总要软下来似的。其实呢，书的原式是改变了，错字是加添了，甚至于连文章都删改了，最便当的是《琳琅秘室丛书》[3]中的两种《茅亭客话》[4]，一是宋本，一是四库本，一比较就知道。“官修”而加以“钦定”的正史也一样，不但本纪咧，列传咧，要摆“史架子”；里面也不敢说什么。据说，字里行间是也含着什么褒贬的，但谁有这么多的心眼儿来猜闷壶卢。至今还道“将平生事迹宣付国史馆立传”，还是算了罢。

野史和杂说自然也免不了有讹传，挟恩怨，但看往事却可以较分明，因为它究竟不像正史那样地装腔作势。看宋事，《三朝北盟汇编》[5]已经变成古董，太贵了，新排印的《宋人说部丛书》[6]却还便宜。明事呢，《野获编》[7]原也好，但也化为古董了，每部数十元；易于入手的是《明季南北略》[8]，《明季稗史汇编》[9]，以及新近集印的《痛史》[10]。

史书本来是过去的陈帐簿，和急进的猛士不相干。但先前说过，倘若还不能忘情于咿唔，倒也可以翻翻，知道我们现在的情形，和那时的何其神似，而现在的昏妄举动，胡涂思想，那时也早已有过，并且都闹糟了。

试到中央公园去，大概总可以遇见祖母带着她孙女儿在玩的。这位祖母的模样，就预示着那娃儿的将来。所以倘有谁要预知令夫人后日的丰姿，也只要看丈母。不同是当然要有些不同的，但总归相去不远。我们查帐的用处就在此。

但我并不说古来如此，现在遂无可为，劝人们对于“过去”

生敬畏心，以为它已经铸定了我们的运命。Le Bon先生说，死人之力比生人大，诚然也有一理的，然而人类究竟进化着。又据章士钊总长说，则美国的什么地方已在禁讲进化论了，这实在是吓死我也，然而禁只管禁，进却总要进的。

总之：读史，就愈可以觉悟中国改革之不可缓了。虽是国民性，要改革也得改革，否则，杂史杂说上所写的就是前车。一改革，就无须怕孙女儿总要像点祖母那些事，譬如祖母的脚是三角形，步履维艰的，小姑娘的却是天足，能飞跑；丈母老太太出过天花，脸上有些缺点的，令夫人却种的是牛痘，所以细皮白肉：这也就大差其远了。

十二月八日。

二　捧与挖

中国的人们，遇见带有会使自己不安的朕兆的人物，向来就用两样法：将他压下去，或者将他捧起来。

压下去就用旧习惯和旧道德，或者凭官力，所以孤独的精神的战士，虽然为民众战斗，却往往反为这“所为”而灭亡。到这样，他们这才安心了。压不下时，则于是乎捧，以为抬之使高，餍之使足，便可以于己稍稍无害，得以安心。

伶俐的人们，自然也有谋利而捧的，如捧阔老，捧戏子，捧总长之类；但在一般粗人，——就是未尝"读经"的，则凡有捧的行为的"动机"，大概是不过想免害。即以所奉祀的神道而论，也大抵是凶恶的，火神瘟神不待言，连财神也是蛇呀刺蜎呀似的骇人的畜类；观音菩萨倒还可爱，然而那是从印度输入的，并非我们的"国粹"。要而言之：凡是被捧者，十之九不是好东西。

既然十之九不是好东西，则被捧而后，那结果便自然和捧者的希望适得其反了。不但能使不安，还能使他们很不安，因为人心本来不易餍足。然而人们终于至今没有悟，还以捧为苟安之一道。

记得有一部讲笑话的书，名目忘记了，也许是《笑林广记》罢，说，当一个知县的寿辰，因为他是子年生，属鼠的，属员们便集资铸了一个金老鼠去作贺礼。知县收受之后，另寻了机会对大众说道：明年又恰巧是贱内的整寿；她比我小一岁，是属牛的。其实，如果大家先不送金老鼠，他决不敢想金牛。一送开手，可就难于收拾了，无论金牛无力致送，即使送了，怕他的姨太太也会属象。象不在十二生肖之内，似乎不近情理罢，但这是我替他设想的法子罢了，知县当然别有我们所莫测高深的妙法在。

民元革命时候，我在S城，来了一个都督。他虽然也出身绿林大学，未尝“读经”(?)，但倒是还算顾大局，听舆论的，可是自绅士以至于庶民，又用了祖传的捧法群起而捧之了。这个拜会，那个恭维，今天送衣料，明天送翅席，捧得他连自己也忘其所以，结果是渐渐变成老官僚一样，动手刮地皮。

最奇怪的是北几省的河道，竟捧得河身比屋顶高得多了。当初自然是防其溃决，所以壅上一点土；殊不料愈壅愈高，一旦溃决，那祸害就更大。于是就“抢堤”咧，“护堤”咧，“严防决堤”咧，花色繁多，大家吃苦。如果当初见河水泛滥，不去增堤，却去挖底，我以为决不至于这样。

有贪图金牛者，不但金老鼠，便是死老鼠也不给。那么，此辈也就连生日都未必做了。单是省却拜寿，已经是一件大快事。

中国人的自讨苦吃的根苗在于捧，“自求多福”之道却在于挖。其实，劳力之量是差不多的，但从惰性太多的人们看来，却以为还是捧省力。

十二月十日。

三　最先与最后

《韩非子》说赛马的妙法，在于“不为最先，不耻最后”。这虽是从我们这样外行的人看起来，也觉得很有理。因为假若一开首便拼命奔驰，则马力易竭。但那第一句是只适用于赛马的，不幸中国人却奉为人的处世金鍼了。

中国人不但“不为戎首”，“不为祸始”，甚至于“不为福先”。所以凡事都不容易有改革；前驱和闯将，大抵是谁也怕得做。然而人性岂真能如道家所说的那样恬淡；欲得的却多。既然不敢径取，就只好用阴谋和手段。以此，人们也就日见其卑怯了，既是“不为最先”，自然也不敢“不耻最后”，所以虽是一大堆群众，略见危机，便“纷纷作鸟兽散”了。如果偶有几个不肯退转，因而受害的，公论家便异口同声，称之曰傻子。对于“锲而不舍”的人们也一样。

我有时也偶尔去看看学校的运动会。这种竞争，本来不像两敌国的开战，挟有仇隙的，然而也会因了竞争而骂，或者竟打起来。但这些事又作别论。竞走的时候，大抵是最快的三四个人一到决胜点，其余的便松懈了，有几个还至于失了跑完豫定的圈数的勇气，中途挤入看客的群集中；或者佯为跌倒，使红十字队用担架将他抬走。假若偶有虽然落后，却尽跑，尽跑的人，大家就嗤笑他。大概是因为他太不聪明，“不耻最后”的缘故罢。

所以中国一向就少有失败的英雄，少有韧性的反抗，少有敢单身鏖战的武人，少有敢抚哭叛徒的吊客；见胜兆则纷纷聚集，见败兆则纷纷逃亡。战具比我们精利的欧美人，战具未必比我们精利的匈奴蒙古满洲人，都如入无人之境。“土崩瓦解”这四个字，真是形容得有自知之明。

多有“不耻最后”的人的民族，无论什么事，怕总不会一下子就“土崩瓦解”的，我每看运动会时，常常这样想：优胜者固然可敬，但那虽然落后而仍非跑至终点不止的竞技者，和见了这样竞技者而肃然不笑的看客，乃正是中国将来的脊梁。

四　流产与断种

近来对于青年的创作，忽然降下一个“流产”的恶谥，哄然应和的就有一大群。我现在相信，发明这话的是没有什么恶意的，不过偶尔说一说；应和的也是情有可原的，因为世事本来大概就这样。

我独不解中国人何以于旧状况那么心平气和，于较新的机运就这么疾首蹙额；于已成之局那么委曲求全，于初兴之事就这么求全责备？

智识高超而眼光远大的先生们开导我们：生下来的倘不是圣贤，豪杰，天才，就不要生；写出来的倘不是不朽之作，就不要写；改革的事倘不是一下子就变成极乐世界，或者，至少能给我（！）有更多的好处，就万万不要动！……

那么，他是保守派么？据说：并不然的。他正是革命家。惟独他有公平，正当，稳健，圆满，平和，毫无流弊的改革法；现下正在研究室里研究着哩，——只是还没有研究好。

什么时候研究好呢？答曰：没有准儿。

孩子初学步的第一步，在成人看来，的确是幼稚，危险，不成样子，或者简直是可笑的。但无论怎样的愚妇人，却总以恳切的希望的心，看他跨出这第一步去，决不会因为他的走法幼稚，怕要阻碍阔人的路线而"逼死"他；也决不至于将他禁在床上，使他躺着研究到能够飞跑时再下地。因为她知道：假如这么办，即使长到一百岁也还是不会走路的。

古来就这样，所谓读书人，对于后起者却反而专用彰明较著的或改头换面的禁锢。近来自然客气些，有谁出来，大抵会遇见学士文人们挡驾：且住，请坐。接着是谈道理了：调查，研究，推敲，修养，……结果是老死在原地方。否则，便得到"捣乱”的称号。我也曾有如现在的青年一样，向已死和未死的导师们问过应走的路。他们都说：不可向东，或西，或南，或北。但不说应该向东，或西，或南，或北。我终于发见他们心底里的蕴蓄了：不过是一个“不走”而已。

坐着而等待平安，等待前进，倘能，那自然是很好的，但可虑的是老死而所等待的却终于不至；不生育，不流产而等待一个英伟的宁馨儿[11]，那自然也很可喜的，但可虑的是终于什么也没有。

倘以为与其所得的不是出类拔萃的婴儿，不如断种，那就无话可说。但如果我们永远要听见人类的足音，则我以为流产究竟比不生产还有望，因为这已经明明白白地证明着能够生产的了。

十二月二十日。

注释

1. 本篇最初分三次发表于1925年12月10日、12日、22日北京《国民新报副刊》。

2. 指章士钊。

3.《琳琅秘室丛书》,清代胡珽校刊,共四集,计三十种。

4.《茅亭客话》,宋代黄休复著,记录从五代到宋代真宗时的蜀中杂事。

5. 应为《三朝北盟会编》,宋代徐梦莘编,汇辑从宋徽宗政和七年(1117)到高宗绍兴三十二年(1162)间宋金和战的史料。

6. 指商务印书馆印行的《宋人说部书》,夏敬观编校,前后共出二十余种。

7.《野获编》即《万历野获编》,明代沈德符著,记载明代开国至神宗万历间的典章制度和街谈巷语。

8. 指《明季北略》和《明季南略》,清代计六奇编。

9.《明季稗史汇编》,清代留云居士辑,汇刊稗史十六种。

10.《痛史》,乐天居士编,共三集。

11. 宁馨儿,意为"这样的孩子",典出《晋书·王衍传》:"何物老妪,生宁馨儿。"

我们现在怎样做父亲[1]

我作这一篇文的本意，其实是想研究怎样改革家庭；又因为中国亲权重，父权更重，所以尤想对于从来认为神圣不可侵犯的父子问题，发表一点意见。总而言之：只是革命要革到老子身上罢了。但何以大模大样，用了这九个字的题目呢？这有两个理由：

第一，中国的"圣人之徒"[2]，最恨人动摇他的两样东西。一样不必说，也与我辈绝不相干；一样便是他的伦常，我辈却不免偶然发几句议论，所以株连牵扯，很得了许多"铲伦常""禽兽行"之类的恶名。他们以为父对于子，有绝对的权力和威严；若是老子说话，当然无所不可，儿子有话，却在未说之前早已错了。但祖父子孙，本来各各都只是生命的桥梁的一级，决不是固定不易的。现在的子，便是将来的父，也便是将来的祖。我知道我辈和读者，若不是现任之父，也一定是候补之父，而且也都有做祖宗的希望，所差只在一个时间。为想省却许多麻烦起见，我们便该无须客气，尽可先行占住了上风，摆出父亲的尊严，谈谈我们和我们子女的事；不但将来着手实行，可以减少困难，在中国也顺理成章，免得“圣人之徒”听了害怕，总算是一举两得之至的事了。所以说，“我们怎样做父亲。”

第二，对于家庭问题，我在《新青年》的《随感录》(二五，四十，四九) 中，曾经略略说及，总括大意，便只是从我们起，解放了后来的人。论到解放子女，本是极平常的事，当然不必有什么讨论。但中国的老年，中了旧习惯旧思想的毒太深了，决定悟不过来。譬如早晨听到乌鸦叫，少年毫不介意，迷信的老人，却总须颓唐半天。虽然很可怜，然而也无法可救。没有法，便只能先从觉醒的人开手，各自解放了自己的孩子。自己背着因袭的重担，肩住了黑暗的闸门，放他们到宽阔光明的地方去；此后幸福的度日，合理的做人。

还有，我曾经说，自己并非创作者，便在上海报纸的《新教训》里，挨了一顿骂[3]。但我辈评论事情，总须先评论了自己，不要冒充，才能像一篇说话，对得起自己和别人。我自己知道，不特并非创作者，并且也不是真理的发见者。凡有所说所写，只是就平日见闻的事理里面，取了一点心以为然的道理；至于终极究竟的事，却不能知。便是对于数年以后的学说的进步和变迁，也说不出会到如何地步，单相信比现在总该还有进步还有变迁罢了。所以说，“我们现在怎样做父亲。”

我现在心以为然的道理，极其简单。便是依据生物界的现象，一，要保存生命；二，要延续这生命；三，要发展这生命（就是进化）。生物都这样做，父亲也就是这样做。

生命的价值和生命价值的高下，现在可以不论。单照常识判断，便知道既是生物，第一要紧的自然是生命。因为生物之所以为生物，全在有这生命，否则失了生物的意义。生物为保存生命起见，具有种种本能，最显著的是食欲。因有食欲才摄取食品，因有食品才发生温热，保存了生命。但生物的个体，总免不了老衰和死亡，为继续生命起见，又有一种本能，便是性欲。因性欲才有性交，因有性交才发生苗裔，继续了生命。所以食欲是保存自己，保存现在生命的事；性欲是保存后裔，保存永久生命的事。饮食并非罪恶，并非不净；性交也就并非罪恶，并非不净。饮食的结果，养活了自己，对于自己没有恩；性交的结果，生出子女，对于子女当然也算不了恩。——前前后后，都向生命的长途走去，仅有先后的不同，分不出谁受谁的恩典。

可惜的是中国的旧见解，竟与这道理完全相反。夫妇是“人伦之中”，却说是“人伦之始”；性交是常事，却以为不净；

生育也是常事，却以为天大的大功。人人对于婚姻，大抵先夹带着不净的思想。亲戚朋友有许多戏谑，自己也有许多羞涩，直到生了孩子，还是躲躲闪闪，怕敢声明；独有对于孩子，却威严十足。这种行径，简直可以说是和偷了钱发迹的财主，不相上下了。我并不是说，——如他们攻击者所意想的，——人类的性交也应如别种动物，随便举行；或如无耻流氓，专做些下流举动，自鸣得意。是说，此后觉醒的人，应该先洗净了东方固有的不净思想，再纯洁明白一些，了解夫妇是伴侣，是共同劳动者，又是新生命创造者的意义。所生的子女，固然是受领新生命的人，但他也不永久占领，将来还要交付子女，像他们的父母一般。只是前前后后，都做一个过付的经手人罢了。

生命何以必需继续呢？就是因为要发展，要进化。个体既然免不了死亡，进化又毫无止境，所以只能延续着，在这进化的路上走。走这路须有一种内的努力，有如单细胞动物有内的努力，积久才会繁复，无脊椎动物有内的努力，积久才会发生脊椎。所以后起的生命，总比以前的更有意义，更近完全，因此也更有价值，更可宝贵；前者的生命，应该牺牲于他。

但可惜的是中国的旧见解，又恰恰与这道理完全相反。本位应在幼者，却反在长者；置重应在将来，却反在过去。前者做了更前者的牺牲，自己无力生存，却苛责后者又来专做他的牺牲，毁灭了一切发展本身的能力。我也不是说，——如他们攻击者所意想的，——孙子理应终日痛打他的祖父，女儿必须时时咒骂他的亲娘。是说，此后觉醒的人，应该先洗净了东方古传的谬误思想，对于子女，义务思想须加多，而权利思想却大可切实核减，以准备改作幼者本位的道德。况且幼者受了权利，也并非永久占有，将来还要对于他们的幼者，仍尽义务，只是前前后后，都做一切过付的经手人罢了。

“父子间没有什么恩”这一个断语，实是招致“圣人之徒”面红耳赤的一大原因。他们的误点，便在长者本位与利己思想，权利思想很重，义务思想和责任心却很轻。以为父子关系，只须“父兮生我”一件事，幼者的全部，便应为长者所有。尤其堕落的，是因此责望报偿，以为幼者的全部，理该做长者的牺牲。殊不知自然界的安排，却件件与这要求反对，我们从古以来，逆天行事，于是人的能力，十分萎缩，社会的进步，也就跟着停顿。我们虽不能说停顿便要灭亡，但较之进步，总是停顿与灭亡的路相近。

自然界的安排，虽不免也有缺点，但结合长幼的方法，却并无错误。他并不用“恩”，却给与生物以一种天性，我们称他为“爱”。动物界中除了生子数目太多——爱不周到的如鱼类之外，总是挚爱他的幼子，不但绝无利益心情，甚或至于牺牲了自己，让他的将来的生命，去上那发展的长途。

人类也不外此，欧美家庭，大抵以幼者弱者为本位，便是最合于这生物学的真理的办法。便在中国，只要心思纯白，未曾经过“圣人之徒”作践的人，也都自然而然的能发现这一种天性。例如一个村妇哺乳婴儿的时候，决不想到自己正在施恩；一个农夫取妻的时候，也决不以为将要放债。只是有了子女，即天然相爱，愿他生存；更进一步的，便还要愿他比自己更好，就是进化。这离绝了交换关系利害关系的爱，便是人伦的索子，便是所谓“纲”。倘如旧说，抹煞了“爱”，一味说“恩”，又因此责望报偿，那便不但败坏了父子间的道德，而且也大反于做父母的实际的真情，播下乖剌的种子。有人做了乐府[4]，说是“劝孝”，大意是什么“儿子上学堂，母亲在家磨杏仁，预备回来给他喝，你还不孝么”之类，自以为“拼命卫道”。殊不知富翁的杏酪和穷人的豆浆，在爱情上价值同等，而其价值却正在父母当时并无求报的心思；否则变成买卖行为，虽然喝了杏酪，也不异“人乳喂猪”，无非要猪肉肥美，在人伦道德上，丝毫没有价值了。

所以我现在心以为然的，便只是“爱”。

无论何国何人，大都承认“爱己”是一件应当的事。这便是保存生命的要义，也就是继续生命的根基。因为将来的运命，早在现在决定，故父母的缺点，便是子孙灭亡的伏线，生命的危机。易卜生做的《群鬼》(有潘家洵君译本，载在《新朝》一卷五号）虽然重在男女问题，但我们也可以看出遗传的可怕。欧士华本是要生活，能创作的人，因为父亲的不检，先天得了病毒，中途不能做人了。他又很爱母亲，不忍劳他服侍，便藏着吗啡，想待发作时候，由使女瑞琴帮他吃下，毒杀了自己；可是瑞琴走了。他于是只好托他母亲了。

欧：母亲，现在应该你帮我的忙了。

阿夫人：我吗？

欧：谁能及得上你。

阿夫人：我！你的母亲！

欧：正为那个。

阿夫人：我，生你的人！

欧：我不曾教你生我。并且给我的是一种什么日子？我不要他！你拿回去罢！

这一段描写，实在是我们做父亲的人应该震惊戒惧佩服的；决不能昧了良心，说儿子理应受罪。这种事情，中国也很多，只要在医院做事，便能时时看见先天梅毒性病儿的惨状；

而且傲然的送来的，又大抵是他的父母。但可怕的遗传，并不只是梅毒；另外许多精神上体质上的缺点，也可以传之子孙，而且久而久之，连社会都蒙着影响。我们且不高谈人群，单为子女说，便可以说凡是不爱己的人，实在欠缺做父亲的资格。就令硬做了父亲，也不过如古代的草寇称王一般，万万算不了正统。将来学问发达，社会改造时，他们侥幸留下的苗裔，恐怕总不免要受善种学（Eugenics）[5]者的处置。

倘若现在父母并没有将什么精神上体质上的缺点交给子女，又不遇意外的事，子女便当然健康，总算已经达到了继续生命的目的。但父母的责任还没有完，因为生命虽然继续了，却是停顿不得，所以还须教这新生命去发展。凡动物较高等的，对于幼雏，除了养育保护以外，往往还教他们生存上必需的本领。例如飞禽便教飞翔，鸷兽便教搏击。人类更高几等，便也有愿意子孙更进一层的天性。这也是爱，上文所说的是对于现在，这是对于将来。只要思想未遭锢蔽的人，谁也喜欢子女比自己更强，更健康，更聪明高尚，——更幸福；就是超越了自己，超越了过去。超越便须改变，所以子孙对于祖先的事，应该改变，“三年无改于父之道可谓孝矣”，当然是曲说，是退婴的病根。假使古代的单细胞动物，也遵着这教训，那便永远不敢分裂繁复，世界上再也不会有人类了。

幸而这一类教训，虽然害过许多人，却还未能完全扫尽了一切人的天性。没有读过“圣贤书”的人，还能将这天性在名教的斧钺底下，时时流露，时时萌蘖；这便是中国人虽然凋落萎缩，却未灭绝的原因。

所以觉醒的人，此后应将这天性的爱，更加扩张，更加醇化；用无我的爱，自己牺牲于后起新人。开宗第一，便是理解。往昔的欧人对于孩子的误解，是以为成人的预备；中国人的误解，是以为缩小的成人。直到近来，经过许多学者的研究，才知道孩子的世界，与成人截然不同；倘不先行理解，一味蛮做，便大碍于孩子的发达。所以一切设施，都应该以孩子为本位，日本近来，觉悟的也很不少；对于儿童的设施，研究儿童的事业，都非常兴盛了。第二，便是指导。时势既有改变，生活也必须进化；所以后起的人物，一定尤异于前，决不能用同一模型，无理嵌定。长者须是指导者协商者，却不该是命令者。不但不该责幼者供奉自己；而且还须用全副精神，专为他们自己，养成他们有耐劳作的体力，纯洁高尚的道德，广博自由能容纳新潮流的精神，也就是能在世界新潮流中游泳，不被淹没的力量。第三，便是解放。子女是即我非我的人，但既已分立，也便是人类中的人。因为即我，所以更应该尽教育的义务，交给他们自立的能力；因为非我，所以也应同时解放，全部为他们自己所有，成一个独立的人。

这样，便是父母对于子女，应该健全的产生，尽力的教育，完全的解放。

但有人会怕，仿佛父母从此以后，一无所有，无聊之极了。这种空虚的恐怖和无聊的感想，也即从谬误的旧思想发生；倘明白了生物学的真理，自然便会消灭。但要做解放子女的父母，也应预备一种能力。便是自己虽然已经带着过去的色采，却不失独立的本领和精神，有广博的趣味，高尚的娱乐。要幸福么？连你的将来的生命都幸福了。要"返老还童"，要"老复丁"[6]么？子女便是"复丁"，都已独立而且更好了。这才是完了长者的任务，得了人生的慰安。倘若思想本领，样样照旧，专以"勃谿"[7]为业，行辈自豪，那便自然免不了空虚无聊的苦痛。

或者又怕，解放之后，父子间要疏隔了。欧美的家庭，专制不及中国，早已大家知道；往者虽有人比之禽兽，现在却连"卫道"的圣徒，也曾替他们辩护，说并无"逆子叛弟"了。因此可知：惟其解放，所以相亲；惟其没有"拘挛"子弟的父兄，所以也没有反抗"拘挛"的"逆子叛弟"。若威逼利诱，便无论如何，决不能有"万年有道之长"。例便如我中国，汉有举孝，唐有孝悌力田科，清末也还有孝廉方正，都能换到官做。父恩谕之于先，皇恩施之于后，然而割股的人物，究属寥寥。足可证明中国的旧学说旧手段，实在从古以来，并无良效，无非使坏人增长些虚伪，好人无端的多受些人我都无利益的苦痛罢了。

独有“爱”是真的。路粹引孔融说，“父之于子，当有何亲？论其本意，实为情欲发耳。子之于母，亦复奚为，譬如寄物瓶中，出则离矣。”（汉末的孔府上，很出过几个有特色的奇人，不像现在这般冷落，这话也许确是北海先生所说；只是攻击他的偏是路粹和曹操，教人发笑罢了。）虽然也是一种对于旧说的打击，但实于事理不合。因为父母生了子女，同时又有天性的爱，这爱又很深广很长久，不会即离。现在世界没有大同，相爱还有差等，子女对于父母，也便最爱，最关切，不会即离。所以疏隔一层，不劳多虑。至于一种例外的人，或者非爱所能钩连。但若爱力尚且不能钩连，那便任凭什么“恩威，名分，天经，地义”之类，更是钩连不住。

或者又怕，解放之后，长者要吃苦了。这事可分两层：第一，中国的社会，虽说“道德好”，实际却太缺乏相爱相助的心思。便是“孝”“烈”这类道德，也都是旁人毫不负责，一味收拾幼者弱者的方法。在这样社会中，不独老者难于生活，即解放的幼者，也难于生活。第二，中国的男女，大抵未老先衰，甚至不到二十岁，早已老态可掬，待到真实衰老，便更须别人扶持。所以我说，解放子女的父母，应该先有一番预备；而对于如此社会，尤应该改造，使他能适于合理的生活。许多人预备着，改造着，久而久之，自然可望实现了。单就别国的往时而言，斯宾塞[8]未曾结婚，不闻他侘傺无聊；瓦特早没有了子女，也居然“寿终正寝”，何况在将来，更何况有儿女的人呢？

或者又怕，解放之后，子女要吃苦了。这事也有两层，全如上文所说，不过一是因为老而无能，一是因为少不更事罢了。因此觉醒的人，愈觉有改造社会的任务。中国相传的成法，谬误很多：一种是锢闭，以为可以与社会隔离，不受影响。一种是教给他恶本领，以为如此才能在社会中生活。用这类方法的长者，虽然也含有继续生命的好意，但比照事理，却决定谬误。此外还有一种，是传授些周旋方法，教他们顺应社会。这与数年前讲“实用主义”的人，因为市上有假洋钱，便要在学校里遍教学生看洋钱的法子之类，同一错误。社会虽然不能不偶然顺应，但决不是正当办法。因为社会不良，恶现象便很多，势不能一一顺应；倘都顺应了，又违反了合理的生活，倒走了进化的路。所以根本方法，只有改良社会。

就实际上说，中国旧理想的家族关系父子关系之类，其实早已崩溃。这也非“于今为烈”，正是“在昔已然”。历来都竭力表彰“五世同堂”，便足见实际上同居的为难；拼命的劝孝，也足见事实上孝子的缺少。而其原因，便全在一意提倡虚伪道德，蔑视了真的人情。我们试一翻大族的家谱，便知道始迁祖宗，大抵是单身迁居，成家立业；一到聚族而居，家谱出版，却已在零落的中途了。况在将来，迷信破了，便没有哭竹，卧冰；医学发达了，也不必尝秽，割股。又因为经济关系，结婚不得不迟，生育因此也迟，或者子女才能自存，父母已经衰老，不及依赖他们供养，事实上也就是父母反尽了义务。世界潮流逼拶着，这样做的可以生存，不然的便都衰落；无非觉醒者多，加些人力，便危机可望较少就是了。

但既如上言，中国家庭，实际久已崩溃，并不如“圣人之徒”纸上的空谈，则何以至今依然如故，一无进步呢？这事很容易解答。第一，崩溃者自崩溃，纠缠者自纠缠，设立者又自设立；毫无戒心，也不想到改革，所以如故。第二，以前的家庭中间，本来常有勃谿，到了新名词流行之后，便都改称“革命”，然而其实也仍是讨嫖钱至于相骂，要赌本至于相打之类，与觉醒者的改革，截然两途。这一类自称“革命”的勃谿子弟，纯属旧式，待到自己有了子女，也决不解放；或者毫不管理，或者反要寻出《孝经》，勒令诵读，想他们“学于古训”，都做牺牲。这只能全归旧道德旧习惯旧方法负责，生物学的真理决不能妄任其咎。

既如上言，生物为要进化，应该继续生命，那便“不孝有三无后为大”，三妻四妾，也极合理了。这事也很容易解答。人类因为无后，绝了将来的生命，虽然不幸，但若用不正当的方法手段，苟延生命而害及人群，便该比一人无后，尤其“不孝”。因为现在的社会，一夫一妻制最为合理，而多妻主义，实能使人群堕落。堕落近于退化，与继续生命的目的，恰恰完全相反。无后只是灭绝了自己，退化状态的有后，便会毁到他人。人类总有些为他人牺牲自己的精神，而况生物自发生以来，交互关联，一人的血统，大抵总与他人有多少关系，不会完全灭绝。所以生物学的真理，决非多妻主义的护符。

总而言之，觉醒的父母，完全应该是义务的，利他的，牺牲的，很不易做；而在中国尤不易做。中国觉醒的人，为想随顺长者解放幼者，便须一面清结旧账，一面开辟新路。就是开首所说的“自己背着因袭的重担，肩住了黑暗的闸门，放他们到宽阔光明的地方去；此后幸福的度日，合理的做人。”这是一件极伟大的要紧的事，也是一件极困苦艰难的事。

但世间又有一类长者，不但不肯解放子女，并且不准子女解放他们自己的子女；就是并要孙子曾孙都做无谓的牺牲。这也是一个问题；而我是愿意平和的人，所以对于这问题，现在不能解答。

一九一九年十月。

注释

1. 本篇最初发表于1919年11月《新青年》月刊第六卷第六号，署名唐俟。

2. 指当时竭力维护旧道德和旧文学的林琴南等人。

3. 指《时事新报》对鲁迅的谩骂。1919年4月27日《时事新报》发表署名为"记者"的《新教训》一文，攻击鲁迅"轻佻""狂妄""头脑未免不清楚，可怜！"等等。

4. 指1919年3月24日《公言报》刊载的林琴南所作《劝世白话新乐府》的《母送儿》篇。

5. 善种学即优生学，是英国人高尔顿在1883年提出的"改良人种"的学说。该学说认为人或人种在生理和智力上的差别是由遗传决定的，只有借助遗传手段发展"优等人"，淘汰"劣等人"，社会问题才能解决。

6. 指从老年回复壮年。

7. 指婆媳争吵。

8. 斯宾塞（1820—1903），英国哲学家，主要著作有《综合哲学体系》等。

娜拉走后怎样[1]

——一九二三年十二月二十六日在北京女子高等师范学校文艺会讲

我今天要讲的是“娜拉走后怎样?”

伊孛生[2]是十九世纪后半的瑙威的一个文人。他的著作,除了几十首诗之外,其余都是剧本。这些剧本里面,有一时期是大抵含有社会问题的,世间也称作“社会剧”,其中有一篇就是《娜拉》。

《娜拉》一名Ein Puppenheim,中国译作《傀儡家庭》。但Puppe不单是牵线的傀儡,孩子抱着玩的人形[3]也是;引申开去,别人怎么指挥,他便怎么做的人也是。娜拉当初是满足地生活在所谓幸福的家庭里的,但是她竟觉悟了:自己是丈夫的傀儡,孩子们又是她的傀儡。她于是走了,只听得关门声,接着就是闭幕。这想来大家都知道,不必细说了。

娜拉要怎样才不走呢?或者说伊孛生自己有解答,就是

Die Frau vom Meer,《海的女人》,中国有人译作《海上夫人》的。这女人是已经结婚的了,然而先前有一个爱人在海的彼岸,一日突然寻来,叫她一同去。她便告知她的丈夫,要和那外来人会面。临末,她的丈夫说,“现在放你完全自由。(走与不走) 你能够自己选择,并且还要自己负责任。”于是什么事全都改变,她就不走了。这样看来,娜拉倘也得到这样的自由,或者也便可以安住。

但娜拉毕竟是走了的。走了以后怎样?伊孛生并无解答;而且他已经死了。即使不死,他也不负解答的责任。因为伊孛生是在做诗,不是为社会提出问题来而且代为解答。就如黄莺一样,因为他自己要歌唱,所以他歌唱,不是要唱给人们听得有趣,有益。伊孛生是很不通世故的,相传在许多妇女们一同招待他的筵宴上,代表者起来致谢他作了《傀儡家庭》,将女性的自觉,解放这些事,给人心以新的启示的时候,他却答道,“我写那篇却并不是这意思,我不过是做诗。”

娜拉走后怎样?——别人可是也发表过意见的。一个英国人曾作一篇戏剧,说一个新式的女子走出家庭,再也没有路走,终于堕落,进了妓院了。还有一个中国人,——我称他什么呢?上海的文学家罢,——说他所见的《娜拉》是和现译本不同,娜拉终于回来了。这样的本子可惜没有第二人看见,除非是伊孛生自己寄给他的。但从事理上推想起来，娜拉或者也实在只有两条路：不是堕落，就是回来。因为如果是一匹小鸟，则笼子里固然不自由，而一出笼门，外面便又有鹰，有猫，以及别的什么东西之类；倘使已经关得麻痹了翅子，忘却了飞翔，也诚然是无路可以走。还有一条，就是饿死了，但饿死已经离开了生活，更无所谓问题，所以也不是什么路。

人生最苦痛的是梦醒了无路可以走。做梦的人是幸福的；倘没有看出可走的路，最要紧的是不要去惊醒他。你看，唐朝的诗人李贺，不是困顿了一世的么？而他临死的时候，却对他的母亲说，"阿妈，上帝造成了白玉楼，叫我做文章落成去了。"这岂非明明是一个诳，一个梦？然而一个小的和一个老的，一个死的和一个活的，死的高兴地死去，活的放心地活着。说诳和做梦，在这些时候便见得伟大。所以我想，假使寻不出路，我们所要的倒是梦。

但是，万不可做将来的梦。阿尔志跋绥夫[4]曾经借了他所做的小说，质问过梦想将来的黄金世界的理想家，因为要造那世界，先唤起许多人们来受苦。他说，"你们将黄金世界预约给他们的子孙了，可是有什么给他们自己呢？"有是有的，就是将来的希望。但代价也太大了，为了这希望，要使人练敏了感觉来更深切地感到自己的苦痛，叫起灵魂来目睹他自己的腐烂的尸骸。惟有说诳和做梦，这些时候便见得伟大。所以我想，假使寻不出路，我们所要的就是梦；但不要将来的梦，只要目前的梦。

然而娜拉既然醒了，是很不容易回到梦境的，因此只得走；可是走了以后，有时却也免不掉堕落或回来。否则，就得问：她除了觉醒的心以外，还带了什么去？倘只有一条像诸君一样的紫红的绒绳的围巾，那可是无论宽到二尺或三尺，也完全是不中用。她还须更富有，提包里有准备，直白地说，就是要有钱。

梦是好的；否则，钱是要紧的。

钱这个字很难听，或者要被高尚的君子们所非笑，但我总觉得人们的议论是不但昨天和今天，即使饭前和饭后，也往往有些差别。凡承认饭需钱买，而以说钱为卑鄙者，倘能按一按他的胃，那里面怕总还有鱼肉没有消化完，须得饿他一天之后，再来听他发议论。

所以为娜拉计，钱，——高雅的说罢，就是经济，是最要紧的了。自由固不是钱所能买到的，但能够为钱而卖掉。人类有一个大缺点，就是常常要饥饿。为补救这缺点起见，为准备不做傀儡起见，在目下的社会里，经济权就见得最要紧了。第一，在家应该先获得男女平均的分配；第二，在社会应该获得男女相等的势力。可惜我不知道这权柄如何取得，单知道仍然要战斗；或者也许比要求参政权更要用剧烈的战斗。

要求经济权固然是很平凡的事，然而也许比要求高尚的参政权以及博大的女子解放之类更烦难。天下事尽有小作为比大作为更烦难的。譬如现在似的冬天，我们只有这一件棉袄，然而必须救助一个将要冻死的苦人，否则便须坐在菩提树下冥想普度一切人类的方法去。普度一切人类和救活一人，大小实在相去太远了，然而倘叫我挑选，我就立刻到菩提树下去坐着，因为免得脱下唯一的棉袄来冻杀自己。所以在家里说要参政权，是不至于大遭反对的，一说到经济的平匀分配，或不免面前就遇见敌人，这就当然要有剧烈的战斗。

战斗不算好事情，我们也不能责成人人都是战士，那么，平和的方法也就可贵了，这就是将来利用了亲权来解放自己的子女。中国的亲权是无上的，那时候，就可以将财产平匀地分配子女们，使他们平和而没有冲突地都得到相等的经济权，此后或者去读书，或者去生发，或者为自己去享用，或者为社会去做事，或者去花完，都请便，自己负责任。这虽然也是颇远的梦，可是比黄金世界的梦近得不少了。但第一需要记性。记性不佳，是有益于己而有害于子孙的。人们因为能忘却，所以自己能渐渐地脱离了受过的苦痛，也因为能忘却，所以往往照样地再犯前人的错误。被虐待的儿媳做了婆婆，仍然虐待儿媳；嫌恶学生的官吏，每是先前痛骂官吏的学生；现在压迫子女的，有时也就是十年前的家庭革命者。这也许与年龄和地位都有关系罢，但记性不佳也是一个很大的原因。救济法就是各人去买一本note-book来，将自己现在的思想举动都记上，作为将来年龄和地位都改变了之后的参考。假如憎恶孩子要到公园去的时候，取来一翻，看见上面有一条道，“我想到中央公园去”，那就即刻心平气和了。别的事也一样。

世间有一种无赖精神，那要义就是韧性。听说拳匪乱后，天津的青皮，就是所谓无赖者很跋扈，譬如给人搬一件行李，他就要两元，对他说这行李小，他说要两元，对他说道路近，他说要两元，对他说不要搬了，他说也仍然要两元。青皮固然是不足为法的，而那韧性却大可以佩服。要求经济权也一样，有人说这事情太陈腐了，就答道要经济权；说是太卑鄙了，就答道要经济权；说是经济制度就要改变了，用不着再操心，也仍然答道要经济权。

其实，在现在，一个娜拉的出走，或者也许不至于感到困难的，因为这人物很特别，举动也新鲜，能得到若干人们的同情，帮助着生活。生活在人们的同情之下，已经是不自由了，然而倘有一百个娜拉出走，便连同情也减少，有一千一万个出走，就得到厌恶了，断不如自己握着经济权之为可靠。

在经济方面得到自由，就不是傀儡了么？也还是傀儡。无非被人所牵的事可以减少，而自己能牵的傀儡可以增多罢了。因为在现在的社会里，不但女人常作男人的傀儡，就是男人和男人，女人和女人，也相互地作傀儡，男人也常作女人的傀儡，这决不是几个女人取得经济权所能救的。但人不能饿着静候理想世界的到来，至少也得留一点残喘，正如涸辙之鲋，急谋升斗之水一样，就要这较为切近的经济权，一面再想别的法。

如果经济制度竟改革了，那上文当然完全是废话。

然而上文，是又将娜拉当作一个普通的人物而说的，假使她很特别，自己情愿闯出去做牺牲，那就又另是一回事。我们无权去劝诱人做牺牲，也无权去阻止人做牺牲。况且世上也尽有乐于牺牲，乐于受苦的人物。欧洲有一个传说，耶稣去钉十字架时，休息在Ahasvar[5]的檐下，Ahasvar不准他，于是被了咒诅，使他永世不得休息，直到末日裁判的时候。Ahasvar从此就歇不下，只是走，现在还在走。走是苦的，安息是乐的，他何以不安息呢？虽说背着咒诅，可是大约总该是觉得走比安息还适意，所以始终狂走的罢。

只是这牺牲的适意是属于自己的，与志士们之所谓为社会者无涉。群众，——尤其是中国的，——永远是戏剧的看客。

牺牲上场，如果显得慷慨，他们就看了悲壮剧；如果显得觳觫[6]，他们就看了滑稽剧。北京的羊肉铺前常有几个人张着嘴看剥羊，仿佛颇愉快，人的牺牲能给与他们的益处，也不过如此。而况事后走不几步，他们并这一点愉快也就忘却了。

对于这样的群众没有法，只好使他们无戏可看倒是疗救，正无需乎震骇一时的牺牲，不如深沉的韧性的战斗。

可惜中国太难改变了，即使搬动一张桌子，改装一个火炉，几乎也要血；而且即使有了血，也未必一定能搬动，能改装。不是很大的鞭子打在背上，中国自己是不肯动弹的。我想这鞭子总要来，好坏是别一问题，然而总要打到的。但是从那里来，怎么地来，我也是不能确切地知道。

我这讲演也就此完结了。

注释

1. 本篇最初发表于1924年北京女子高等师范学校《文艺会刊》第六期。

2. 伊孛生，今译易卜生（1828—1906），挪威戏剧家，主要作品有《玩偶之家》《国民公敌》等。

3. 人形，源自日语，指人形的玩具。

4. 阿尔志跋绥夫（1878—1927），俄国小说家。下文所述见小说《工人绥惠略夫》第九章。

5. Ahasvar即阿哈斯瓦尔，欧洲传说中的一个补鞋匠，被称为“流浪的犹太人”。

6. 觳觫，通作觳觫，恐惧颤抖的样子。

论雷峰塔的倒掉[1]

听说，杭州西湖上的雷峰塔倒掉了，听说而已，我没有亲见。但我却见过未倒的雷峰塔，破破烂烂的映掩于湖光山色之间，落山的太阳照着这些四近的地方，就是“雷峰夕照”，西湖十景之一。“雷峰夕照”的真景我也见过，并不见佳，我以为。

然而一切西湖胜迹的名目之中，我知道得最早的却是这雷峰塔。我的祖母曾经常常对我说，白蛇娘娘就被压在这塔底下。有个叫作许仙的人救了两条蛇，一青一白，后来白蛇便化作女人来报恩，嫁给许仙了；青蛇化作丫鬟，也跟着。一个和尚，法海禅师，得道的禅师，看见许仙脸上有妖气，——凡讨妖怪做老婆的人，脸上就有妖气的，但只有非凡的人才看得出，——便将他藏在金山寺的法座后，白蛇娘娘来寻夫，于是就“水满金山”。我的祖母讲起来还要有趣得多，大约是出于一部弹词叫作《义妖传》[2]里的，但我没有看过这部书，所以也不知道“许仙”“法海”究竟是否这样写。总而言之，白蛇娘娘终于中了法海的计策，被装在一个小小的钵盂里了。钵盂埋在地里，上面还造起一座镇压的塔来，这就是雷峰塔。此后似乎事情还很多，如“白状元祭塔”之类，但我现在都忘记了。

那时我惟一的希望，就在这雷峰塔的倒掉。后来我长大了，到杭州，看见这破破烂烂的塔，心里就不舒服。后来我看看书，说杭州人又叫这塔作保叔塔，其实应该写作“保俶塔”，是钱王的儿子造的。[3]那么，里面当然没有白蛇娘娘了，然而我心里仍然不舒服，仍然希望他倒掉。

现在，他居然倒掉了，则普天之下的人民，其欣喜为何如？

这是有事实可证的。试到吴越的山间海滨，探听民意去。凡有田夫野老，蚕妇村氓，除了几个脑髓里有点贵恙的之外，可有谁不为白娘娘抱不平，不怪法海太多事的？

和尚本应该只管自己念经。白蛇自迷许仙，许仙自娶妖怪，和别人有什么相干呢？他偏要放下经卷，横来招是搬非，大约是怀着嫉妒罢，——那简直是一定的。

听说，后来玉皇大帝也就怪法海多事，以至荼毒生灵，想要拿办他了。他逃来逃去，终于逃在蟹壳里避祸，不敢再出来，到现在还如此。我对于玉皇大帝所做的事，腹诽的非常多，独于这一件却很满意，因为“水满金山”一案，的确应该由法海负责；他实在办得很不错的。只可惜我那时没有打听这话的出处，或者不在《义妖传》中，却是民间的传说罢。

秋高稻熟时节，吴越间所多的是螃蟹，煮到通红之后，无论取那一只，揭开背壳来，里面就有黄，有膏；倘是雌的，就有石榴子一般鲜红的子。先将这些吃完，即一定露出一个圆锥形的薄膜，再用小刀小心地沿着锥底切下，取出，翻转，使里面向外，只要不破，便变成一个罗汉模样的东西，有头脸，身子，是坐着的，我们那里的小孩子都称他“蟹和尚”，就是躲在里面避难的法海。

当初，白蛇娘娘压在塔底下，法海禅师躲在蟹壳里。现在却只有这位老禅师独自静坐了，非到螃蟹断种的那一天为止出不来。莫非他造塔的时候，竟没有想到塔是终究要倒的么？

活该。

一九二四年十月二十八日。

注释

1. 本篇最初发表于1924年11月17日北京《语丝》周刊第一期。

2.《义妖传》，清代陈遇乾著，是一部演述关于白蛇故事的弹词。

3. 本文最初发表时，篇末有鲁迅的附记："这篇东西，是一九二四年十月二十八日做的。今天孙伏园来，我便将草稿给他看。他说，雷峰塔并非就是保俶塔。那么，大约是我记错的了，然而我却确乎早知道雷峰塔下并无白娘娘。现在既经前记者先生指点，知道这一节并非得于所看之书，则当时何以知之，也就莫名其妙矣。特此声明，并且更正。十一月三日。"

再论雷峰塔的倒掉[1]

从崇轩先生的通信[2](二月份《京报副刊》)里,知道他在轮船上听到两个旅客谈话,说是杭州雷峰塔之所以倒掉,是因为乡下人迷信那塔砖放在自己的家中,凡事都必平安,如意,逢凶化吉,于是这个也挖,那个也挖,挖之久久,便倒了。一个旅客并且再三叹息道:西湖十景这可缺了呵!

这消息,可又使我有点畅快了,虽然明知道幸灾乐祸,不像一个绅士,但本来不是绅士的,也没有法子来装潢。

我们中国的许多人,——我在此特别郑重声明:并不包括四万万同胞全部!——大抵患有一种"十景病",至少是"八景病",沉重起来的时候大概在清朝。凡看一部县志,这一县往往有十景或八景,如"远村明月""萧寺清钟""古池好水"之类。而且,"十"字形的病菌,似乎已经侵入血管,流布全身,其势力早不在"!"形惊叹亡国病菌[3]之下了。点心有十样锦,菜有十碗，音乐有十番[4]，阎罗有十殿，药有十全大补，猜拳有全福手福手全，连人的劣迹或罪状，宣布起来也大抵是十条，仿佛犯了九条的时候总不肯歇手。现在西湖十景可缺了呵！“凡为天下国家有九经”，九经固古已有之，而九景却颇不习见，所以正是对于十景病的一个针砭，至少也可以使患者感到一种不平常，知道自己的可爱的老病，忽而跑掉了十分之一了。

但仍有悲哀在里面。

其实，这一种势所必至的破坏，也还是徒然的。畅快不过是无聊的自欺。雅人和信士和传统大家，定要苦心孤诣巧语花言地再来补足了十景而后已。

无破坏即无新建设，大致是的；但有破坏却未必即有新建设。卢梭，斯谛纳尔，尼采，托尔斯泰，伊孛生等辈，若用勃兰兑斯的话来说，乃是“轨道破坏者”。其实他们不单是破坏，而且是扫除，是大呼猛进，将碍脚的旧轨道不论整条或碎片，一扫而空，并非想挖一块废铁古砖挟回家去，预备卖给旧货店。中国很少这一类人，即使有之，也会被大众的唾沫淹死。孔丘先生确是伟大，生在巫鬼势力如此旺盛的时代，偏不肯随俗谈鬼神；但可惜太聪明了，“祭如在祭神如神在”，只用他修《春秋》的照例手段以两个“如”字略寓“俏皮刻薄”之意，使人一时莫明其妙，看不出他肚皮里的反对来。他肯对子路赌咒，却不肯对鬼神宣战，因为一宣战就不和平，易犯骂人——虽然不过骂鬼——之罪，即不免有《衡论》（见一月份《晨报副镌》）作家TY先生似的好人，会替鬼神来奚落他道：为名乎？骂人不能得名。为利乎？骂人不能得利。想引诱女人乎？又不能将蚩尤的脸子印在文章上。何乐而为之也欤？

孔丘先生是深通世故的老先生，大约除脸子付印问题以外，还有深心，犯不上来做明目张胆的破坏者，所以只是不谈，而决不骂，于是乎俨然成为中国的圣人，道大，无所不包故也。否则，现在供在圣庙里的，也许不姓孔。

不过在戏台上罢了，悲剧将人生的有价值的东西毁灭给人看，喜剧将那无价值的撕破给人看。讥讽又不过是喜剧的变简的一支流。但悲壮滑稽，却都是十景病的仇敌，因为都有破坏性，虽然所破坏的方面各不同。中国如十景病尚存，则不但卢梭他们似的疯子决不产生，并且也决不产生一个悲剧作家或喜剧作家或讽刺诗人。所有的，只是喜剧底人物或非喜剧非悲剧底人物，在互相模造的十景中生存，一面各各带了十景病。

然而十全停滞的生活，世界上是很不多见的事，于是破坏者到了，但并非自己的先觉的破坏者，却是狂暴的强盗，或外来的蛮夷。猃狁[5]早到过中原，五胡来过了，蒙古也来过了；同胞张献忠杀人如草，而满洲兵的一箭，就钻进树丛中死掉了。有人论中国说，倘使没有带着新鲜的血液的野蛮的侵入，真不知自身会腐败到如何！这当然是极刻毒的恶谑，但我们一翻历史，怕不免要有汗流浃背的时候罢。外寇来了，暂一震动，终于请他作主子，在他的刀斧下修补老例；内寇来了，也暂一震动，终于请他做主子，或者别拜一个主子，在自己的瓦砾中修补老例。再来翻县志，就看见每一次兵燹之后，所添上的是许多烈妇烈女的氏名。看近来的兵祸，怕又要大举表扬节烈了罢。许多男人们都那里去了？

凡这一种寇盗式的破坏，结果只能留下一片瓦砾，与建设无关。

但当太平时候，就是正在修补老例，并无寇盗时候，即国中暂时没有破坏么？也不然的，其时有奴才式的破坏作用常川活动着。

雷峰塔砖的挖去，不过是极近的一条小小的例。龙门的石佛，大半肢体不全，图书馆中的书籍，插图须谨防撕去，凡公物或无主的东西，倘难于移动，能够完全的即很不多。但其毁坏的原因，则非如革除者的志在扫除，也非如寇盗的志在掠夺或单是破坏，仅因目前极小的自利，也肯对于完整的大物暗暗的加一个创伤。人数既多，创伤自然极大，而倒败之后，却难于知道加害的究竟是谁。正如雷峰塔倒掉以后，我们单知道由于乡下人的迷信。共有的塔失去了，乡下人的所得，却不过一块砖，这砖，将来又将为别一自利者所藏，终究至于灭尽。倘在民康物阜时候，因为十景病的发作，新的雷峰塔也会再造的罢。但将来的运命，不也就可以推想而知么？如果乡下人还是这样的乡下人，老例还是这样的老例。

这一种奴才式的破坏，结果也只能留下一片瓦砾，与建设无关。

岂但乡下人之于雷峰塔，日日偷挖中华民国的柱石的奴才们，现在正不知有多少！

瓦砾场上还不足悲，在瓦砾场上修补老例是可悲的。我们要革新的破坏者，因为他内心有理想的光。我们应该知道他和寇盗奴才的分别；应该留心自己堕入后两种。这区别并不烦难，只要观人，省己，凡言动中，思想中，含有借此据为己有的朕兆者是寇盗，含有借此占些目前的小便宜的朕兆者是奴才，无论在前面打着的是怎样鲜明好看的旗子。

一九二五年二月六日。

注释

1. 本篇最初发表于1925年2月23日《语丝》周刊第十五期。

2. 指刊登于1925年2月2日《京报副刊》第四十九号上的胡崇轩给编者孙伏园的信《雷峰塔倒掉的原因》。胡崇轩（1903—1931），即胡也频，《京报》副刊《民众文艺周刊》的编者之一。

3. 亡国病菌指当时的一种离奇的论调。持该论调者说新诗集中的感叹号“缩小看像许多细菌，放大看像几排弹丸”，认为这是消极、悲观、厌世的表现。

4. 十番，又称“十番鼓”“十番锣鼓”，是由若干曲牌与锣鼓段连缀而成的一种套曲。

5. 猃狁，我国古代北方民族之一，即秦汉时的匈奴。

灯下漫笔[1]

一

有一时，就是民国二三年时候，北京的几个国家银行的钞票，信用日见其好了，真所谓蒸蒸日上。听说连一向执迷于现银的乡下人，也知道这既便当，又可靠，很乐意收受，行使了。至于稍明事理的人，则不必是"特殊知识阶级"，也早不将沉重累坠的银元装在怀中，来自讨无谓的苦吃。想来，除了多少对于银子有特别嗜好和爱情的人物之外，所有的怕大都是钞票了罢，而且多是本国的。但可惜后来忽然受了一个不小的打击。

就是袁世凯想做皇帝的那一年，蔡松坡先生溜出北京，到云南去起义。这边所受的影响之一，是中国和交通银行的停止兑现。[2]虽然停止兑现，政府勒令商民照旧行用的威力却还有的；商民也自有商民的老本领，不说不要，却道找不出零钱。

假如拿几十几百的钞票去买东西，我不知道怎样，但倘使只要买一枝笔，一盒烟卷呢，难道就付给一元钞票么？不但不甘心，也没有这许多票。那么，换铜元，少换几个罢，又都说没有铜元。那么，到亲戚朋友那里借现钱去罢，怎么会有？于是降格以求，不讲爱国了，要外国银行的钞票。但外国银行的钞票这时就等于现银，他如果借给你这钞票，也就借给你真的银元了。

我还记得那时我怀中还有三四十元的中交票，可是忽而变了一个穷人，几乎要绝食，很有些恐慌。俄国革命以后的藏着纸卢布的富翁的心情，恐怕也就这样的罢；至多，不过更深更大罢了。我只得探听，钞票可能折价换到现银呢？说是没有行市。幸而终于，暗暗地有了行市了：六折几。我非常高兴，赶紧去卖了一半。后来又涨到七折了，我更非常高兴，全去换了现银，沉垫垫地坠在怀中，似乎这就是我的性命的斤两。倘在平时，钱铺子如果少给我一个铜元，我是决不答应的。

但我当一包现银塞在怀中，沉垫垫地觉得安心，喜欢的时候，却突然起了另一思想，就是：我们极容易变成奴隶，而且变了之后，还万分喜欢。

假如有一种暴力，“将人不当人”，不但不当人，还不及牛马，不算什么东西；待到人们羡慕牛马，发生“乱离人，不及太平犬”的叹息的时候，然后给与他略等于牛马的价格，有如元朝定律，打死别人的奴隶，赔一头牛，则人们便要心悦诚服，恭颂太平的盛世。为什么呢？因为他虽不算人，究竟已等于牛马了。

我们不必恭读《钦定二十四史》，或者入研究室，审察精神文明的高超。只要一翻孩子所读的《鉴略》，——还嫌烦重，则看《历代纪元编》[3]，就知道“三千余年古国古”的中华，历来所闹的就不过是这一个小玩艺。但在新近编纂的所谓“历史教科书”一流东西里，却不大看得明白了，只仿佛说：咱们向来就很好的。

但实际上，中国人向来就没有争到过“人”的价格，至多不过是奴隶，到现在还如此，然而下于奴隶的时候，却是数见不鲜的。中国的百姓是中立的，战时连自己也不知道属于那一面，但又属于无论那一面。强盗来了，就属于官，当然该被杀掠；官兵既到，该是自家人了罢，但仍然要被杀掠，仿佛又属于强盗似的。这时候，百姓就希望有一个一定的主子，拿他们去做百姓，——不敢，是拿他们去做牛马，情愿自己寻草吃，只求他决定他们怎样跑。

假使真有谁能够替他们决定，定下什么奴隶规则来，自然就“皇恩浩荡”了。可惜的是往往暂时没有谁能定。举其大者，则如五胡十六国的时候，黄巢的时候，五代时候，宋末元末时候，除了老例的服役纳粮以外，都还要受意外的灾殃。张献忠的脾气更古怪了，不服役纳粮的要杀，服役纳粮的也要杀，敌他的要杀，降他的也要杀：将奴隶规则毁得粉碎。这时候，百姓就希望来一个另外的主子，较为顾及他们的奴隶规则的，无论仍旧，或者新颁，总之是有一种规则，使他们可上奴隶的轨道。

"时日曷丧，予及汝偕亡！"愤言而已，决心实行的不多见。实际上大概是群盗如麻，纷乱至极之后，就有一个较强，或较聪明，或较狡滑，或是外族的人物出来，较有秩序地收拾了天下。厘定规则：怎样服役，怎样纳粮，怎样磕头，怎样颂圣。而且这规则是不像现在那样朝三暮四的。于是便"万姓胪欢"了；用成语来说，就叫作"天下太平"。

任凭你爱排场的学者们怎样铺张，修史时候设些什么"汉族发祥时代""汉族发达时代""汉族中兴时代"的好题目，好意诚然是可感的，但措辞太绕湾子了。有更其直捷了当的说法在这里——

一，想做奴隶而不得的时代；

二，暂时做稳了奴隶的时代。

这一种循环，也就是"先儒"之所谓"一治一乱"；那些作乱人物，从后日的"臣民"看来，是给"主子"清道辟路的，所以说："为圣天子驱除云尔。"

现在入了那一时代，我也不了然。但看国学家的崇奉国粹，文学家的赞叹固有文明，道学家的热心复古，可见于现状都已不满了。然而我们究竟正向着那一条路走呢？百姓是一遇到莫名其妙的战争，稍富的迁进租界，妇孺则避入教堂里去了，因为那些地方都比较的“稳”，暂不至于想做奴隶而不得。总而言之，复古的，避难的，无智愚贤不肖，似乎都已神往于三百年前的太平盛世，就是“暂时做稳了奴隶的时代”了。

但我们也就都像古人一样，永久满足于“古已有之”的时代么？都像复古家一样，不满于现在，就神往于三百年前的太平盛世么？

自然，也不满于现在的，但是，无须反顾，因为前面还有道路在。而创造这中国历史上未曾有过的第三样时代，则是现在的青年的使命！

二

但是赞颂中国固有文明的人们多起来了，加之以外国人。我常常想，凡有来到中国的，倘能疾首蹙额而憎恶中国，我敢诚意地捧献我的感谢，因为他一定是不愿意吃中国人的肉的！

鹤见祐辅[4]氏在《北京的魅力》中，记一个白人将到中国，预定的暂住时候是一年，但五年之后，还在北京，而且不想回去了。有一天,他们两人一同吃晚饭——

> 在圆的桃花心木的食桌前坐定,川流不息地献着山海的珍味,谈话就从古董,画,政治这些开头。电灯上罩着支那式的灯罩,淡淡的光洋溢于古物罗列的屋子中。什么无产阶级呀,Proletariat[5]呀那些事,就像不过在什么地方刮风。
>
> 我一面陶醉在支那生活的空气中,一面深思着对于外人有着"魅力"的这东西。元人也曾征服支那,而被征服于汉人种的生活美了;满人也征伐支那,而被征服于汉人种的生活美了。现在西洋人也一样,嘴里虽然说着Democracy[6]呀,什么什么呀,而却被魅于支那人费六千年而建筑起来的生活的美。一经住过北京,就忘不掉那生活的味道。大风时候的万丈的沙尘,每三月一回的督军们的开战游戏,都不能抹去这支那生活的魅力。

这些话我现在还无力否认他。我们的古圣先贤既给与我们保古守旧的格言,但同时也排好了用子女玉帛所做的奉献于征服者的大宴。中国人的耐劳,中国人的多子,都就是办酒的材料,到现在还为我们的爱国者所自诩的。西洋人初入中国时，被称为蛮夷，自不免个个蹙额，但是，现在则时机已至，到了我们将曾经献于北魏，献于金，献于元，献于清的盛宴，来献给他们的时候了。出则汽车，行则保护：虽遇清道，然而通行自由的；虽或被劫，然而必得赔偿的；孙美瑶[7]掳去他们站在军前，还使官兵不敢开火。何况在华屋中享用盛宴呢？待到享受盛宴的时候，自然也就是赞颂中国固有文明的时候；但是我们的有些乐观的爱国者，也许反而欣然色喜，以为他们将要开始被中国同化了罢。古人曾以女人作苟安的城堡，美其名以自欺曰"和亲"，今人还用子女玉帛为作奴的贽敬，又美其名曰"同化"。所以倘有外国的谁，到了已有赴宴的资格的现在，而还替我们诅咒中国的现状者，这才是真有良心的真可佩服的人！

但我们自己是早已布置妥帖了，有贵贱，有大小，有上下。自己被人凌虐，但也可以凌虐别人；自己被人吃，但也可以吃别人。一级一级的制驭着，不能动弹，也不想动弹了。因为倘一动弹，虽或有利，然而也有弊。我们且看古人的良法美意罢——

天有十日，人有十等。下所以事上，上所以共神也。故王臣公，公臣大夫，大夫臣士，士臣皁，皁臣舆，舆臣隶，

隶臣僚，僚臣仆，仆臣台。（《左传》昭公七年）

但是“台”没有臣，不是太苦了么？无须担心的，有比他更卑的妻，更弱的子在。而且其子也很有希望，他日长大，升而为“台”，便又有更卑更弱的妻子，供他驱使了。如此连环，各得其所，有敢非议者，其罪名曰不安分！

虽然那是古事，昭公七年离现在也太辽远了，但“复古家”尽可不必悲观的。太平的景象还在：常有兵燹，常有水旱，可有谁听到大叫唤么？打的打，革的革，可有处士来横议么？对国民如何专横，向外人如何柔媚，不犹是差等的遗风么？中国固有的精神文明，其实并未为共和二字所埋没，只有满人已经退席，和先前稍不同。

因此我们在目前，还可以亲见各式各样的筵宴，有烧烤，有翅席，有便饭，有西餐。但茅檐下也有淡饭，路傍也有残羹，野上也有饿莩；有吃烧烤的身价不资的阔人，也有饿得垂死的每斤八文的孩子（见《现代评论》二十一期）。所谓中国的文明者，其实不过是安排给阔人享用的人肉的筵宴。所谓中国者，其实不过是安排这人肉的筵宴的厨房。不知道而赞颂者是可恕的，否则，此辈当得永远的诅咒！

外国人中，不知道而赞颂者，是可恕的；占了高位，养尊处优，因此受了蛊惑，昧却灵性而赞叹者，也还可恕的。可是还有两种，其一是以中国人为劣种，只配悉照原来模样，因而故意称赞中国的旧物。其一是愿世间人各不相同以增自己旅行的兴趣，到中国看辫子，到日本看木屐，到高丽看笠子，倘若服饰一样，便索然无味了，因而来反对亚洲的欧化。这些都可憎恶。至于罗素[8]在西湖见轿夫含笑，便赞美中国人，则也许别有意思罢。但是，轿夫如果能对坐轿的人不含笑，中国也早不是现在似的中国了。

这文明，不但使外国人陶醉，也早使中国一切人们无不陶醉而且至于含笑。因为古代传来而至今还在的许多差别，使人们各各分离，遂不能再感到别人的痛苦；并且因为自己各有奴使别人，吃掉别人的希望，便也就忘却自己同有被奴使被吃掉的将来。于是大小无数的人肉的筵宴，即从有文明以来一直排到现在，人们就在这会场中吃人，被吃，以凶人的愚妄的欢呼，将悲惨的弱者的呼号遮掩，更不消说女人和小儿。

这人肉的筵宴现在还排着，有许多人还想一直排下去。扫荡这些食人者，掀掉这筵席，毁坏这厨房，则是现在的青年的使命！

一九二五年四月二十九日。

注释

1. 本篇最初分两次发表于1925年5月1日、22日《莽原》周刊第二期和第五期。

2. 当时袁世凯政府财政困难，下令中国银行和交通银行停止其发行的钞票的兑现。下文的“中交票”，即中国银行和交通银行发行的钞票。

3.《鉴略》，清代王仕云著，是旧时学塾用的初级历史读物。《历代纪元编》，清代李兆洛著，实为其门人六承如编。

4. 鹤见祐辅（1885—1973），日本评论家。

5. Proletariat，英语，意为“无产阶级”。

6. Democracy，英语，意为“民主”。

7. 孙美瑶（1899—1923），当时占领山东抱犊崮的土匪头领。曾于1923年5月6日晨在津浦铁路临城站劫车，掳走中外旅客二百余人。

8. 罗素（1872—1970），英国哲学家。1920年10月曾来中国讲学，并在各地游览。

论“他妈的！”[1]

无论是谁，只要在中国过活，便总得常听到“他妈的”或其相类的口头禅。我想：这话的分布，大概就跟着中国人足迹之所至罢；使用的遍数，怕也未必比客气的“您好呀”会更少。假使依或人所说，牡丹是中国的“国花”，那么，这就可以算是中国的“国骂”了。

我生长于浙江之东，就是西滢先生之所谓“某籍”[2]。那地方通行的“国骂”却颇简单：专一以“妈”为限，决不牵涉余人。后来稍游各地，才始惊异于国骂之博大而精微：上溯祖宗，旁连姊妹，下递子孙，普及同性，真是“犹河汉而无极也”。而且，不特用于人，也以施之兽。前年，曾见一辆煤车的只轮陷入很深的辙迹里，车夫便愤然跳下，出死力打那拉车的骡子道：“你姊姊的！你姊姊的！”

别的国度里怎样，我不知道。单知道诺威人Hamsun[3]有一本小说叫《饥饿》，粗野的口吻是很多的，但我并不见这一类话。Gorky[4]所写的小说中多无赖汉，就我所看过的而言，也没有这骂法。惟独Artzybashev[5]在《工人绥惠略夫》里，却使无抵抗主义者亚拉借夫骂了一句"你妈的"。但其时他已经决计为爱而牺牲了，使我们也失却笑他自相矛盾的勇气。这骂的翻译，在中国原极容易的，别国却似乎为难，德文译本作"我使用过你的妈"，日文译本作"你的妈是我的母狗"。这实在太费解，——由我的眼光看起来。

那么，俄国也有这类骂法的了，但因为究竟没有中国似的精博，所以光荣还得归到这边来。好在这究竟又并非什么大光荣，所以他们大约未必抗议；也不如"赤化"之可怕，中国的阔人，名人，高人，也不至于骇死的。但是，虽在中国，说的也独有所谓"下等人"，例如"车夫"之类，至于有身分的上等人，例如"士大夫"之类，则决不出之于口，更何况笔之于书。"予生也晚"，赶不上周朝，未为大夫，也没有做士，本可以放笔直干的，然而终于改头换面，从"国骂"上削去一个动词和一个名词，又改对称为第三人称者，恐怕还因为到底未曾拉车，因而也就不免"有点贵族气味"之故。那用途，既然只限于一部分，似乎又有些不能算作"国骂"了；但也不然，阔人所赏识的牡丹，下等人又何尝以为"花之富贵者也"？

这“他妈的”的由来以及始于何代，我也不明白。经史上所见骂人的话，无非是“役夫”，“奴”，“死公”；较厉害的，有“老狗”，“貉子”；更厉害，涉及先代的，也不外乎“而母婢也”，“赘阉遗丑”罢了！还没见过什么“妈的”怎样，虽然也许是士大夫讳而不录。但《广弘明集》[6]（七）记北魏邢子才“以为妇人不可保。谓元景曰，‘卿何必姓王？’元景变色。子才曰，‘我亦何必姓邢；能保五世耶？’”则颇有可以推见消息的地方。

晋朝已经是大重门第，重到过度了；华胄世业，子弟便易于得官；即使是一个酒囊饭袋，也还是不失为清品。北方疆土虽失于拓跋氏，士人却更其发狂似的讲究阀阅，区别等第，守护极严。庶民中纵有俊才，也不能和大姓比并。至于大姓，实不过承祖宗余荫，以旧业骄人，空腹高心，当然使人不耐。但士流既然用祖宗做护符，被压迫的庶民自然也就将他们的祖宗当作仇敌。邢子才的话虽然说不定是否出于愤激，但对于躲在门第下的男女，却确是一个致命的重伤。势位声气，本来仅靠了“祖宗”这惟一的护符而存，“祖宗”倘一被毁，便什么都倒败了。这是倚赖“余荫”的必得的果报。

同一的意思，但没有邢子才的文才，而直出于“下等人”之口的，就是：“他妈的！”

要攻击高门大族的坚固的旧堡垒，却去瞄准他的血统，在战略上，真可谓奇谲的了。最先发明这一句“他妈的”的人物，确要算一个天才，——然而是一个卑劣的天才。

唐以后，自夸族望的风气渐渐消除；到了金元，已奉夷狄为帝王，自不妨拜屠沽作卿士，“等”的上下本该从此有些难定了，但偏还有人想辛辛苦苦地爬进“上等”去。刘时中[7]的曲子里说：“堪笑这没见识街市匹夫，好打那好顽劣。江湖伴侣，旋将表德官名相体呼，声音多厮称，字样不寻俗。听我一个个细数：粜米的唤子良；卖肉的呼仲甫……开张卖饭的呼君宝；磨面登罗底叫德夫：何足云乎？！”（《乐府新编阳春白雪》三）这就是那时的暴发户的丑态。

“下等人”还未暴发之先，自然大抵有许多“他妈的”在嘴上，但一遇机会，偶窃一位，略识几字，便即文雅起来：雅号也有了；身分也高了；家谱也修了，还要寻一个始祖，不是名儒便是名臣。从此化为“上等人”，也如上等前辈一样，言行都很温文尔雅。然而愚民究竟也有聪明的，早已看穿了这鬼把戏，所以又有俗谚，说：“口上仁义礼智，心里男盗女娼！”他们是很明白的。

于是他们反抗了，曰：“他妈的！”

但人们不能蔑弃扫荡人我的余泽和旧荫，而硬要去做别人的祖宗，无论如何，总是卑劣的事。有时，也或加暴力于所谓

“他妈的”的生命上，但大概是乘机，而不是造运会，所以无论如何，也还是卑劣的事。

中国人至今还有无数“等”，还是依赖门第，还是倚仗祖宗。倘不改造，即永远有无声的或有声的“国骂”。就是“他妈的”，围绕在上下和四旁，而且这还须在太平的时候。

但偶尔也有例外的用法：或表惊异，或表感服。我曾在家乡看见乡农父子一同午饭，儿子指一碗菜向他父亲说：“这不坏，妈的你尝尝看！”那父亲回答道：“我不要吃。妈的你吃去罢！”则简直已经醇化为现在时行的“我的亲爱的”的意思了。

一九二五年七月十九日。

注释

1. 本篇最初发表于1925年7月27日《语丝》周刊第三十七期。

2. 1925年5月27日，鲁迅等人曾在《京报》发表宣言，支持北京女子师范大学学生。随后陈西滢在《现代评论》第一卷第二十五期（1925年5月30日）发表的《闲话》中说："以前我们常常听说女师大的风潮，有在北京教育界占最大势力的某籍某系的人在暗中鼓动，可是我们总不敢相信。……但是这篇宣言一出，免不了流言更加传布得厉害了。"

3. 汉姆生（1859—1952），挪威小说家。

4. 高尔基（1868—1936），苏联作家。

5. 阿尔志跋绥夫（1878—1927），俄国小说家。

6.《广弘明集》，唐代和尚道宣编，辑录自晋至唐阐明佛法的文章。

7. 刘时中（约1258—约1336），名致，字时中，号逋斋，元代散曲家。

论“费厄泼赖”应该缓行[1]

一　解题

《语丝》五七期上语堂[2]先生曾经讲起“费厄泼赖”(fair play)[3]，以为此种精神在中国最不易得，我们只好努力鼓励；又谓不“打落水狗”，即足以补充“费厄泼赖”的意义。我不懂英文，因此也不明这字的函义究竟怎样，如果不“打落水狗”也即这种精神之一体，则我却很想有所议论。但题目上不直书“打落水狗”者，乃为回避触目起见，即并不一定要在头上强装“义角”[4]之意。总而言之，不过说是“落水狗”未始不可打，或者简直应该打而已。

二　论“落水狗”有三种，大都在可打之列

今之论者[5]，常将“打死老虎”与“打落水狗”相提并论，以为都近于卑怯。我以为“打死老虎”者，装怯作勇，颇含滑稽，虽然不免有卑怯之嫌，却怯得令人可爱。至于“打落水狗”，则并不如此简单，当看狗之怎样，以及如何落水而定。考落水原因，大概可有三种：⑴ 狗自己失足落水者，⑵ 别人打落者，⑶ 亲自打落者。倘遇前二种，便即附和去打，自然过于无聊，或者竟近于卑怯；但若与狗奋战，亲手打其落水，则虽用竹竿又在水中从而痛打之，似乎也非已甚，不得与前二者同论。

听说刚勇的拳师，决不再打那已经倒地的敌手，这实足使我们奉为楷模。但我以为尚须附加一事，即敌手也须是刚勇的斗士，一败之后，或自愧自悔而不再来，或尚须堂皇地来相报复，那当然都无不可。而于狗，却不能引此为例，与对等的敌手齐观，因为无论它怎样狂嗥，其实并不解什么“道义”；况且狗是能浮水的，一定仍要爬到岸上，倘不注意，它先就耸身一摇，将水点洒得人们一身一脸，于是夹着尾巴逃走了。但后来性情还是如此。老实人将它的落水认作受洗，以为必已忏悔，不再出而咬人，实在是大错而特错的事。

总之，倘是咬人之狗，我觉得都在可打之列，无论它在岸上或在水中。

三　论叭儿狗尤非打落水里，又从而打之不可

叭儿狗一名哈吧狗，南方却称为西洋狗了，但是，听说倒是中国的特产，在万国赛狗会里常常得到金奖牌，《大不列颠百科全书》的狗照相上，就很有几匹是咱们中国的叭儿狗。这也是一种国光。但是，狗和猫不是仇敌么？它却虽然是狗，又很像猫，折中，公允，调和，平正之状可掬，悠悠然摆出别个无不偏激，惟独自己得了"中庸之道"似的脸来。因此也就为阔人，太监，太太，小姐们所钟爱，种子绵绵不绝。它的事业，只是以伶俐的皮毛获得贵人豢养，或者中外的娘儿们上街的时候，脖子上拴了细链子跟在脚后跟。

这些就应该先行打它落水，又从而打之；如果它自坠入水，其实也不妨又从而打之，但若是自己过于要好，自然不打亦可，然而也不必为之叹息。叭儿狗如可宽容，别的狗也大可不必打了，因为它们虽然非常势利，但究竟还有些像狼，带着野性，不至于如此骑墙。

以上是顺便说及的话，似乎和本题没有大关系。

四　论不“打落水狗”是误人子弟的

总之，落水狗的是否该打，第一是在看它爬上岸了之后的态度。

狗性总不大会改变的，假使一万年之后，或者也许要和现在不同，但我现在要说的是现在。如果以为落水之后，十分可怜，则害人的动物，可怜者正多，便是霍乱病菌，虽然生殖得快，那性格却何等地老实。然而医生是决不肯放过它的。

现在的官僚和土绅士或洋绅士，只要不合自意的，便说是赤化，是共产；民国元年以前稍不同，先是说康党，后是说革党，甚至于到官里去告密，一面固然在保全自己的尊荣，但也未始没有那时所谓“以人血染红顶子”之意。可是革命终于起来了，一群臭架子的绅士们，便立刻皇皇然若丧家之狗，将小辫子盘在头顶上。革命党也一派新气，——绅士们先前所深恶痛绝的新气，“文明”得可以；说是“咸与维新”了，我们是不打落水狗的，听凭它们爬上来罢。于是它们爬上来了，伏到民国二年下半年，二次革命的时候，就突出来帮着袁世凯咬死了许多革命人，中国又一天一天沉入黑暗里，一直到现在，遗老不必说，连遗少也还是那么多。这就因为先烈的好心，对于鬼蜮的慈悲，使它们繁殖起来，而此后的明白青年，为反抗黑暗计，也就要花费更多更多的气力和生命。

秋瑾女士，就是死于告密的，革命后暂时称为“女侠”，现在是不大听见有人提起了。革命一起，她的故乡就到了一个都督，——等于现在之所谓督军，——也是她的同志：王金发。他捉住了杀害她的谋主，调集了告密的案卷，要为她报仇。然而终于将那谋主释放了，据说是因为已经成了民国，大家不应该再修旧怨罢。但等到二次革命失败后，王金发却被袁世凯的走狗枪决了，与有力的是他所释放的杀过秋瑾的谋主。

这人现在也已“寿终正寝”了，但在那里继续跋扈出没着的也还是这一流人，所以秋瑾的故乡也还是那样的故乡，年复一年，丝毫没有长进。从这一点看起来，生长在可为中国模范的名城[6]里的杨荫榆[7]女士和陈西滢先生，真是洪福齐天。

五　论塌台人物不当与“落水狗”相提并论

“犯而不校”是恕道，“以眼还眼以牙还牙”是直道。中国最多的却是枉道：不打落水狗，反被狗咬了。但是，这其实是老实人自己讨苦吃。

俗语说：“忠厚是无用的别名”，也许太刻薄一点罢，但仔细想来，却也觉得并非唆人作恶之谈，乃是归纳了许多苦楚的经历之后的警句。譬如不打落水狗说，其成因大概有二：一是无力打；二是比例错。前者且勿论；后者的大错就又有二：一是误将塌台人物和落水狗齐观，二是不辨塌台人物又有好有坏，于是视同一律，结果反成为纵恶。即以现在而论，因为政局的不安定，真是此起彼伏如转轮，坏人靠着冰山，恣行无忌，一旦失足，忽而乞怜，而曾经亲见，或亲受其噬啮的老实人，乃忽以“落水狗”视之，不但不打，甚至于还有哀矜之意，自以为公理已伸，侠义这时正在我这里。殊不知它何尝真是落水，巢窟是早已造好的了，食料是早经储足的了，并且都在租界里。虽然有时似乎受伤，其实并不，至多不过是假装跛脚，聊以引起人们的恻隐之心，可以从容避匿罢了。他日复来，仍旧先咬老实人开手，“投石下井”，无所不为，寻起原因来，一部分就正因为老实人不“打落水狗”之故。所以，要是说得苛刻一点，也就是自家掘坑自家埋，怨天尤人，全是错误的。

六　论现在还不能一味“费厄”

仁人们或者要问：那么，我们竟不要“费厄泼赖”么？我可以立刻回答：当然是要的，然而尚早。这就是“请君入瓮”

法。虽然仁人们未必肯用，但我还可以言之成理。土绅士或洋绅士们不是常常说，中国自有特别国情，外国的平等自由等等，不能适用么？我以为这"费厄泼赖"也是其一。否则，他对你不"费厄"，你却对他去"费厄"，结果总是自己吃亏，不但要"费厄"而不可得，并且连要不"费厄"而亦不可得。所以要"费厄"，最好是首先看清对手，倘是些不配承受"费厄"的，大可以老实不客气；待到它也"费厄"了，然后再与它讲"费厄"不迟。

这似乎很有主张二重道德之嫌，但是也出于不得已，因为倘不如此，中国将不能有较好的路。中国现在有许多二重道德，主与奴，男与女，都有不同的道德，还没有划一。要是对"落水狗"和"落水人"独独一视同仁，实在未免太偏，太早，正如绅士们之所谓自由平等并非不好，在中国却微嫌太早一样。所以倘有人要普遍施行"费厄泼赖"精神，我以为至少须俟所谓"落水狗"者带有人气之后。但现在自然也非绝不可行，就是，有如上文所说：要看清对手。而且还要有等差，即"费厄"必视对手之如何而施，无论其怎样落水，为人也则帮之，为狗也则不管之，为坏狗也则打之。一言以蔽之："党同伐异"而已矣。

满心"婆理"而满口"公理"的绅士们的名言暂且置之不论不议之列，即使真心人所大叫的公理，在现今的中国，也还不能救助好人，甚至于反而保护坏人。因为当坏人得志，虐待好人的时候，即使有人大叫公理，他决不听从，叫喊仅止于叫喊，好人仍然受苦。然而偶有一时，好人或稍稍蹶起，则坏人本该落水了，可是，真心的公理论者又“勿报复”呀，“仁恕”呀，“勿以恶抗恶”呀……的大嚷起来。这一次却发生实效，并非空嚷了：好人正以为然，而坏人于是得救。但他得救之后，无非以为占了便宜，何尝改悔；并且因为是早已营就三窟，又善于钻谋的，所以不多时，也就依然声势赫奕，作恶又如先前一样。这时候，公理论者自然又要大叫，但这回他却不听你了。

但是，“疾恶太严”，“操之过急”，汉的清流和明的东林，却正以这一点倾败，论者也常常这样责备他们。殊不知那一面，何尝不“疾善如仇”呢？人们却不说一句话。假使此后光明和黑暗还不能作彻底的战斗，老实人误将纵恶当作宽容，一味姑息下去，则现在似的混沌状态，是可以无穷无尽的。

七　论“即以其人之道还治其人之身”

中国人或信中医或信西医，现在较大的城市中往往并有两种医，使他们各得其所。我以为这确是极好的事。倘能推而广之，怨声一定还要少得多，或者天下竟可以臻于郅治。例如民国的通礼是鞠躬，但若有人以为不对的，就独使他磕头。民国的法律是没有笞刑的，倘有人以为肉刑好，则这人犯罪时就特别打屁股。碗筷饭菜，是为今人而设的，有愿为燧人氏以前之民者，就请他吃生肉；再造几千间茅屋，将在大宅子里仰慕尧舜的高士都拉出来，给住在那里面；反对物质文明的，自然更应该不使他衔冤坐汽车。这样一办，真所谓“求仁得仁又何怨”，我们的耳根也就可以清净许多罢。

但可惜大家总不肯这样办，偏要以己律人，所以天下就多事。“费厄泼赖”尤其有流弊，甚至于可以变成弱点，反给恶势力占便宜。例如刘百昭殴曳女师大学生[8]，《现代评论》上连屁也不放，一到女师大恢复，陈西滢鼓动女大学生占据校舍时，却道“要是她们不肯走便怎样呢？你们总不好意思用强力把她们的东西搬走了罢？”殴而且拉，而且搬，是有刘百昭的先例的，何以这一回独独“不好意思”？这就因为给他嗅到了女师大这一面有些“费厄”气味之故。但这“费厄”却又变成弱点，反而给人利用了来替章士钊的“遗泽”保镳。

八 结末

或者要疑我上文所言，会激起新旧，或什么两派之争，使恶感更深，或相持更烈罢。但我敢断言，反改革者对于改革者的毒害，向来就并未放松过，手段的厉害也已经无以复加了。只有改革者却还在睡梦里，总是吃亏，因而中国也总是没有改革，自此以后，是应该改换些态度和方法的。

一九二五年十二月二十九日。

注释

1. 本篇最初发表于1926年1月10日《莽原》半月刊第一期。

2. 林语堂(1895—1976),作家。曾任北京大学、北京女子师范大学教授,厦门大学文科主任。《语丝》撰稿人之一。三十年代,他在上海主编《论语》《人间世》《宇宙风》等杂志,提倡“性灵”“幽默”。

3. “费厄泼赖”是英语fair play的音译,原为体育比赛和其他竞技所用的术语,意思是光明正大地比赛,不用不正当的手段,不要过于认真,不要穷追猛打。英国曾号召将这种精神运用于党派斗争和社会生活中,认为这是每一个绅士应有的涵养和品质。

4. “义角”即假角。陈西滢在《现代评论》第三卷第五十三期(1925年12月12日)《闲话》中讥讽鲁迅说:“花是人人爱好的,魔鬼是人人厌恶的。然而因为要取好于众人,不惜在花瓣上加上颜色,在鬼头上装上义角,我们非但觉得无聊,还有些嫌它肉麻。”

5. 指吴稚晖、周作人、林语堂等人。

6. 指无锡。陈西滢在《现代评论》第二卷第三十七期(1925年8月22日)发表的《闲话》中说:“无锡真不愧为中国的模范县!”

7. 杨荫榆(1884—1938),1924年任北京女子师范大学校长,后因学生反对去职。

8. 刘百昭(1873—?),字可亭,时任北洋政府教育部专门教育司司长。1925年8月,章士钊解散女师大,另立国立女子大学,派刘百昭前往筹办,刘于22日雇用女仆殴打女师大学生,并将她们强拉出校。

学界的三魂[1]

从《京报副刊》上知道有一种叫《国魂》[2]的期刊，曾有一篇文章说章士钊固然不好，然而反对章士钊的“学匪”们也应该打倒。我不知道大意是否真如我所记得？但这也没有什么关系，因为不过引起我想到一个题目，和那原文是不相干的。意思是，中国旧说，本以为人有三魂六魄，或云七魄；国魂也该这样。而这三魂之中，似乎一是“官魂”，一是“匪魂”，还有一个是什么呢？也许是“民魂”罢，我不很能够决定。又因为我的见闻很偏隘，所以未敢悉指中国全社会，只好缩而小之曰“学界”。

中国人的官瘾实在深，汉重孝廉而有埋儿刻木，宋重理学而有高帽破靴，清重帖括[3]而有“且夫”“然则”。总而言之：那魂灵就在做官，——行官势，摆官腔，打官话。顶着一个皇帝做傀儡，得罪了官就是得罪了皇帝，于是那些人就得了雅号曰

"匪徒"。学界的打官话是始于去年，凡反对章士钊的都得了"土匪"，"学匪"，"学棍"的称号，但仍然不知道从谁的口中说出，所以还不外乎一种"流言"。

但这也足见去年学界之糟了，竟破天荒的有了学匪。以大点的国事来比罢，太平盛世，是没有匪的；待到群盗如毛时，看旧史，一定是外戚，宦官，奸臣，小人当国，即使大打一通官话，那结果也还是"呜呼哀哉"。当这"呜呼哀哉"之前，小民便大抵相率而为盗，所以我相信源增[4]先生的话："表面上看只是些土匪与强盗，其实是农民革命军。"（《国民新报副刊》四三）那么，社会不是改进了么？并不，我虽然也是被谥为"土匪"之一，却并不想为老前辈们饰非掩过。农民是不来夺取政权的，源增先生又道："任三五热心家将皇帝推倒，自己过皇帝瘾去。"但这时候，匪便被称为帝，除遗老外，文人学者却都来恭维，又称反对他的为匪了。

所以中国的国魂里大概总有这两种魂：官魂和匪魂。这也并非硬要将我辈的魂挤进国魂里去，贪图与教授名流的魂为伍，只因为事实仿佛是这样。社会诸色人等，爱看《双官诰》，也爱看《四杰村》，望偏安巴蜀的刘玄德成功，也愿意打家劫舍的宋公明得法；至少，是受了官的恩惠时候则艳羡官僚，受了官的剥削时候便同情匪类。但这也是人情之常；倘使连这一点反抗心都没有，岂不就成为万劫不复的奴才了？

然而国情不同，国魂也就两样。记得在日本留学时候，有些同学问我在中国最有大利的买卖是什么，我答道："造反。"他们便大骇怪。在万世一系的国度里，那时听到皇帝可以一脚踢落，就如我们听说父母可以一棒打杀一般。为一部分士女所心悦诚服的李景林[5]先生，可就深知此意了，要是报纸上所传非虚。今天的《京报》即载着他对某外交官的谈话道："予预计于旧历正月间，当能与君在天津晤谈；若天津攻击竟至失败，则拟俟三四月间卷土重来，若再失败，则暂投土匪，徐养兵力，以待时机"云。但他所希望的不是做皇帝，那大概是因为中华民国之故罢。

所谓学界，是一种发生较新的阶级，本该可以有将旧魂灵略加湔洗之望了，但听到"学官"的官话，和"学匪"的新名，则似乎还走着旧道路。那末，当然也得打倒的。这来打倒他的是"民魂"，是国魂的第三种。先前不很发扬，所以一闹之后，终不自取政权，而只"任三五热心家将皇帝推倒，自己过皇帝瘾去"了。

惟有民魂是值得宝贵的，惟有他发扬起来，中国才有真进步。但是，当此连学界也倒走旧路的时候，怎能轻易地发挥得出来呢？在乌烟瘴气之中，有官之所谓"匪"和民之所谓匪；

有官之所谓“民”和民之所谓民；有官以为“匪”而其实是真的国民，有官以为“民”而其实是衙役和马弁。所以貌似“民魂”的，有时仍不免为“官魂”，这是鉴别魂灵者所应该十分注意的。

话又说远了，回到本题去。去年，自从章士钊提了“整顿学风”的招牌，上了教育总长的大任之后，学界里就官气弥漫，顺我者“通”，逆我者“匪”，官腔官话的余气，至今还没有完。但学界却也幸而因此分清了颜色；只是代表官魂的还不是章士钊，因为上头还有“减膳”执政[6]在，他至多不过做了一个官魄；现在是在天津“徐养兵力，以待时机”了。我不看《甲寅》[7]，不知道说些什么话：官话呢，匪话呢，民话呢，衙役马弁话呢？……

一月二十四日。

注释

1. 本篇最初发表于1926年2月1日《语丝》周刊第六十四期，发表时篇末有鲁迅的《附记》如下：

“今天到东城去教书，在新潮社看见陈源教授的信，在北京大学门口看见《现代评论》，那《闲话》里正议论着章士钊的《甲寅》，说‘也渐渐的有了生气了。可见做时事文章的人官实在是做不得的，……自然有些“土匪”不妨同时做官僚，……’这么一来，我上文的‘逆我者“匪”’，‘官腔官话的余气’云云，就又有了‘放冷箭’的嫌疑了。现在特地声明：我原先是不过就一般而言，如果陈教授觉得痛了，那是中了流弹。要我在‘至今还没有完’之后，加一句‘如陈源等辈就是’，自然也可以。至于‘顺我者“通”’的通字，却是此刻所改的，那根据就在章士钊之曾称陈源为‘通品’。别人的褒奖，本不应拿来讥笑本人，然而陈源现就用着‘土匪’的字样。有一回的《闲话》（《现代评论》五十）道：‘我们中国的批评家实在太宏博了。他们……在地上找寻窃贼，以致整大本的剽窃，他们倒往往视而不见。要举个例么？还是不说吧，我实在不敢再开罪“思想界的权威”。’按照他这回的慷慨激昂例，如果要免于‘卑劣’且有‘半分人气’，是早应该说明谁是土匪，积案怎样，谁是剽窃，证据如何的。现在倘有记得那括弧中的‘思想界的权威’六字，即曾见于《民报副刊》广告上的我的姓名之上，就知道这位陈源教授的‘人气’有几多。

“从此，我就以别人所说的‘东吉祥派’、‘正人君子’、‘通品’等字样，加于陈源之上了，这回是用了一个‘通’字；我要‘以眼还眼以牙还牙’，或者以半牙，以两牙还一牙，因为我是人，难于上帝似的铢两悉称。如果我没有做，那是我的无力，并非我大度，宽恕了加害于我的敌人。还有，有些下贱东西，每以秽物掷人，以为人必不屑较，一计较，倒是你自己失了人格。我可要照样的掷过去，要是他掷来。但对于没有这样举动的人，我却不肯先动手；而且也以文字为限，‘捏造事实’和‘散布“流言”’的鬼蜮的长技，自信至今还不屑为。在马弁们的眼里虽然是‘土匪’，然而‘盗亦有道’的。记起一件别的事来了。前几天九校‘索薪’的时候，我也当作一个代表，因此很会见了几个前‘公理维持会’即‘女大后援会’中人。幸而他们倒并不将我捆送三贝子花园或运入深山，‘投畀豺虎’，也没有实行‘割席’，将板凳锯开。终于‘学官’‘学匪’，都化为‘学丐’，同聚一堂，大讨其欠账，——自然是讨不来。记得有一个洋鬼子说过：中国先是官国，后来是土匪国，将来是乞丐国。单就学界而论，似乎很有点上这轨道了。想来一定有些人要后悔，去年竟抱了‘有奶不是娘’主义，来反对章士钊的罢。

一月二十五日东壁灯下写。”

2.《国魂》是当时国家主义派创办的期刊，1925年10月创刊于北京。

3. 帖括是科举考试的一种文体。“且夫”“然则”，是这一类文章中常见的表达。

4. 指谷源增，北京大学法文系学生。1926年1月20日《国民新报副刊》载有他翻译的《帝国主义与帝国主义国家的工人阶级》一文。

5. 李景林（1884—1931），字芳岑，奉系军阀，曾任直隶保安司令兼直隶省长等职。

6. 指段祺瑞。

7. 指《甲寅》周刊，章士钊主编的杂志。

送灶日漫笔[1]

坐听着远远近近的爆竹声，知道灶君先生们都在陆续上天，向玉皇大帝讲他的东家的坏话去了，但是他大概终于没有讲，否则，中国人一定比现在要更倒楣。

灶君升天的那日，街上还卖着一种糖，有柑子那么大小，在我们那里也有这东西，然而扁的，像一个厚厚的小烙饼。那就是所谓"胶牙饧"了。本意是在请灶君吃了，粘住他的牙，使他不能调嘴学舌，对玉帝说坏话。我们中国人意中的神鬼，似乎比活人要老实些，所以对鬼神要用这样的强硬手段，而于活人却只好请吃饭。

今之君子往往讳言吃饭，尤其是请吃饭。那自然是无足怪的，的确不大好听。只是北京的饭店那么多，饭局那么多，莫非都在食蛤蜊，谈风月，"酒酣耳热而歌呜呜"么？不尽然的，的确也有许多"公论"从这些地方播种，只因为公论和请帖之间看不出蛛丝马迹，所以议论便堂哉皇哉了。但我的意见，却以为还是酒后的公论有情。人非木石，岂能一味谈理，碍于情面而偏过去了，在这里正有着人气息。况且中国是一向重情面的。何谓情面？明朝就有人解释过，曰："情面者，面情之谓也。"自然不知道他说什么，但也就可以懂得他说什么。在现今的世上，要有不偏不倚的公论，本来是一种梦想；即使是饭后的公评，酒后的宏议，也何尝不可姑妄听之呢。然而，倘以为那是真正老牌的公论，却一定上当，——但这也不能独归罪于公论家，社会上风行请吃饭而讳言请吃饭，使人们不得不虚假，那自然也应该分任其咎的。

记得好几年前，是"兵谏"[2]之后，有枪阶级专喜欢在天津会议的时候，有一个青年愤愤地告诉我道：他们那里是会议呢，在酒席上，在赌桌上，带着说几句就决定了。他就是受了"公论不发源于酒饭说"之骗的一个，所以永远是愤然，殊不知他那理想中的情形，怕要到二九二五年才会出现呢，或者竟许到三九二五年。

然而不以酒饭为重的老实人，却是的确也有的，要不然，中国自然还要坏。有些会议，从午后二时起，讨论问题，研究章程，此问彼难，风起云涌，一直到七八点，大家就无端觉得有些焦躁不安，脾气愈大了，议论愈纠纷了，章程愈渺茫了，虽说我们到讨论完毕后才散罢，但终于一哄而散，无结果。这就是轻视了吃饭的报应，六七点钟时分的焦躁不安，就是肚子对于本身和别人的警告，而大家误信了吃饭与讲公理无关的妖言，毫不瞅睬，所以肚子就使你演说也没精采，宣言也——连草稿都没有。

但我并不说凡有一点事情，总得到什么太平湖饭店，撷英番菜馆之类里去开大宴；我于那些店里都没有股本，犯不上替他们来拉主顾，人们也不见得都有这么多的钱。我不过说，发议论和请吃饭，现在还是有关系的；请吃饭之于发议论，现在也还是有益处的；虽然，这也是人情之常，无足深怪的。

顺便还要给热心而老实的青年们进一个忠告，就是没酒没饭的开会，时候不要开得太长，倘若时候已晚了，那么，买几个烧饼来吃了再说。这么一办，总可以比空着肚子的讨论容易有结果，容易得收场。

胶牙饧的强硬办法，用在灶君身上我不管它怎样，用之于活人是不大好的。倘是活人，莫妙于给他醉饱一次，使他自己不开口，却不是胶住他。中国人对人的手段颇高明，对鬼神却总有些特别，二十三夜的捉弄灶君即其一例，但说起来也奇怪，灶君竟至于到了现在，还仿佛没有省悟似的。

道士们的对付“三尸神”，可是更利害了。我也没有做过道士，详细是不知道的，但据“耳食之言”，则道士们以为人身中有三尸神，到有一日，便乘人熟睡时，偷偷地上天去奏本身的过恶。这实在是人体本身中的奸细，《封神传演义》常说的“三尸神暴躁，七窍生烟”的三尸神，也就是这东西。但据说要抵制他却不难，因为他上天的日子是有一定的，只要这一日不睡觉，他便无隙可乘，只好将过恶都放在肚子里，再看明年的机会了。连胶牙饧都没得吃，他实在比灶君还不幸，值得同情。

三尸神不上天，罪状都放在肚子里；灶君虽上天，满嘴是糖，在玉皇大帝面前含含胡胡地说了一通，又下来了。对于下界的情形，玉皇大帝一点也听不懂，一点也不知道，于是我们今年当然还是一切照旧，天下太平。

我们中国人对于鬼神也有这样的手段。

我们中国人虽然敬信鬼神；却以为鬼神总比人们傻，所以就用了特别的方法来处治他。至于对人，那自然是不同的了，但还是用了特别的方法来处治，只是不肯说；你一说，据说你就是卑视了他了。诚然，自以为看穿了的话，有时也的确反不免于浅薄。

二月五日。

注释

1. 本篇最初发表于1926年2月11日《国民新报副刊》。

2. 第一次世界大战期间，在参战问题上，北洋政府总统黎元洪和总理段祺瑞发生分歧。1917年5月，段提出的对德宣战案未得国会通过，自己也被黎元洪免职。于是在段的指使下，安徽省长倪嗣冲首先通电独立，奉、鲁、闽、豫、浙、陕、直等省督军相继响应，皖督张勋也用“十三省省区联合会”的名义电请黎元洪退位，这一行动被督军们自称为“兵谏”。

谈皇帝[1]

中国人的对付鬼神，凶恶的是奉承，如瘟神和火神之类，老实一点的就要欺侮，例如对于土地或灶君。待遇皇帝也有类似的意思。君民本是同一民族，乱世时“成则为王败则为贼”，平常是一个照例做皇帝，许多个照例做平民；两者之间，思想本没有什么大差别。所以皇帝和大臣有“愚民政策”，百姓们也自有其“愚君政策”。

往昔的我家，曾有一个老仆妇，告诉过我她所知道，而且相信的对付皇帝的方法。她说——

“皇帝是很可怕的。他坐在龙位上，一不高兴，就要杀人；不容易对付的。所以吃的东西也不能随便给他吃，倘是不容易办到的，他吃了又要，一时办不到；——譬如他冬天想到瓜，秋天要吃桃子，办不到，他就生气，杀人了。现在是一年到头给他吃波菜，一要就有，毫不为难。但是倘说是波菜，他又要生气的，因为这是便宜货，所以大家对他就不称为波菜，另外起一个名字，叫作'红嘴绿鹦哥'。"

在我的故乡，是通年有波菜的，根很红，正如鹦哥的嘴一样。

这样的连愚妇人看来，也是呆不可言的皇帝，似乎大可以不要了。然而并不，她以为要有的，而且应该听凭他作威作福。至于用处，仿佛在靠他来镇压比自己更强梁的别人，所以随便杀人，正是非备不可的要件。然而倘使自己遇到，且须侍奉呢？可又觉得有些危险了，因此只好又将他练成傻子，终年耐心地专吃着"红嘴绿鹦哥"。

其实利用了他的名位，"挟天子以令诸侯"的，和我那老仆妇的意思和方法都相同，不过一则又要他弱，一则又要他愚。儒家的靠了"圣君"来行道也就是这玩意，因为要"靠"，所以要他威重，位高；因为要便于操纵，所以又要他颇老实，听话。

皇帝一自觉自己的无上威权，这就难办了。既然"普天之下，莫非皇土"，他就胡闹起来，还说是"自我得之，自我失之，我又何恨"哩！于是圣人之徒也只好请他吃"红嘴绿鹦哥"了，这就是所谓"天"。据说天子的行事，是都应该体帖天意，不能胡闹的；而这"天意"也者，又偏只有儒者们知道着。

这样，就决定了：要做皇帝就非请教他们不可。

然而不安分的皇帝又胡闹起来了。你对他说“天”么，他却道，“我生不有命在天?!”岂但不仰体上天之意而已，还逆天，背天，“射天”，简直将国家闹完，使靠天吃饭的圣贤君子们，哭不得，也笑不得。

于是乎他们只好去著书立说，将他骂一通，豫计百年之后，即身殁之后，大行于时，自以为这就了不得。

但那些书上，至多就止记着“愚民政策”和“愚君政策”全都不成功。

二月十七日。

注释

1. 本篇最初发表于1926年3月9日《国民新报副刊》。

无花的蔷薇[1]

1

又是Schopenhauer[2]先生的话——

“无刺的蔷薇是没有的。——然而没有蔷薇的刺却很多。”

题目改变了一点,较为好看了。

“无花的蔷薇”也还是爱好看。

2

去年,不知怎的这位勗本华尔先生忽然合于我们国度里的绅士们的脾胃了,便拉扯了他的一点《女人论》[3];我也就夹七夹八地来称引了好几回,可惜都是刺,失了蔷薇,实在大煞风景,对不起绅士们。

记得幼小时候看过一出戏，名目忘却了，一家正在结婚，而勾魂的无常鬼已到，夹在婚仪中间，一同拜堂，一同进房，一同坐床……实在大煞风景，我希望我还不至于这样。

3

有人说我是“放冷箭者”[4]。

我对于“放冷箭”的解释，颇有些和他们一流不同，是说有人受伤，而不知这箭从什么地方射出。所谓“流言”者，庶几近之。但是我，却明明站在这里。

但是我，有时虽射而不说明靶子是谁，这是因为初无“与众共弃”之心，只要该靶子独自知道，知道有了洞，再不要面皮鼓得急绷绷，我的事就完了。

4

蔡子民[5]先生一到上海，《晨报》就据国闻社电报郑重地发表他的谈话，而且加以按语，以为“当为历年潜心研究与冷眼观察之结果，大足诏示国人，且为知识阶级所注意也。”

我很疑心那是胡适之先生的谈话，国闻社的电码有些错误了。

5

预言者，即先觉，每为故国所不容，也每受同时人的迫害，大人物也时常这样。他要得人们的恭维赞叹时，必须死掉，或者沉默，或者不在面前。

总而言之，第一要难于质证。

如果孔丘，释迦，耶稣基督还活着，那些教徒难免要恐慌。对于他们的行为，真不知道教主先生要怎样慨叹。

所以，如果活着，只得迫害他。

待到伟大的人物成为化石，人们都称他伟人时，他已经变了傀儡了。

有一流人之所谓伟大与渺小，是指他可给自己利用的效果的大小而言。

6

法国罗曼罗兰先生今年满六十岁了。晨报社为此征文，徐志摩先生于介绍之余，发感慨道："……但如其有人拿一些时行的口号，什么打倒帝国主义等等，或是分裂与猜忌的现象，去报告罗兰先生说这是新中国，我再也不能预料他的感想了。”（《晨副》一二九九）

他住得远，我们一时无从质证，莫非从“诗哲”的眼光看来，罗兰先生的意思，是以为新中国应该欢迎帝国主义的么？

“诗哲”又到西湖看梅花去了，一时也无从质证。不知孤山的古梅，著花也未，可也在那里反对中国人“打倒帝国主义”？

7

志摩先生曰：“我很少夸奖人的。但西滢就他学法郎士的文章说，我敢说，已经当得起一句天津话：‘有根’了。”而且“像西滢这样，在我看来，才当得起‘学者’的名词。”（《晨副》一四二三）

西滢教授曰：“中国的新文学运动，方在萌芽，可是稍有贡献的人，如胡适之，徐志摩，郭沫若，郁达夫，丁西林，周氏兄弟等等都是曾经研究过他国文学的人。尤其是志摩他非但在思想方面，就是在体制方面，他的诗及散文，都已经有一种中国文学里从来不曾有过的风格。”（《现代》六三）

虽然抄得麻烦，但中国现今“有根”的“学者”和“尤其”的思想家及文人，总算已经互相选出了。

8

志摩先生曰：“鲁迅先生的作品，说来大不敬得很，我拜读过很少，就只《呐喊》集里两三篇小说，以及新近因为有人尊他是中国的尼采他的《热风》集里的几页。他平常零星的东西，我即使看也等于白看，没有看进去或是没有看懂。”（《晨副》一四三三）

西滢教授曰：“鲁迅先生一下笔就构陷人家的罪状。……可是他的文章，我看过了就放进了应该去的地方——说句体己话，我觉得它们就不应该从那里出来——手边却没有。”（同上）

虽然抄得麻烦，但我总算已经被中国现在“有根”的“学者”和“尤其”的思想家及文人协力踏倒了。

9

但我愿奉还“曾经研究过他国文学”的荣名。“周氏兄弟”之一，一定又是我了。我何尝研究过什么呢，做学生时候看几本外国小说和文人传记，就能算“研究过他国文学”么？

该教授——恕我打一句“官话”——说过，我笑别人称他们为“文士”，而不笑“某报天天鼓吹”我是“思想界的权威者”。现在不了，不但笑，简直唾弃它。

10

其实呢，被毁则报，被誉则默，正是人情之常。谁能说人的左颊既受爱人接吻而不作一声，就得援此为例，必须默默地将右颊给仇人咬一口呢？

我这回的竟不要那些西滢教授所颁赏陪衬的荣名，“说句体己话”罢，实在是不得已。我的同乡不是有“刑名师爷”的么？他们都知道，有些东西，为要显示他伤害你的时候的公正，在不相干的地方就称赞你几句，似乎有赏有罚，使别人看去，很像无私……。

“带住！”又要“构陷人家的罪状”了。只是这一点，就已经够使人“即使看也等于白看”，或者“看过了就放进了应该去的地方”了。

二月二十七日。

注释

1. 本篇最初发表于1926年3月8日《语丝》周刊第六十九期。

2. Schopenhauer即叔本华，也即下文提到的“勗本华尔”。

3. 指《妇人论》，叔本华关于妇女的一篇文章，曾由张慰慈译为中文，题为《妇女论》，载于1925年10月14、15日《晨报副刊》，《女人论》应为鲁迅误记。

4. 陈西滢在1926年1月30日《晨报副刊》发表的《致志摩》中攻击鲁迅：“他没有一篇文章里不放几枝冷箭。”

5. 蔡孑民（1868—1940），名元培，字鹤卿，号孑民，曾任北京大学校长，近代教育家。

记念刘和珍君[1]

一

中华民国十五年三月二十五日，就是国立北京女子师范大学为十八日在段祺瑞执政府前遇害的刘和珍杨德群[2]两君开追悼会的那一天，我独在礼堂外徘徊，遇见程君[3]，前来问我道，“先生可曾为刘和珍写了一点什么没有？”我说“没有”。她就正告我，“先生还是写一点罢；刘和珍生前就很爱看先生的文章。”

这是我知道的，凡我所编辑的期刊，大概是因为往往有始无终之故罢，销行一向就甚为寥落，然而在这样的生活艰难中，毅然预定了《莽原》[4]全年的就有她。我也早觉得有写一点东西的必要了，这虽然于死者毫不相干，但在生者，却大抵只能如此而已。倘使我能够相信真有所谓“在天之灵”，那自然可以得到更大的安慰，——但是，现在，却只能如此而已。

可是我实在无话可说。我只觉得所住的并非人间。四十多个青年的血，洋溢在我的周围，使我艰于呼吸视听，那里还能有什么言语？长歌当哭，是必须在痛定之后的。而此后几个所谓学者文人的阴险的论调，尤使我觉得悲哀。我已经出离愤怒了。我将深味这非人间的浓黑的悲凉；以我的最大哀痛显示于非人间，使它们快意于我的苦痛，就将这作为后死者的菲薄的祭品，奉献于逝者的灵前。

二

真的猛士，敢于直面惨淡的人生，敢于正视淋漓的鲜血。这是怎样的哀痛者和幸福者？然而造化又常常为庸人设计，以时间的流驶，来洗涤旧迹，仅使留下淡红的血色和微漠的悲哀。在这淡红的血色和微漠的悲哀中，又给人暂得偷生，维持着这似人非人的世界。我不知道这样的世界何时是一个尽头！

我们还在这样的世上活着；我也早觉得有写一点东西的必要了。离三月十八日也已有两星期，忘却的救主快要降临了罢，我正有写一点东西的必要了。

三

在四十余被害的青年之中，刘和珍君是我的学生。学生云者，我向来这样想，这样说，现在却觉得有些踌躇了，我应该对她奉献我的悲哀与尊敬。她不是“苟活到现在的我”的学生，是为了中国而死的中国的青年。

她的姓名第一次为我所见，是在去年夏初杨荫榆女士做女子师范大学校长，开除校中六个学生自治会职员的时候。其中的一个就是她；但是我不认识。直到后来，也许已经是刘百昭率领男女武将，强拖出校之后了，才有人指着一个学生告诉我，说：这就是刘和珍。其时我才能将姓名和实体联合起来，心中却暗自诧异。我平素想，能够不为势利所屈，反抗一广有羽翼的校长的学生，无论如何，总该是有些桀骜锋利的，但她却常常微笑着，态度很温和。待到偏安于宗帽胡同[5]，赁屋授课之后，她才始来听我的讲义，于是见面的回数就较多了，也还是始终微笑着，态度很温和。待到学校恢复旧观，往日的教职员以为责任已尽，准备陆续引退的时候，我才见她虑及母校前途，黯然至于泣下。此后似乎就不相见。总之，在我的记忆上，那一次就是永别了。

四

我在十八日早晨，才知道上午有群众向执政府请愿的事；下午便得到噩耗，说卫队居然开枪，死伤至数百人，而刘和珍君即在遇害者之列。但我对于这些传说，竟至于颇为怀疑。我向来是不惮以最坏的恶意，来推测中国人的，然而我还不料，也不信竟会下劣凶残到这地步。况且始终微笑着的和蔼的刘和珍君，更何至于无端在府门前喋血呢？

然而即日证明是事实了，作证的便是她自己的尸骸。还有一具，是杨德群君的。而且又证明着这不但是杀害，简直是虐杀，因为身体上还有棍棒的伤痕。

但段政府就有令，说她们是“暴徒”！

但接着就有流言，说她们是受人利用的。

惨象，已使我目不忍视了；流言，尤使我耳不忍闻。我还有什么话可说呢？我懂得衰亡民族之所以默无声息的缘由了。沉默呵，沉默呵！不在沉默中爆发，就在沉默中灭亡。

五

但是，我还有要说的话。

我没有亲见；听说，她，刘和珍君，那时是欣然前往的。自然，请愿而已，稍有人心者，谁也不会料到有这样的罗网。但竟在执政府前中弹了，从背部入，斜穿心肺，已是致命的创伤，只是没有便死。同去的张静淑[6]君想扶起她，中了四弹，其一是手枪，立仆；同去的杨德群君又想去扶起她，也被击，弹从左肩入，穿胸偏右出，也立仆。但她还能坐起来，一个兵在她头部及胸部猛击两棍，于是死掉了。

始终微笑的和蔼的刘和珍君确是死掉了，这是真的，有她自己的尸骸为证；沉勇而友爱的杨德群君也死掉了，有她自己的尸骸为证；只有一样沉勇而友爱的张静淑君还在医院里呻吟。当三个女子从容地转辗于文明人所发明的枪弹的攒射中的时候，这是怎样的一个惊心动魄的伟大呵！中国军人的屠戮妇婴的伟绩，八国联军的惩创学生的武功，不幸全被这几缕血痕抹杀了。

但是中外的杀人者却居然昂起头来，不知道个个脸上有着血污……。

六

时间永是流驶，街市依旧太平，有限的几个生命，在中国是不算什么的，至多，不过供无恶意的闲人以饭后的谈资，或者给有恶意的闲人作“流言”的种子。至于此外的深的意义，我总觉得很寥寥，因为这实在不过是徒手的请愿。人类的血战前行的历史，正如煤的形成，当时用大量的木材，结果却只是一小块，但请愿是不在其中的，更何况是徒手。

然而既然有了血痕了，当然不觉要扩大。至少，也当浸渍了亲族，师友，爱人的心，纵使时光流驶，洗成绯红，也会在微漠的悲哀中永存微笑的和蔼的旧影。陶潜说过，“亲戚或余悲，他人亦已歌，死去何所道，托体同山阿。”倘能如此，这也就够了。

七

我已经说过：我向来是不惮以最坏的恶意来推测中国人的。但这回却很有几点出于我的意外。一是当局者竟会这样地凶残，一是流言家竟至如此之下劣，一是中国的女性临难竟能如是之从容。

我目睹中国女子的办事，是始于去年的，虽然是少数，但看那干练坚决，百折不回的气概，曾经屡次为之感叹。至于这一回在弹雨中互相救助，虽殒身不恤的事实，则更足为中国女子的勇毅，虽遭阴谋秘计，压抑至数千年，而终于没有消亡的明证了。倘要寻求这一次死伤者对于将来的意义，意义就在此罢。

苟活者在淡红的血色中，会依稀看见微茫的希望；真的猛士，将更奋然而前行。

呜呼，我说不出话，但以此记念刘和珍君！

四月一日。

注释

1. 本篇最初发表于1926年4月12日《语丝》周刊第七十四期。

2. 刘和珍（1904—1926），北京女子师范大学英文系学生。杨德群（1902—1926），北京女子师范大学国文系预科学生。

3. 指程毅志，北京女子师范大学教育系学生。

4.《莽原》最初由鲁迅编辑，1925年4月24日创刊于北京。1926年8月鲁迅离京后，改由韦素园接编。

5. 反对杨荫榆的女师大学生被赶出学校后，在西城宗帽胡同租赁房屋作为临时校舍。当时鲁迅和部分教师曾去义务授课，表示支持。

6. 张静淑（1902—1978），北京女子师范大学教育系学生。

略论中国人的脸[1]

大约人们一遇到不大看惯的东西，总不免以为他古怪。我还记得初看见西洋人的时候，就觉得他脸太白，头发太黄，眼珠太淡，鼻梁太高。虽然不能明明白白地说出理由来，但总而言之：相貌不应该如此。至于对于中国人的脸，是毫无异议；即使有好丑之别，然而都不错的。

我们的古人，倒似乎并不放松自己中国人的相貌。周的孟轲就用眸子来判胸中的正不正，汉朝还有《相人》二十四卷。后来闹这玩艺儿的尤其多；分起来，可以说有两派罢：一是从脸上看出他的智愚贤不肖；一是从脸上看出他过去，现在和将来的荣枯。于是天下纷纷，从此多事，许多人就都战战兢兢地研究自己的脸。我想，镜子的发明，恐怕这些人和小姐们是大有功劳的。不过近来前一派已经不大有人讲究，在北京上海这些地方捣鬼的都只是后一派了。

我一向只留心西洋人。留心的结果，又觉得他们的皮肤未免太粗；毫毛有白色的，也不好。皮上常有红点，即因为颜色太白之故，倒不如我们之黄。尤其不好的是红鼻子，有时简直像是将要熔化的蜡烛油，仿佛就要滴下来，使人看得栗栗危惧，也不及黄色人种的较为隐晦，也见得较为安全。总而言之：相貌还是不应该如此的。

后来，我看见西洋人所画的中国人，才知道他们对于我们的相貌也很不敬。那似乎是《天方夜谈》或者《安兑生[2]童话》中的插画，现在不很记得清楚了。头上戴着拖花翎的红缨帽，一条辫子在空中飞扬，朝靴的粉底非常之厚。但这些都是满洲人连累我们的。独有两眼歪斜，张嘴露齿，却是我们自己本来的相貌。不过我那时想，其实并不尽然，外国人特地要奚落我们，所以格外形容得过度了。

但此后对于中国一部分人们的相貌，我也逐渐感到一种不满，就是他们每看见不常见的事件或华丽的女人，听到有些醉心的说话的时候，下巴总要慢慢挂下，将嘴张了开来。这实在不大雅观；仿佛精神上缺少着一样什么机件。据研究人体的学者们说，一头附着在上颚骨上，那一头附着在下颚骨上的“咬筋”，力量是非常之大的。我们幼小时候想吃核桃，必须放在门缝里将它的壳夹碎。但在成人，只要牙齿好，那咬筋一收缩，便能咬碎一个核桃。有着这么大的力量的筋，有时竟不能收住一个并不沉重的自己的下巴，虽然正在看得出神的时候，倒也情有可原，但我总以为究竟不是十分体面的事。

日本的长谷川如是闲[3]是善于做讽刺文字的。去年我见过他的一本随笔集，叫作《猫·狗·人》；其中有一篇就说到中国人的脸。大意是初见中国人，即令人感到较之日本人或西洋人，脸上总欠缺着一点什么。久而久之，看惯了，便觉得这样已经尽够，并不缺少东西；倒是看得西洋人之流的脸上，多余着一点什么。这多余着的东西，他就给它一个不大高妙的名目：兽性。中国人的脸上没有这个，是人，则加上多余的东西，即成了下列的算式：

人＋兽性＝西洋人

他借了称赞中国人，贬斥西洋人，来讥刺日本人的目的，这样就达到了，自然不必再说这兽性的不见于中国人的脸上，是本来没有的呢，还是现在已经消除。如果是后来消除的，那么，是渐渐净尽而只剩了人性的呢，还是不过渐渐成了驯顺。野牛成为家牛，野猪成为猪，狼成为狗，野性是消失了，但只足使牧人喜欢，于本身并无好处。人不过是人，不再夹杂着别的东西，当然再好没有了。倘不得已，我以为还不如带些兽性，如果合于下列的算式倒是不很有趣的：

人＋家畜性＝某一种人

中国人的脸上真可有兽性的记号的疑案，暂且中止讨论罢。我只要说近来却在中国人所理想的古今人的脸上，看见了两种多余。一到广州，我觉得比我所从来的厦门丰富得多的，是电影，而且大半是“国片”，有古装的，有时装的。因为电影是“艺术”，所以电影艺术家便将这两种多余加上去了。

古装的电影也可以说是好看，那好看不下于看戏；至少，决不至于有大锣大鼓将人的耳朵震聋。在“银幕”上，则有身穿不知何时何代的衣服的人物，缓慢地动作；脸正如古人一般死，因为要显得活，便只好加上些旧式戏子的昏庸。

时装人物的脸，只要见过清朝光绪年间上海的吴友如[4]的《画报》的，便会觉得神态非常相像。《画报》所画的大抵不是流氓拆梢[5]，便是妓女吃醋，所以脸相都狡猾。这精神似乎至今不变，国产影片中的人物，虽是作者以为善人杰士者，眉宇间也总带些上海洋场式的狡猾。可见不如此，是连善人杰士也做不成的。

听说，国产影片之所以多，是因为华侨欢迎，能够获利，每一新片到，老的便带了孩子去指点给他们看道:“看哪，我们的祖国的人们是这样的。”在广州似乎也受欢迎，日夜四场，我常见看客坐得满满。

广州现在也如上海一样，正在这样地修养他们的趣味。可惜电影一开演，电灯一定熄灭，我不能看见人们的下巴。

四月六日。

注释

1. 本篇最初发表于1927年11月25日北京《莽原》半月刊第二卷第二十一、二十二期合刊。

2. 安兑生（1805—1875），今译安徒生，丹麦童话作家。

3. 长谷川如是闲（1875—1969），日本评论家、作家。

4. 吴友如（约1840—1893），名猷（又作嘉猷），字友如，清末画家。

5. 拆梢，上海方言，指流氓敲诈财物。

革命时代的文学[1]

——四月八日在黄埔军官学校讲

今天要讲几句的话是就将这“革命时代的文学”算作题目。这学校是邀过我好几次了，我总是推宕着没有来。为什么呢？因为我想，诸君的所以来邀我，大约是因为我曾经做过几篇小说，是文学家，要从我这里听文学。其实我并不是的，并不懂什么。我首先正经学习的是开矿，叫我讲掘煤，也许比讲文学要好一些。自然，因为自己的嗜好，文学书是也时常看看的，不过并无心得，能说出于诸君有用的东西来。加以这几年，自己在北京所得的经验，对于一向所知道的前人所讲的文学的议论，都渐渐的怀疑起来。那是开枪打杀学生的时候[2]罢，文禁也严厉了，我想：文学文学，是最不中用的，没有力量的人讲的；有实力的人并不开口，就杀人，被压迫的人讲几句话，写几个字，就要被杀；即使幸而不被杀，但天天呐喊，叫苦，鸣不平，而有实力的人仍然压迫，虐待，杀戮，没有方法对付他们，这文学于人们又有什么益处呢？

在自然界里也这样，鹰的捕雀，不声不响的是鹰，吱吱叫喊的是雀；猫的捕鼠，不声不响的是猫，吱吱叫喊的是老鼠；结果，还是只会开口的被不开口的吃掉。文学家弄得好，做几篇文章，也许能够称誉于当时，或者得到多少年的虚名罢，——譬如一个烈士的追悼会开过之后，烈士的事情早已不提了，大家倒传诵着谁的挽联做得好：这实在是一件很稳当的买卖。

但在这革命地方的文学家，恐怕总喜欢说文学和革命是大有关系的，例如可以用这来宣传，鼓吹，煽动，促进革命和完成革命。不过我想，这样的文章是无力的，因为好的文艺作品，向来多是不受别人命令，不顾利害，自然而然地从心中流露的东西；如果先挂起一个题目，做起文章来，那又何异于八股，在文学中并无价值，更说不到能否感动人了。为革命起见，要有"革命人"，"革命文学"倒无须急急，革命人做出东西来，才是革命文学。所以，我想：革命，倒是与文章有关系的。革命时代的文学和平时的文学不同，革命来了，文学就变换色彩。但大革命可以变换文学的色彩，小革命却不，因为不算什么革命，所以不能变换文学的色彩。在此地是听惯了"革命"了，江苏浙江谈到革命二字，听的人都很害怕，讲的人也很危险。其实

"革命"是并不稀奇的，惟其有了它，社会才会改革，人类才会进步，能从原虫到人类，从野蛮到文明，就因为没有一刻不在革命。生物学家告诉我们："人类和猴子是没有大两样的，人类和猴子是表兄弟。"但为什么人类成了人，猴子终于是猴子呢？这就因为猴子不肯变化——它爱用四只脚走路。也许曾有一个猴子站起来，试用两脚走路的罢，但许多猴子就说："我们底祖先一向是爬的，不许你站！"咬死了。它们不但不肯站起来，并且不肯讲话，因为它守旧。人类就不然，他终于站起，讲话，结果是他胜利了。现在也还没有完。所以革命是并不稀奇的，凡是至今还未灭亡的民族，还都天天在努力革命，虽然往往不过是小革命。

大革命与文学有什么影响呢？大约可以分开三个时候来说：

(一) 大革命之前，所有的文学，大抵是对于种种社会状态，觉得不平，觉得痛苦，就叫苦，鸣不平，在世界文学中关于这类的文学颇不少。但这些叫苦鸣不平的文学对于革命没有什么影响，因为叫苦鸣不平，并无力量，压迫你们的人仍然不理，老鼠虽然吱吱地叫，尽管叫出很好的文学，而猫儿吃起它来，还是不客气。所以仅仅有叫苦鸣不平的文学时，这个民族还没有希望，因为止于叫苦和鸣不平。例如人们打官司，失败的方面到了分发冤单的时候，对手就知道他没有力量再打官司，事情已经了结了；所以叫苦鸣不平的文学等于喊冤，压迫者对此倒觉得放心。有些民族因为叫苦无用，连苦也不叫了，他们便成为沉默的民族，渐渐更加衰颓下去，埃及，阿拉伯，波斯，印度就都没有什么声音了！至于富有反抗性，蕴有力量的民族，因为叫苦没用，他便觉悟起来，由哀音而变为怒吼。怒吼的文学一出现，反抗就快到了；他们已经很愤怒，所以与革命爆发时代接近的文学每每带有愤怒之音；他要反抗，他要复仇。苏俄革命将起时，即有些这类的文学。但也有例外，如波兰，虽然早有复仇的文学[3]，然而他的恢复，是靠着欧洲大战的。

（二）到了大革命的时代，文学没有了，没有声音了，因为大家受革命潮流的鼓荡，大家由呼喊而转入行动，大家忙着革命，没有闲空谈文学了。还有一层，是那时民生凋敝，一心寻面包吃尚且来不及，那里有心思谈文学呢？守旧的人因为受革命潮流的打击，气得发昏，也不能再唱所谓他们底文学了。有人说："文学是穷苦的时候做的"，其实未必，穷苦的时候必定没有文学作品的；我在北京时，一穷，就到处借钱，不写一个字，到薪俸发放时，才坐下来做文章。忙的时候也必定没有文学作品，挑担的人必要把担子放下，才能做文章；拉车的人也必要把车子放下，才能做文章。大革命时代忙得很，同时又穷得很，这一部分人和那一部分人斗争，非先行变换现代社会底状态不可，没有时间也没有心思做文章；所以大革命时代的文学便只好暂归沉寂了。

（三）等到大革命成功后，社会底状态缓和了，大家底生活有余裕了，这时候就又产生文学。这时候底文学有二：一种文学是赞扬革命，称颂革命，——讴歌革命，因为进步的文学家想到社会改变，社会向前走，对于旧社会的破坏和新社会的建设，都觉得有意义，一方面对于旧制度的崩坏很高兴，一方面对于新的建设来讴歌。另有一种文学是吊旧社会的灭亡——挽歌——也是革命后会有的文学。有些的人以为这是“反革命的文学”，我想，倒也无须加以这么大的罪名。革命虽然进行，但社会上旧人物还很多，决不能一时变成新人物，他们的脑中满藏着旧思想旧东西；环境渐变，影响到他们自身的一切，于是回想旧时的舒服，便对于旧社会眷念不已，恋恋不舍，因而讲出很古的话，陈旧的话，形成这样的文学。这种文学都是悲哀的调子，表示他心里不舒服，一方面看见新的建设胜利了，一方面看见旧的制度灭亡了，所以唱起挽歌来。但是怀旧，唱挽歌，就表示已经革命了，如果没有革命，旧人物正得势，是不会唱挽歌的。

不过中国没有这两种文学——对旧制度挽歌，对新制度讴歌；因为中国革命还没有成功，正是青黄不接，忙于革命的时候。不过旧文学仍然很多，报纸上的文章，几乎全是旧式。我想，这足见中国革命对于社会没有多大的改变，对于守旧的人没有多大的影响，所以旧人仍能超然物外。广东报纸所讲的文学，都是旧的，新的很少，也可以证明广东社会没有受革命影响；没有对新的讴歌，也没有对旧的挽歌，广东仍然是十年前底广东。不但如此，并且也没有叫苦，没有鸣不平；止看见工会参加游行，但这是政府允许的，不是因压迫而反抗的，也不过是奉旨革命。中国社会没有改变，所以没有怀旧的哀词，也没有崭新的进行曲，只在苏俄却已产生了这两种文学。他们的旧文学家逃亡外国，所作的文学，多是吊亡挽旧的哀词；新文学则正在努力向前走，伟大的作品虽然还没有，但是新作品已不少，他们已经离开怒吼时期而过渡到讴歌的时期了。赞美建设是革命进行以后的影响，再往后去的情形怎样，现在不得而知，但推想起来，大约是平民文学罢，因为平民的世界，是革命的结果。

现在中国自然没有平民文学，世界上也还没有平民文学，所有的文学，歌呀，诗呀，大抵是给上等人看的；他们吃饱了，睡在躺椅上，捧着看。一个才子出门遇见一个佳人，两个人很要好，有一个不才子从中捣乱，生出差迟来，但终于团圆了。这样地看看，多么舒服。或者讲上等人怎样有趣和快乐，下等人怎样可笑。前几年《新青年》载过几篇小说，描写罪人在寒地里的生活，大学教授看了就不高兴，因为他们不喜欢看这样的下流人。如果诗歌描写车夫，就是下流诗歌；一出戏里，有犯罪的事情，就是下流戏。他们的戏里的脚色，止有才子佳人，才子中状元，佳人封一品夫人，在才子佳人本身很欢喜，他们看了也很欢喜，下等人没奈何，也只好替他们一同欢喜欢喜。在现在，有人以平民——工人农民——为材料，做小说做诗，我们也称之为平民文学，其实这不是平民文学，因为平民还没有开口。这是另外的人从旁看见平民的生活，假托平民底口吻而说的。眼前的文人有些虽然穷，但总比工人农民富足些，这才能有钱去读书，才能有文章；一看好像是平民所说的，其实不是；这不是真的平民小说。平民所唱的山歌野曲，现在也有人写下来，以为是平民之音了，因为是老百姓所唱。但他们间接受古书的影响很大，他们对于乡下的绅士有田三千亩，佩服得不了，每每拿绅士的思想，做自己的思想，绅士们惯吟五言诗，七言诗；因此他们所唱的山歌野曲，大半也是五言或七言。这是就格律而言，还有构思取意，也是很陈腐的，不能称是真正的平民文学。现在中国底小说和诗实在比不上别国，无可奈何，只好称之曰文学；谈不到革命时代的文学，更谈不到平民文学。现在的文学家都是读书人，如果工人农民不解放，工人农民的思想，仍然是读书人的思想，必待工人农民得到真正的解放，然后才有真正的平民文学。有些人说："中国已有平民文学"，其实这是不对的。

诸君是实际的战争者，是革命的战士，我以为现在还是不要佩服文学的好。学文学对于战争，没有益处，最好不过作一篇战歌，或者写得美的，便可于战余休憩时看看，倒也有趣。要讲得堂皇点，则譬如种柳树，待到柳树长大，浓阴蔽日，农夫耕作到正午，或者可以坐在柳树底下吃饭，休息休息。中国现在的社会情状，止有实地的革命战争，一首诗吓不走孙传芳，一炮就把孙传芳轰走了。自然也有人以为文学于革命是有伟力的，但我个人总觉得怀疑，文学总是一种余裕的产物，可以表示一民族的文化，倒是真的。

人大概是不满于自己目前所做的事的，我一向只会做几篇文章，自己也做得厌了，而捏枪的诸君，却又要听讲文学。我呢，自然倒愿意听听大炮的声音，仿佛觉得大炮的声音或者比文学的声音要好听得多似的。我的演说只有这样多，感谢诸君听完的厚意！

注释

1. 本篇记录稿最初发表于1927年6月12日广州黄埔军官学校出版的《黄埔生活》周刊第四期，收入本集时作者作了修改。

2. 指“三一八”惨案。

3. 指十九世纪上半期波兰爱国诗人密克威支（密茨凯维奇）、斯洛伐支奇（斯洛伐斯基）等人的作品。

读书杂谈[1]

——七月十六日在广州知用中学讲

因为知用中学的先生们希望我来演讲一回，所以今天到这里和诸君相见。不过我也没有什么东西可讲。忽而想到学校是读书的所在，就随便谈谈读书。是我个人的意见，姑且供诸君的参考，其实也算不得什么演讲。

说到读书，似乎是很明白的事，只要拿书来读就是了，但是并不这样简单。至少，就有两种：一是职业的读书，一是嗜好的读书。所谓职业的读书者，譬如学生因为升学，教员因为要讲功课，不翻翻书，就有些危险的就是。我想在坐的诸君之中一定有些这样的经验，有的不喜欢算学，有的不喜欢博物[2]，然而不得不学，否则，不能毕业，不能升学，和将来的生计便有妨碍了。我自己也这样，因为做教员，有时即非看不喜欢看的书不可，要不这样，怕不久便会于饭碗有妨。我们习惯了，一说起读书，就觉得是高尚的事情，其实这样的读书，和木匠的磨斧头，裁缝的理针线并没有什么分别，并不见得高尚，有时还很苦痛，很可怜。你爱做的事，偏不给你做，你不爱做的，倒非做不可。这是由于职业和嗜好不能合一而来的。倘能够大家去做爱做的事，而仍然各有饭吃，那是多么幸福。但现在的社会上还做不到，所以读书的人们的最大部分，大概是勉勉强强的，带着苦痛的为职业的读书。

现在再讲嗜好的读书罢。那是出于自愿，全不勉强，离开了利害关系的。——我想，嗜好的读书，该如爱打牌的一样，天天打，夜夜打，连续的去打，有时被公安局捉去了，放出来之后还是打。诸君要知道真打牌的人的目的并不在赢钱，而在有趣。牌有怎样的有趣呢，我是外行，不大明白。但听得爱赌的人说，它妙在一张一张的摸起来，永远变化无穷。我想，凡嗜好的读书，能够手不释卷的原因也就是这样。他在每一叶每一叶里，都得着深厚的趣味。自然，也可以扩大精神，增加智识的，但这些倒都不计及，一计及，便等于意在赢钱的博徒了，这在博徒之中，也算是下品。

不过我的意思，并非说诸君应该都退了学，去看自己喜欢看的书去，这样的时候还没有到来；也许终于不会到，至多，将来可以设法使人们对于非做不可的事发生较多的兴味罢了。

我现在是说，爱看书的青年，大可以看看本分以外的书，即课外的书，不要只将课内的书抱住。但请不要误解，我并非说，譬如在国文讲堂上，应该在抽屉里暗看《红楼梦》之类；乃是说，应做的功课已完而有余暇，大可以看看各样的书，即使和本业毫不相干的，也要泛览。譬如学理科的，偏看看文学书，学文学的，偏看看科学书，看看别个在那里研究的，究竟是怎么一回事。这样子，对于别人，别事，可以有更深的了解。现在中国有一个大毛病，就是人们大概以为自己所学的一门是最好，最妙，最要紧的学问，而别的都无用，都不足道的，弄这些不足道的东西的人，将来该当饿死。其实是，世界还没有如此简单，学问都各有用处，要定什么是头等还很难。也幸而有各式各样的人，假如世界上全是文学家，到处所讲的不是“文学的分类”便是“诗之构造”，那倒反而无聊得很了。

不过以上所说的，是附带而得的效果，嗜好的读书，本人自然并不计及那些，就如游公园似的，随随便便去，因为随随便便，所以不吃力，因为不吃力，所以会觉得有趣。如果一本书拿到手，就满心想道，“我在读书了！”“我在用功了！”那就容易疲劳，因而减掉兴味，或者变成苦事了。

我看现在的青年，为兴味的读书的是有的，我也常常遇到各样的询问。此刻就将我所想到的说一点，但是只限于文学方面，因为我不明白其他的。

第一，是往往分不清文学和文章。甚至于已经来动手做批评文章的，也免不了这毛病。其实粗粗的说，这是容易分别的。研究文章的历史或理论的，是文学家，是学者；做做诗，或戏曲小说的，是做文章的人，就是古时候所谓文人，此刻所谓创作家。创作家不妨毫不理会文学史或理论，文学家也不妨做不出一句诗。然而中国社会上还很误解，你做几篇小说，便以为你一定懂得小说概论，做几句新诗，就要你讲诗之原理。我也尝见想做小说的青年，先买小说法程和文学史来看。据我看来，是即使将这些书看烂了，和创作也没有什么关系的。

事实上，现在有几个做文章的人，有时也确去做教授。但这是因为中国创作不值钱，养不活自己的缘故。听说美国小名家的一篇中篇小说，时价是二千美金；中国呢，别人我不知道，我自己的短篇寄给大书铺，每篇卖过二十元。当然要寻别的事，例如教书，讲文学。研究是要用理智，要冷静的，而创作须情感，至少总得发点热，于是忽冷忽热，弄得头昏，——这也是职业和嗜好不能合一的苦处。苦倒也罢了，结果还是什么都弄不好。那证据，是试翻世界文学史，那里面的人，几乎没有兼做教授的。

还有一种坏处，是一做教员，未免有顾忌；教授有教授的架子，不能畅所欲言。这或者有人要反驳：那么，你畅所欲言就是了，何必如此小心。然而这是事前的风凉话，一到有事，不知不觉地他也要从众来攻击的。而教授自身，纵使自以为怎样放达，下意识里总不免有架子在。所以在外国，称为“教授小说”的东西倒并不少，但是不大有人说好，至少，是总难免有令人发烦的炫学的地方。

所以我想，研究文学是一件事，做文章又是一件事。

第二，我常被询问：要弄文学，应该看什么书？这实在是一个极难回答的问题。先前也曾有几位先生给青年开过一大篇书目[3]。但从我看来，这是没有什么用处的，因为我觉得那都是开书目的先生自己想要看或者未必想要看的书目。我以为倘要弄旧的呢，倒不如姑且靠着张之洞的《书目答问》去摸门径去。倘是新的，研究文学，则自己先看看各种的小本子，如本间久雄[4]的《新文学概论》，厨川白村[5]的《苦闷的象征》，瓦浪斯基们的《苏俄的文艺论战》[6]之类，然后自己再想想，再博览下去。因为文学的理论不像算学，二二一定得四，所以议论很纷歧。如第三种，便是俄国的两派的争论，——我附带说一句，近来听说连俄国的小说也不大有人看了，似乎一看见“俄”字就吃惊，其实苏俄的新创作何尝有人绍介，此刻译出的几本，都是革命前的作品，作者在那边都已经被看作反革命的了。倘要看看文艺作品呢，则先看几种名家的选本，从中觉得谁的作品自己最爱看，然后再看这一个作者的专集，然后再从文学史上看看他在史上的位置；倘要知道得更详细，就看一两本这人的传记，那便可以大略了解了。如果专是请教别人，则各人的嗜好不同，总是格不相入的。

第三，说几句关于批评的事。现在因为出版物太多了，——其实有什么呢，而读者因为不胜其纷纭，便渴望批评，于是批评家也便应运而起。批评这东西，对于读者，至少对于和这批评家趣旨相近的读者，是有用的。但中国现在，似乎应该暂作别论。往往有人误以为批评家对于创作是操生杀之权，占文坛的最高位的，就忽而变成批评家；他的灵魂上挂了刀。但是怕自己的立论不周密，便主张主观，有时怕自己的观察别人不看重，又主张客观；有时说自己的作文的根柢全是同情，有时将校对者骂得一文不值。凡中国的批评文字，我总是越看越胡涂，如果当真，就要无路可走。印度人是早知道的，有一个很普通的比喻。他们说：一个老翁和一个孩子用一匹驴子驮着货物去出卖，货卖去了，孩子骑驴回来，老翁跟着走。但路人责备他了，说是不晓事，叫老年人徒步。他们便换了一个地位，而旁人又说老人忍心；老人忙将孩子抱到鞍鞒上，后来看见的人却说他们残酷；于是都下来，走了不久，可又有人笑他们了，说他们是呆子，空着现成的驴子却不骑。于是老人对孩子叹息道，我们只剩了一个办法了，是我们两人抬着驴子走。无论读，无论做，倘若旁征博访，结果是往往会弄到抬驴子走的。

不过我并非要大家不看批评，不过说看了之后，仍要看看本书，自己思索，自己做主。看别的书也一样，仍要自己思索，自己观察。倘只看书，便变成书厨，即使自己觉得有趣，而那趣味其实是已在逐渐硬化，逐渐死去了。我先前反对青年躲进研究室，也就是这意思，至今有些学者，还将这话算作我的一条罪状哩。

听说英国的培那特萧（Bernard Shaw）[7]，有过这样意思的话：世间最不行的是读书者。因为他只能看别人的思想艺术，不用自己。这也就是勖本华尔（Schopenhauer）之所谓脑子里给别人跑马。较好的是思索者。因为能用自己的生活力了，但还不免是空想，所以更好的是观察者，他用自己的眼睛去读世间这一部活书。

这是的确的，实地经验总比看，听，空想确凿。我先前吃过干荔支，罐头荔支，陈年荔支，并且由这些推想过新鲜的好荔支。这回吃过了，和我所猜想的不同，非到广东来吃就永不会知道。但我对于萧的所说，还要加一点骑墙的议论。萧是爱尔兰人，立论也不免有些偏激的。我以为假如从广东乡下找一个没有历练的人，叫他从上海到北京或者什么地方，然后问他观察所得，我恐怕是很有限的，因为他没有练习过观察力。所以要观察，还是先要经过思索和读书。

总之，我的意思是很简单的：我们自动的读书，即嗜好的读书，请教别人是大抵无用，只好先行泛览，然后决择而入于自己所爱的较专的一门或几门；但专读书也有弊病，所以必须和实社会接触，使所读的书活起来。

注释

1. 本篇记录稿经作者校阅后最初发表于1927年8月18、19、22日广州《民国日报》副刊《现代青年》第一七九、一八〇、一八一期；后重刊于1927年9月16日《北新》周刊第四十七、四十八期合刊。

2. 博物是旧时中学的一门课程，包括动物、植物、矿物等学科的内容。

3. 指胡适的《一个最低限度的国学书目》、梁启超的《国学入门书要目及其读法》和吴宓的《西洋文学入门必读书目》等。

4. 本间久雄（1886—1981），日本文艺理论家。

5. 厨川白村（1880—1923），日本文艺评论家。《苦闷的象征》是他的文艺论文集，曾由鲁迅译为中文。

6.《苏俄的文艺论战》，任国桢辑译，内收1923年至1924年间苏联瓦浪斯基等人关于文艺问题的论文四篇。

7. 培那特萧即萧伯纳（G. B. Shaw, 1856—1950），爱尔兰剧作家、批评家。

小杂感[1]

蜜蜂的刺，一用即丧失了它自己的生命；犬儒的刺，一用则苟延了他自己的生命。

他们就是如此不同。

约翰穆勒[2]说：专制使人们变成冷嘲。

而他竟不知道共和使人们变成沉默。

要上战场，莫如做军医；要革命，莫如走后方；要杀人，莫如做刽子手。既英雄，又稳当。

与名流学者谈，对于他之所讲，当装作偶有不懂之处。太不懂被看轻，太懂了被厌恶。偶有不懂之处，彼此最为合宜。

世间大抵只知道指挥刀所以指挥武士，而不想到也可以指挥文人。

又是演讲录，又是演讲录。[3]

但可惜都没有讲明他何以和先前大两样了；也没有讲明他演讲时，自己是否真相信自己的话。

阔的聪明人种种譬如昨日死。[4]

不阔的傻子种种实在昨日死。

曾经阔气的要复古，正在阔气的要保持现状，未曾阔气的要革新。

大抵如是。大抵！

他们之所谓复古，是回到他们所记得的若干年前，并非虞夏商周。

女人的天性中有母性，有女儿性；无妻性。

妻性是逼成的，只是母性和女儿性的混合。

防被欺。

自称盗贼的无须防，得其反倒是好人；自称正人君子的必须防，得其反则是盗贼。

楼下一个男人病得要死，那间壁的一家唱着留声机；对面是弄孩子。楼上有两人狂笑；还有打牌声。河中的船上有女人哭着她死去的母亲。

人类的悲欢并不相通，我只觉得他们吵闹。

每一个破衣服人走过，叭儿狗就叫起来，其实并非都是狗主人的意旨或使嗾。

叭儿狗往往比它的主人更严厉。

恐怕有一天总要不准穿破布衫，否则便是共产党。

革命，反革命，不革命。

革命的被杀于反革命的。反革命的被杀于革命的。不革命的或当作革命的而被杀于反革命的，或当作反革命的而被杀于革命的，或并不当作什么而被杀于革命的或反革命的。

革命，革革命，革革革命，革革……。

人感到寂寞时，会创作；一感到干净时，即无创作，他已经一无所爱。

创作总根于爱。

杨朱无书。[5]

创作虽说抒写自己的心，但总愿意有人看。

创作是有社会性的。

但有时只要有一个人看便满足：好友，爱人。

人往往憎和尚，憎尼姑，憎回教徒，憎耶教徒，而不憎道士。

懂得此理者，懂得中国大半。

要自杀的人，也会怕大海的汪洋，怕夏天死尸的易烂。

但遇到澄静的清池，凉爽的秋夜，他往往也自杀了。

凡为当局所"诛"者皆有"罪"。

刘邦除秦苛暴，"与父老约，法三章耳。"

而后来仍有族诛，仍禁挟书，还是秦法。

法三章者，话一句耳。

一见短袖子，立刻想到白臂膊，立刻想到全裸体，立刻想到生殖器，立刻想到性交，立刻想到杂交，立刻想到私生子。

中国人的想像惟在这一层能够如此跃进。

九月二十四日。

注释

1. 本篇最初发表于1927年12月17日《语丝》周刊第四卷第一期。

2. 约翰穆勒（1806—1873），今写作约翰·穆勒，英国哲学家、经济学家。鲁迅也曾用过“约翰弥耳”的译名。

3. 指当时不断编印出售的蒋介石、汪精卫、吴稚晖、戴季陶等人的演讲集。

4. “阔的聪明人”暗指蒋介石、汪精卫等人。“如昨日死”是引用曾国藩的话：“从前种种如昨日死，从后种种如今日生。”1927年8月18日广州《民国日报》就蒋汪合流所发表的一篇社论中，也引用曾国藩的这句话，其中说：“以前种种，譬如昨日死；以后种种，譬如今日生；今后所应负之责任益大且难，这真要我们真诚的不妥协的非投机的同志不念既往而真正联合。”

5. 杨朱，战国时代思想家。杨朱学说中心是“为我”，杨朱本人无著作存世。

魏晋风度及文章与药及酒之关系[1]

——九月间在广州夏期学术演讲会[2]讲

我今天所讲的，就是黑板上写着的这样一个题目。

中国文学史，研究起来，可真不容易，研究古的，恨材料太少，研究今的，材料又太多，所以到现在，中国较完全的文学史尚未出现。今天讲的题目是文学史上的一部分，也是材料太少，研究起来很有困难的地方。因为我们想研究某一时代的文学，至少要知道作者的环境，经历和著作。

汉末魏初这个时代是很重要的时代，在文学方面起一个重大的变化，因当时正在黄巾和董卓大乱之后，而且又是党锢的纠纷之后，这时曹操出来了。——不过我们讲到曹操，很容易就联想起《三国志演义》，更而想起戏台上那一位花面的奸臣，但这不是观察曹操的真正方法。现在我们再看历史，在历史上的记载和论断有时也是极靠不住的，不能相信的地方很多，因为通常我们晓得，某朝的年代长一点，其中必定好人多；某朝的年代短一点，其中差不多没有好人。为什么呢？因为年代长了，做史的是本朝人，当然恭维本朝的人物，年代短了，做史的是别朝人，便很自由地贬斥其异朝的人物，所以在秦朝，差不多在史的记载上半个好人也没有。曹操在史上年代也是颇短的，自然也逃不了被后一朝人说坏话的公例。其实，曹操是一个很有本事的人，至少是一个英雄，我虽不是曹操一党，但无论如何，总是非常佩服他。

研究那时的文学，现在较为容易了，因为已经有人做过工作：在文集一方面有清严可均辑的《全上古三代秦汉三国晋南北朝文》[3]。其中于此有用的，是《全汉文》，《全三国文》，《全晋文》。

在诗一方面有丁福保辑的《全汉三国晋南北朝诗》[4]。——丁福保是做医生的，现在还在。

辑录关于这时代的文学评论有刘师培编的《中国中古文学史》[5]。这本书是北大的讲义，刘先生已死，此书由北大出版。

上面三种书对于我们的研究有很大的帮助。能使我们看出这时代的文学的确有点异彩。

我今天所讲，倘若刘先生的书里已详的，我就略一点；反之，刘先生所略的，我就较详一点。

董卓之后，曹操专权。在他的统治之下，第一个特色便是尚刑名。他的立法是很严的，因为当大乱之后，大家都想做皇帝，大家都想叛乱，故曹操不能不如此。曹操曾自己说过："倘无我，不知有多少人称王称帝！"这句话他倒并没有说谎。因此之故，影响到文章方面，成了清峻的风格。——就是文章要简约严明的意思。

此外还有一个特点，就是尚通脱。他为什么要尚通脱呢？自然也与当时的风气有莫大的关系。因为在党锢之祸以前，凡党中人都自命清流，不过讲"清"讲得太过，便成固执，所以在汉末，清流的举动有时便非常可笑了。

比方有一个有名的人，普通的人去拜访他，先要说几句话，倘这几句话说得不对，往往会遭倨傲的待遇，叫他坐到屋外去，甚而至于拒绝不见。

又如有一个人，他和他的姊夫是不对的，有一回他到姊姊那里去吃饭之后，便要将饭钱算回给姊姊。她不肯要，他就于出门之后，把那些钱扔在街上，算是付过了。

个人这样闹闹脾气还不要紧，若治国平天下也这样闹起执拗的脾气来，那还成甚么话？所以深知此弊的曹操要起来反对这种习气，力倡通脱。通脱即随便之意。此种提倡影响到文坛，便产生多量想说甚么便说甚么的文章。

更因思想通脱之后，废除固执，遂能充分容纳异端和外来的思想，故孔教以外的思想源源引入。

总括起来，我们可以说汉末魏初的文章是清峻，通脱。在曹操本身，也是一个改造文章的祖师，可惜他的文章传的很少。他胆子很大，文章从通脱得力不少，做文章时又没有顾忌，想写的便写出来。

所以曹操征求人才时也是这样说，不忠不孝不要紧，只要有才便可以。这又是别人所不敢说的。曹操做诗，竟说是"郑康成[6]行酒伏地气绝"，他引出离当时不久的事实，这也是别人所不敢用的。还有一样，比方人死时，常常写点遗令，这是名人的一件极时髦的事。当时的遗令本有一定的格式，且多言身后当葬于何处何处，或葬于某某名人的墓旁；操独不然，他的遗令不但没有依着格式，内容竟讲到遗下的衣服和伎女怎样处置等问题。

陆机[7]虽然评曰"贻尘谤于后王"，然而我想他无论如何是一个精明人，他自己能做文章，又有手段，把天下的方士文士统统搜罗起来，省得他们跑在外面给他捣乱。所以他帷幄里面，方士文士就特别地多。

孝文帝曹丕，以长子而承父业，篡汉而即帝位。他也是喜欢文章的。其弟曹植，还有明帝曹叡，都是喜欢文章的。不过到那个时候，于通脱之外，更加上华丽。丕著有《典论》，现已失散无全本，那里面说："诗赋欲丽"，"文以气为主"。《典论》的零零碎碎，在唐宋类书中；一篇整的《论文》，在《文选》中可以看见。

后来有一般人很不以他的见解为然。他说诗赋不必寓教训，反对当时那些寓训勉于诗赋的见解，用近代的文学眼光看来，曹丕的一个时代可说是"文学的自觉时代"，或如近代所说是为艺术而艺术（Art for Art's Sake）的一派。所以曹丕做的诗赋很好，更因他以"气"为主，故于华丽以外，加上壮大。归纳起来，汉末，魏初的文章，可说是："清峻，通脱，华丽，壮大。"在文学的意见上，曹丕和曹植表面上似乎是不同的。曹丕说文章事可以留名声于千载；但子建却说文章小道，不足论的。据我的意见，子建大概是违心之论。这里有两个原因，第一，子建的文章做得好，一个人大概总是不满意自己所做而羡慕他人所为的，他的文章已经做得好，于是他便敢说文章是小道；第二，子建活动的目标在于政治方面，政治方面不甚得志，遂说文章是无用了。

曹操曹丕以外，还有下面的七个人：孔融，陈琳，王粲，徐幹，阮瑀，应瑒，刘桢，都很能做文章，后来称为"建安七子"。七人的文章很少流传，现在我们很难判断；但，大概都不外是

"慷慨","华丽"罢。华丽即曹丕所主张,慷慨就因当天下大乱之际,亲戚朋友死于乱者特多,于是为文就不免带着悲凉,激昂和"慷慨"了。

七子之中,特别的是孔融,他专喜和曹操捣乱。曹丕《典论》里有论孔融的,因此他也被拉进"建安七子"一块儿去。其实不对,很两样的。不过在当时,他的名声可非常之大。孔融作文,喜用讥嘲的笔调,曹丕很不满意他。孔融的文章现在传的也很少,就他所有的看起来,我们可以瞧出他并不大对别人讥讽,只对曹操。比方操破袁氏兄弟,曹丕把袁熙的妻甄氏拿来,归了自己,孔融就写信给曹操,说当初武王伐纣,将妲己给了周公了。操问他的出典,他说,以今例古,大概那时也是这样的。又比方曹操要禁酒,说酒可以亡国,非禁不可,孔融又反对他,说也有以女人亡国的,何以不禁婚姻?

其实曹操也是喝酒的。我们看他的"何以解忧?惟有杜康"的诗句,就可以知道。为什么他的行为会和议论矛盾呢?此无他,因曹操是个办事人,所以不得不这样做;孔融是旁观的人,所以容易说些自由话。曹操见他屡屡反对自己,后来借故把他杀了。他杀孔融的罪状大概是不孝。因为孔融有下列的两个主张:

第一,孔融主张母亲和儿子的关系是如瓶之盛物一样,只要在瓶内把东西倒了出来，母亲和儿子的关系便算完了。第二，假使有天下饥荒的一个时候，有点食物，给父亲不给呢？孔融的答案是：倘若父亲是不好的，宁可给别人。——曹操想杀他，便不惜以这种主张为他不忠不孝的根据，把他杀了。倘若曹操在世，我们可以问他，当初求才时就说不忠不孝也不要紧，为何又以不孝之名杀人呢？然而事实上纵使曹操再生，也没人敢问他，我们倘若去问他，恐怕他把我们也杀了！

与孔融一同反对曹操的尚有一个祢衡[8]，后来给黄祖杀掉的。祢衡的文章也不错，而且他和孔融早是"以气为主"来写文章的了。故在此我们又可知道，汉文慢慢壮大起来，是时代使然，非专靠曹操父子之功的。但华丽好看，却是曹丕提倡的功劳。

这样下去一直到明帝的时候，文章上起了个重大的变化，因为出了一个何晏[9]。

何晏的名声很大，位置也很高，他喜欢研究《老子》和《易经》。至于他是怎样的一个人呢？那真相现在可很难知道，很难调查。因为他是曹氏一派的人，司马氏很讨厌他，所以他们的记载对何晏大不满。因此产生许多传说，有人说何晏的脸上是搽粉的，又有人说他本来生得白，不是搽粉的。但究竟何晏搽粉不搽粉呢？我也不知道。

但何晏有两件事我们是知道的。第一，他喜欢空谈，是空谈的祖师；第二，他喜欢吃药，是吃药的祖师。

此外，他也喜欢谈名理。他身子不好，因此不能不服药。他吃的不是寻常的药，是一种名叫“五石散”的药。

“五石散”是一种毒药，是何晏吃开头的。汉时，大家还不敢吃，何晏或者将药方略加改变，便吃开头了。五石散的基本，大概是五样药：石钟乳，石硫黄，白石英，紫石英，赤石脂；另外怕还配点别样的药。但现在也不必细细研究它，我想各位都是不想吃它的。

从书上看起来，这种药是很好的，人吃了能转弱为强。因此之故，何晏有钱，他吃起来了；大家也跟着吃。那时五石散的流毒就同清末的鸦片的流毒差不多，看吃药与否以分阔气与否的。现在由隋巢元方做的《诸病源候论》[10]的里面可以看到一些。据此书，可知吃这药是非常麻烦的，穷人不能吃，假使吃了之后，一不小心，就会毒死。先吃下去的时候，倒不怎样的，后来药的效验既显，名曰“散发”。倘若没有“散发”，就有弊而无利。因此吃了之后不能休息，非走路不可，因走路才能“散发”，所以走路名曰“行散”。比方我们看六朝人的诗，有云：“至城东行散”，就是此意。后来做诗的人不知其故，以为“行散”即步行之意，所以不服药也以“行散”二字入诗，这是很笑话的。

走了之后，全身发烧，发烧之后又发冷。普通发冷宜多穿衣，吃热的东西。但吃药后的发冷刚刚要相反：衣少，冷食，以冷水浇身。倘穿衣多而食热物，那就非死不可。因此五石散一名寒食散。只有一样不必冷吃的，就是酒。

吃了散之后，衣服要脱掉，用冷水浇身；吃冷东西；饮热酒。这样看起来，五石散吃的人多，穿厚衣的人就少；比方在广东提倡，一年以后，穿西装的人就没有了。因为皮肉发烧之故，不能穿窄衣。为豫防皮肤被衣服擦伤，就非穿宽大的衣服不可。现在有许多人以为晋人轻裘缓带，宽衣，在当时是人们高逸的表现，其实不知他们是吃药的缘故。一班名人都吃药，穿的衣都宽大，于是不吃药的也跟着名人，把衣服宽大起来了！

还有，吃药之后，因皮肤易于磨破，穿鞋也不方便，故不穿鞋袜而穿屐。所以我们看晋人的画像或那时的文章，见他衣服宽大，不鞋而屐，以为他一定是很舒服，很飘逸的了，其实他心里都是很苦的。

更因皮肤易破，不能穿新的而宜于穿旧的，衣服便不能常洗。因不洗，便多虱。所以在文章上，虱子的地位很高，“扪虱而谈”，当时竟传为美事。比方我今天在这里演讲的时候，扪起虱来，那是不大好的。但在那时不要紧，因为习惯不同之故。这正如清朝是提倡抽大烟的，我们看见两肩高耸的人，不觉得奇怪。现在就不行了，倘若多数学生，他的肩成为一字样，我们就觉得很奇怪了。

此外可见服散的情形及其他种种的书，还有葛洪的《抱朴子》[11]。

到东晋以后，作假的人就很多，在街旁睡倒，说是“散发”以示阔气。就像清时尊读书，就有人以墨涂唇，表示他是刚才写了许多字的样子。故我想，衣大，穿屐，散髮等等，后来效之，不吃也学起来，与理论的提倡实在是无关的。

又因“散发”之时，不能肚饿，所以吃冷物，而且要赶快吃，不论时候，一日数次也不可定。因此影响到晋时“居丧无礼”。——本来魏晋时，对于父母之礼是很繁多的。比方想去访一个人，那么，在未访之前，必先打听他父母及其祖父母的名字，以便避讳。否则，嘴上一说出这个字音，假如他的父母是死了的，主人便会大哭起来——他记得父母了——给你一个大大的没趣。晋礼居丧之时，也要瘦，不多吃饭，不准喝酒。但在吃药之后，为生命计，不能管得许多，只好大嚼，所以就变成“居丧无礼”了。

居丧之际，饮酒食肉，由阔人名流倡之，万民皆从之，因为这个缘故，社会上遂尊称这样的人叫作名士派。

吃散发源于何晏，和他同志的，有王弼和夏侯玄[12]两个人，与晏同为服药的祖师。有他三人提倡，有多人跟着走。他们三人多是会做文章，除了夏侯玄的作品流传不多外，王何二人现在我们尚能看到他们的文章。他们都是生于正始的，所以又名曰“正始名士”。但这种习惯的末流，是只会吃药，或竟假装吃药，而不会做文章。

东晋以后，不做文章而流为清谈，由《世说新语》一书里可以看到。此中空论多而文章少，比较他们三个差得远了。三人中王弼二十余岁便死了，夏侯何二人皆为司马懿所杀[13]。因为他二人同曹操有关系，非死不可，犹曹操之杀孔融，也是借不孝做罪名的。

二人死后，论者多因其与魏有关而骂他，其实何晏值得骂的就是因为他是吃药的发起人。这种服散的风气，魏，晋，直到隋，唐，还存在着，因为唐时还有“解散方”，即解五石散的药方，可以证明还有人吃，不过少点罢了。唐以后就没有人吃，其原因尚未详，大概因其弊多利少，和鸦片一样罢？

晋名人皇甫谧[14]作一书曰《高士传》，我们以为他很高超。但他是服散的，曾有一篇文章，自说吃散之苦。因为药性一发，稍不留心，即会丧命，至少也会受非常的苦痛，或要发狂；本来聪明的人，因此也会变成痴呆。所以非深知药性，会解救，而且家里的人多深知药性不可。晋朝人多是脾气很坏，高傲，发狂，性暴如火的，大约便是服药的缘故。比方有苍蝇扰他，竟至拔剑追赶；就是说话，也要胡胡涂涂地才好，有时简直是近于发疯。但在晋朝更有以痴为好的，这大概也是服药的缘故。

魏末，何晏他们以外，又有一个团体新起，叫做“竹林名士”，也是七个，所以又称“竹林七贤”。正始名士服药，竹林名士饮酒。竹林的代表是嵇康和阮籍。但究竟竹林名士不纯粹是喝酒的，嵇康也兼服药，而阮籍则是专喝酒的代表。但嵇康也饮酒，刘伶也是这里面的一个。他们七人中差不多都是反抗旧礼教的。

这七人中，脾气各有不同。嵇阮二人的脾气都很大；阮籍老年时改得很好，嵇康就始终都是极坏的。

阮年青时，对于访他的人有加以青眼和白眼的分别。白眼大概是全然看不见眸子的，恐怕要练习很久才能够。青眼我会装，白眼我却装不好。

后来阮籍竟做到“口不臧否人物”的地步，嵇康却全不改变。结果阮得终其天年，而嵇竟丧于司马氏之手，与孔融何晏等一样，遭了不幸的杀害。这大概是因为吃药和吃酒之分的缘故：吃药可以成仙，仙是可以骄视俗人的；饮酒不会成仙，所以敷衍了事。

他们的态度，大抵是饮酒时衣服不穿，帽也不带。若在平时，有这种状态，我们就说无礼，但他们就不同。居丧时不一定按例哭泣；子之于父，是不能提父的名，但在竹林名士一流人中，子都会叫父的名号。旧传下来的礼教，竹林名士是不承认的。即如刘伶——他曾做过一篇《酒德颂》，谁都知道——他是不承认世界上从前规定的道理的，曾经有这样的事，有一次有客见他，他不穿衣服。人责问他；他答人说，天地是我的房屋，房屋就是我的衣服，你们为什么进我的裤子中来？至于阮籍，就更甚了，他连上下古今也不承认，在《大人先生传》[15]里有说："天地解兮六合开，星辰陨兮日月颓，我腾而上将何怀？"他的意思是天地神仙，都是无意义，一切都不要，所以他觉得世上的道理不必争，神仙也不足信，既然一切都是虚无，所以他便沉湎于酒了。然而他还有一个原因，就是他的饮酒不独由于他的思想，大半倒在环境。其时司马氏已想篡位，而阮籍名声很大，所以他讲话就极难，只好多饮酒，少讲话，而且即使讲话讲错了，也可以借醉得到人的原谅。只要看有一次司马懿求和阮籍结亲，而阮籍一醉就是两个月，没有提出的机会，就可以知道了。

阮籍作文章和诗都很好，他的诗文虽然也慷慨激昂，但许多意思都是隐而不显的。宋的颜延之[16]已经说不大能懂，我们现在自然更很难看得懂他的诗了。他诗里也说神仙，但他其实是不相信的。嵇康的论文，比阮籍更好，思想新颖，往往与古时旧说反对。孔子说："学而时习之，不亦说乎？"嵇康做的《难自然好学论》[17]，却道，人是并不好学的，假如一个人可以不做事而又有饭吃，就随便闲游不喜欢读书了，所以现在人之好学，是由于习惯和不得已。还有管叔蔡叔，是疑心周公，率殷民叛，因而被诛，一向公认为坏人的。而嵇康做的《管蔡论》，就也反对历代传下来的意思，说这两个人是忠臣，他们的怀疑周公，是因为地方相距太远，消息不灵通。

但最引起许多人的注意，而且于生命有危险的，是《与山巨源绝交书》中的"非汤武而薄周孔"。司马懿因这篇文章，就将嵇康杀了[18]。非薄了汤武周孔，在现时代是不要紧的，但在当时却关系非小。汤武是以武定天下的；周公是辅成王的；孔子是祖述尧舜，而尧舜是禅让天下的。嵇康都说不好，那么，教司马懿篡位的时候，怎么办才是好呢？没有办法。在这一点上，嵇康于司马氏的办事上有了直接的影响，因此就非死不可了。嵇康的见杀，是因为他的朋友吕安不孝，连及嵇康，罪案和曹操的杀孔融差不多。魏晋，是以孝治天下的，不孝，故不能不杀。为什么要以孝治天下呢？因为天位从禅让，即巧取豪夺而来，若主张以忠治天下，他们的立脚点便不稳，办事便棘手，立论也难了，所以一定要以孝治天下。但倘只是实行不孝，其实那时倒不很要紧的，嵇康的害处是在发议论；阮籍不同，不大说关于伦理上的话，所以结局也不同。

但魏晋也不全是这样的情形，宽袍大袖，大家饮酒。反对的也很多。在文章上我们还可以看见裴頠[19]的《崇有论》，孙盛[20]的《老子非大贤论》，这些都是反对王何们的。在史实上，则何曾[21]劝司马懿杀阮籍有好几回，司马懿不听他的话，这是因为阮籍的饮酒，与时局的关系少些的缘故。

然而后人就将嵇康阮籍骂起来，人云亦云，一直到现在，一千六百多年。季札说："中国之君子，明于礼义而陋于知人心。"这是确的，大凡明于礼义，就一定要陋于知人心的，所以古代有许多人受了很大的冤枉。例如嵇阮的罪名，一向说他们毁坏礼教。但据我个人的意见，这判断是错的。魏晋时代，崇奉礼教的看来似乎很不错，而实在是毁坏礼教，不信礼教的。表面上毁坏礼教者，实则倒是承认礼教，太相信礼教。因为魏晋时所谓崇奉礼教，是用以自利，那崇奉也不过偶然崇奉，如曹操杀孔融，司马懿杀嵇康，都是因为他们和不孝有关，但实在曹操司马懿何尝是著名的孝子，不过将这个名义，加罪于反对自己的人罢了。于是老实人以为如此利用，亵黩了礼教，不平之极，无计可施，激而变成不谈礼教，不信礼教，甚至于反对礼教。——但其实不过是态度，至于他们的本心，恐怕倒是相信礼教，当作宝贝，比曹操司马懿们要迂执得多。现在说一个容易明白的比喻罢，譬如有一个军阀，在北方——在广东的人所谓北方和我常说的北方的界限有些不同，我常称山东山西直隶河南之类为北方——那军阀从前是压迫民党的，后来北伐军势力一大，他便挂起了青天白日旗，说自己已经信仰三民主义了，是总理的信徒。这样还不够，他还要做总理的纪念周。这时候，真的三民主义的信徒，去呢，不去呢？不去，他那里就可以说你反对三民主义，定罪，杀人。但既然在他的势力之下，没有别法，真的总理的信徒，倒会不谈三民主义，或者听人假惺惺的谈起来就皱眉，好像反对三民主义模样。所以我想，魏晋时所谓反对礼教的人，有许多大约也如此。他们倒是迂夫子，将礼教当作宝贝看待的。

还有一个实证，凡人们的言论，思想，行为，倘若自己以为不错的，就愿意天下的别人，自己的朋友都这样做。但嵇康阮籍不这样，不愿意别人来模仿他。竹林七贤中有阮咸，是阮籍的侄子，一样的饮酒。阮籍的儿子阮浑也愿加入时，阮籍却道不必加入，吾家已有阿咸在，够了。假若阮籍自以为行为是对的，就不当拒绝他的儿子，而阮籍却拒绝自己的儿子，可知阮籍并不以他自己的办法为然。至于嵇康，一看他的《绝交书》，就知道他的态度很骄傲的；有一次，他在家打铁——他的性情是很喜欢打铁的——钟会来看他了，他只打铁，不理钟会。钟会没有意味，只得走了。其时嵇康就问他："何所闻而来，何所见而去？"钟会答道："闻所闻而来，见所见而去。"这也是嵇康杀身的一条祸根。但我看他做给他的儿子看的《家诫》——当嵇康被杀时，其子方十岁，算来当他做这篇文章的时候，他的儿子是未满十岁的——就觉得宛然是两个人。他在《家诫》中教他的儿子做人要小心，还有一条一条的教训。有一条是说长官处不可常去，亦不可住宿；官长送人们出来时，你不要在后面，因为恐怕将来官长惩办坏人时，你有暗中密告的嫌疑。又有一条是说宴饮时候有人争论，你可立刻走开，免得在旁批评，因为两者之间必有对与不对，不批评则不像样，一批评就总要是甲非乙，不免受一方见怪。还有人要你饮酒，即使不愿饮也不要坚决地推辞，必须和和气气的拿着杯子。我们就此看来，实在觉得很希奇：嵇康是那样高傲的人，而他教子就要他这样庸碌。因此我们知道，嵇康自己对于他自己的举动也是不满足的。所以批评一个人的言行实在难，社会上对于儿子不像父亲，称为"不肖"，以为是坏事，殊不知世上正有不愿意他的儿子像自己的父亲哩。试看阮籍嵇康，就是如此。这是，因为他们生于乱世，不得已，才有这样的行为，并非他们的本态。但又于此可见魏晋的破坏礼教者，实在是相信礼教到固执之极的。

不过何晏王弼阮籍嵇康之流，因为他们的名位大，一般的人们就学起来，而所学的无非是表面，他们实在的内心，却不知道。因为只学他们的皮毛，于是社会上便很多了没意思的空谈和饮酒。许多人只会无端的空谈和饮酒，无力办事，也就影响到政治上，弄得玩"空城计"，毫无实际了。在文学上也这样，嵇康阮籍的纵酒，是也能做文章的，后来到东晋，空谈和饮酒的遗风还在，而万言的大文如嵇阮之作，却没有了。刘勰[22]说："嵇康师心以遣论，阮籍使气以命诗。"这"师心"和"使气"，便是魏末晋初的文章的特色。正始名士和竹林名士的精神灭后，敢于师心使气的作家也没有了。

到东晋，风气变了。社会思想平静得多，各处都夹入了佛教的思想。再至晋末，乱也看惯了，篡也看惯了，文章便更和平。代表平和的文章的人有陶潜。他的态度是随便饮酒，乞食，高兴的时候就谈论和作文章，无尤无怨。所以现在有人称他为"田园诗人"，是个非常和平的田园诗人。他的态度是不容易学的，他非常之穷，而心里很平静。家常无米，就去向人家门口求乞。他穷到有客来见，连鞋也没有，那客人给他从家丁取鞋给他，他便伸了足穿上了。虽然如此，他却毫不为意，还是

“采菊东篱下，悠然见南山”。这样的自然状态，实在不易模仿。他穷到衣服也破烂不堪，而还在东篱下采菊，偶然抬起头来，悠然的见了南山，这是何等自然。现在有钱的人住在租界里，雇花匠种数十盆菊花，便做诗，叫作“秋日赏菊效陶彭泽体”，自以为合于渊明的高致，我觉得不大像。

陶潜之在晋末，是和孔融于汉末与嵇康于魏末略同，又是将近易代的时候。但他没有什么慷慨激昂的表示，于是便博得“田园诗人”的名称。但《陶集》里有《述酒》一篇，是说当时政治的。这样看来，可见他于世事也并没有遗忘和冷淡，不过他的态度比嵇康阮籍自然得多，不至于招人注意罢了。还有一个原因，先已说过，是习惯。因为当时饮酒的风气相沿下来，人见了也不觉得奇怪，而且汉魏晋相沿，时代不远，变迁极多，既经见惯，就没有大感触，陶潜之比孔融嵇康和平，是当然的。例如看北朝的墓志，官位升进，往往详细写着，再仔细一看，他是已经经历过两三个朝代了，但当时似乎并不为奇。

据我的意思，即使是从前的人，那诗文完全超于政治的所谓“田园诗人”，“山林诗人”，是没有的。完全超出于人间世的，也是没有的。既然是超出于世，则当然连诗文也没有。诗文也是人事，既有诗，就可以知道于世事未能忘情。譬如墨子兼爱，杨子为我。墨子当然要著书；杨子就一定不著，这才是

"为我"。因为若做出书来给别人看,便变成"为人"了。

由此可知陶潜总不能超于尘世,而且,于朝政还是留心,也不能忘掉"死",这是他诗文中时时提起的。用别一种看法研究起来,恐怕也会成一个和旧说不同的人物罢。

自汉末至晋末文章的一部分的变化与药及酒之关系,据我所知的大概是这样。但我学识太少,没有详细的研究,在这样的热天和雨天费去了诸位这许多时光,是很抱歉的。现在这个题目总算是讲完了。

注释

1. 本篇记录稿最初发表于1927年8月11、12、13、15、16、17日广州《民国日报》副刊《现代青年》第一七三至一七八期；改定稿发表于1927年11月16日《北新》半月刊第二卷第二号。

2. 鲁迅这篇演讲是在7月23日、26日的会上所作的，“九月间”是鲁迅误记。鲁迅后来说过：“在广州之谈魏晋事，盖实有慨而言。”在这次关于中国古典文学的演讲里，鲁迅曲折地对国民党当局进行了揭露和讽刺。

3. 严可均（1762—1843），字景文，号铁桥，清嘉庆举人。自嘉庆十三年（1808）起，严可均搜集唐以前的文章，历二十余年，成《全上古三代秦汉三国六朝文》。之后，他的同乡蒋壑为本书作编目，并将书名改为《全上古三代秦汉三国晋南北朝文》。

4. 丁福保（1874—1952），字仲祜，曾任京师大学堂和译学馆教习。曾至日本考察医学，归国后在上海创办医学书局。所辑《全汉三国晋南北朝诗》，收作者七百余人，总计五十四卷。

5. 刘师培（1884—1919），字申叔。《中国中古文学史》是他在民国初年任北京大学教授时所编的讲义。

6. 郑康成（127—200），名玄，字康成，汉末儒家学者，经学家。

7. 陆机（261—303），字士衡，晋代诗人，陆逊之孙。

8. 祢衡（173—198），字正平，汉末文学家。

9. 何晏（？—249），字平叔，曹操的女婿。齐王曹芳时，曹爽执政，何晏任吏部尚书，后被司马懿杀害。

10. 巢元方（550—630），隋炀帝时任太医博士，大业六年奉诏撰《诸病源候论》。

11. 葛洪（约283—363），字稚川，号抱朴子。所著《抱朴子》，分内外二篇，内篇论神仙方药，外篇论时政人事。

12. 王弼（226—249），字辅嗣，曾任曹魏尚书郎。夏侯玄（209—254），字太初，曹爽表弟，因中书令李丰等谋害司马师不成，事泄遭牵连被杀。

13. 夏侯玄应为司马师所杀，鲁迅误记为司马懿。

14. 皇甫谧（215—282），字士安，著有《高士传》《逸士传》《玄晏春秋》等。

15.《大人先生传》是阮籍借"大人先生"之口来抒写自己胸怀的一篇文章。下文所引三句是"大人先生"所作的歌。

16. 颜延之（384—456），字延年，南朝宋诗人。

17.《难自然好学论》是嵇康为反驳张邈的《自然好学论》而作的一篇论文。

18. 山巨源，即"竹林七贤"之一的山涛（205—283）。山涛在魏元帝景元年间投靠司马昭，曾任选曹郎，后将去职，欲举嵇康代任，嵇康作书拒绝，并表示和他绝交。后来嵇康受吕安案的牵连，遭司马昭杀害。杀嵇康的应为司马昭，鲁迅误记为司马懿。

19. 裴頠（267—300），字逸民，晋惠帝时为国子祭酒，兼右军将军，迁尚书左仆射，后为赵王司马伦所杀。

20. 孙盛（约306—378），字安国，曾任桓温参军，官至给事中。

21. 何曾（199—279），字颖考。司马炎篡魏时，因劝进有功，官拜太尉。

22. 刘勰（约465—约532），字彦和，南朝梁文艺理论家，著有《文心雕龙》。

无声的中国[1]

——二月十六日在香港青年会[2]讲

以我这样没有什么可听的无聊的讲演，又在这样大雨的时候，竟还有这许多来听的诸君，我首先应当声明我的郑重的感谢。

我现在所讲的题目是：《无声的中国》。

现在，浙江，陕西，都在打仗，那里的人民哭着呢还是笑着呢，我们不知道。香港似乎很太平，住在这里的中国人，舒服呢还是不很舒服呢，别人也不知道。

发表自己的思想，感情给大家知道的是要用文章的，然而拿文章来达意，现在一般的中国人还做不到。这也怪不得我们；因为那文字，先就是我们的祖先留传给我们的可怕的遗产。人们费了多年的工夫，还是难于运用。因为难，许多人便不理它了，甚至于连自己的姓也写不清是张还是章，或者简直不会写，或者说道：Chang。虽然能说话，而只有几个人听到，远处的人们便不知道，结果也等于无声。又因为难，有些人便当作宝贝，像玩把戏似的，之乎者也，只有几个人懂，——其实是不知道可真懂，而大多数的人们却不懂得，结果也等于无声。

文明人和野蛮人的分别，其一，是文明人有文字，能够把他们的思想，感情，藉此传给大众，传给将来。中国虽然有文字，现在却已经和大家不相干，用的是难懂的古文，讲的是陈旧的古意思，所有的声音，都是过去的，都就是只等于零的。所以，大家不能互相了解，正像一大盘散沙。

将文章当作古董，以不能使人认识，使人懂得为好，也许是有趣的事罢。但是，结果怎样呢？是我们已经不能将我们想说的话说出来。我们受了损害，受了侮辱，总是不能说出些应说的话。拿最近的事情来说，如中日战争，拳匪事件，民元革命这些大事件，一直到现在，我们可有一部像样的著作？民国以来，也还是谁也不作声。反而在外国，倒常有说起中国的，但那都不是中国人自己的声音，是别人的声音。

这不能说话的毛病，在明朝是还没有这样厉害的；他们还比较地能够说些要说的话。待到满洲人以异族侵入中国，讲历史的，尤其是讲宋末的事情的人被杀害了，讲时事的自然也被杀害了。所以，到乾隆年间，人民大家便更不敢用文章来说话了。所谓读书人，便只好躲起来读经，校刊古书，做些古时的文章，和当时毫无关系的文章。有些新意，也还是不行的；不是学韩，便是学苏。韩愈苏轼他们，用他们自己的文章来说当时要说的话，那当然可以的。我们却并非唐宋时人，怎么做和我们毫无关系的时候的文章呢。即使做得像，也是唐宋时代的声音，韩愈苏轼的声音，而不是我们现代的声音。然而直到现在，中国人却还要着这样的旧戏法。人是有的，没有声音，寂寞得很。——人会没有声音的么？没有，可以说：是死了。倘要说得客气一点，那就是：已经哑了。

要恢复这多年无声的中国，是不容易的，正如命令一个死掉的人道："你活过来！"我虽然并不懂得宗教，但我以为正如想出现一个宗教上之所谓"奇迹"一样。

首先来尝试这工作的是"五四运动"前一年，胡适之先生所提倡的"文学革命"。"革命"这两个字，在这里不知道可害怕，有些地方是一听到就害怕的。但这和文学两字连起来的"革命"，却没有法国革命的"革命"那么可怕，不过是革新，改换一个字，就很平和了，我们就称为"文学革新"罢，中国文字上，这样的花样是很多的。那大意也并不可怕，不过说：我们不必再去费尽心机，学说古代的死人的话，要说现代的活人的话；不要将文章看作古董，要做容易懂得的白话的文章。然而，单是文学革新是不够的，因为腐败思想，能用古文做，也能用白话做。所以后来就有人提倡思想革新。思想革新的结果，是发生社会革新运动。这运动一发生，自然一面就发生反动，于是便酿成战斗……。

但是，在中国，刚刚提起文学革新，就有反动了。不过白话文却渐渐风行起来，不大受阻碍。这是怎么一回事呢？就因为当时又有钱玄同先生提倡废止汉字，用罗马字母来替代。这本也不过是一种文字革新，很平常的，但被不喜欢改革的中国人听见，就大不得了了，于是便放过了比较的平和的文学革命，而竭力来骂钱玄同。白话乘了这一个机会，居然减去了许多敌人，反而没有阻碍，能够流行了。

中国人的性情是总喜欢调和，折中的。譬如你说，这屋子太暗，须在这里开一个窗，大家一定不允许的。但如果你主张拆掉屋顶，他们就会来调和，愿意开窗了。没有更激烈的主张，他们总连平和的改革也不肯行。那时白话文之得以通行，就因为有废掉中国字而用罗马字母的议论的缘故。

其实，文言和白话的优劣的讨论，本该早已过去了，但中国是总不肯早早解决的，到现在还有许多无谓的议论。例如，有的说：古文各省人都能懂，白话就各处不同，反而不能互相了解了。殊不知这只要教育普及和交通发达就好，那时就人人都能懂较为易解的白话文；至于古文，何尝各省人都能懂，便是一省里，也没有许多人懂得的。有的说：如果都用白话文，人们便不能看古书，中国的文化就灭亡了。其实呢，现在的人们大可以不必看古书，即使古书里真有好东西，也可以用白话来译出的，用不着那么心惊胆战。他们又有人说，外国尚且译中国书，足见其好，我们自己倒不看么？殊不知埃及的古书，外国人也译，非洲黑人的神话，外国人也译，他们别有用意，即使译出，也算不了怎样光荣的事的。

近来还有一种说法，是思想革新紧要，文字改革倒在其次，所以不如用浅显的文言来作新思想的文章，可以少招一重反对。这话似乎也有理。然而我们知道，连他长指甲都不肯剪去的人，是决不肯剪去他的辫子的。

因为我们说着古代的话，说着大家不明白，不听见的话，已经弄得像一盘散沙，痛痒不相关了。我们要活过来，首先就须由青年们不再说孔子孟子和韩愈柳宗元们的话。时代不同，情形也两样，孔子时代的香港不这样，孔子口调的"香港论"是无从做起的，"吁嗟阔哉香港也"，不过是笑话。

我们要说现代的，自己的话；用活着的白话，将自己的思想，感情直白地说出来。但是，这也要受前辈先生非笑的。他们说白话文卑鄙，没有价值；他们说年青人作品幼稚，贻笑大方。我们中国能做文言的有多少呢，其余的都只能说白话，难道这许多中国人，就都是卑鄙，没有价值的么？至于幼稚，尤其没有什么可羞，正如孩子对于老人，毫没有什么可羞一样。幼稚是会生长，会成熟的，只不要衰老，腐败，就好。倘说待到纯熟了才可以动手，那是虽是村妇也不至于这样蠢。她的孩子学走路，即使跌倒了，她决不至于叫孩子从此躺在床上，待到学会了走法再下地面来的。

青年们先可以将中国变成一个有声的中国。大胆地说话，勇敢地进行，忘掉了一切利害，推开了古人，将自己的真心的话发表出来。——真，自然是不容易的。譬如态度，就不容易真，讲演时候就不是我的真态度，因为我对朋友，孩子说话时候的态度是不这样的。——但总可以说些较真的话，发些较真的声音。只有真的声音，才能感动中国的人和世界的人；必须有了真的声音，才能和世界的人同在世界上生活。

我们试想现在没有声音的民族是那几种民族。我们可听到埃及人的声音？可听到安南[2]，朝鲜的声音？印度除了泰戈尔，别的声音可还有？

我们此后实在只有两条路：一是抱着古文而死掉，一是舍掉古文而生存。

注释

1. 本篇最初刊载于香港报纸（报纸名称及日期未详），1927年3月23日汉口《中央日报》副刊转载。据鲁迅日记，这篇讲演作于2月18日。

2. 安南是中国民间对越南的旧称。

现今的新文学的概观[1]

——五月二十二日在燕京大学国文学会讲

这一年多，我不很向青年诸君说什么话了，因为革命以来，言论的路很窄小，不是过激，便是反动，于大家都无益处。这一次回到北平，几位旧识的人要我到这里来讲几句，情不可却，只好来讲几句。但因为种种琐事，终于没有想定究竟来讲什么——连题目都没有。

那题目，原是想在车上拟定的，但因为道路坏，汽车颠起来有尺多高，无从想起。我于是偶然感到，外来的东西，单取一件，是不行的，有汽车也须有好道路，一切事总免不掉环境的影响。文学——在中国的所谓新文学，所谓革命文学，也是如此。

中国的文化，便是怎样的爱国者，恐怕也大概不能不承认是有些落后。新的事物，都是从外面侵入的。新的势力来到了，大多数的人们还是莫名其妙。北平还不到这样，譬如上海租界，那情形，外国人是处在中央，那外面，围着一群翻译，包探，巡捕，西崽[2]……之类，是懂得外国话，熟悉租界章程的。这一圈之外，才是许多老百姓。

老百姓一到洋场，永远不会明白真实情形，外国人说"Yes"，翻译道，"他在说打一个耳光"，外国人说"No"，翻出来却是他说"去枪毙"。倘想要免去这一类无谓的冤苦，首先是在知道得多一点，冲破了这一个圈子。

在文学界也一样，我们知道得太不多，而帮助我们知识的材料也太少。梁实秋有一个白璧德，徐志摩有一个泰戈尔，胡适之有一个杜威[3]，——是的，徐志摩还有一个曼殊斐儿[4]，他到她坟上去哭过，——创造社有革命文学，时行的文学。不过附和的，创作的很有，研究的却不多，直到现在，还是给几个出题目的人们圈了起来。

各种文学，都是应环境而产生的，推崇文艺的人，虽喜欢说文艺足以煽起风波来，但在事实上，却是政治先行，文艺后变。倘以为文艺可以改变环境，那是"唯心"之谈，事实的出现，并不如文学家所豫想。所以巨大的革命，以前的所谓革命文学者还须灭亡，待到革命略有结果，略有喘息的余裕，这才产生新的革命文学者。为什么呢，因为旧社会将近崩坏之际，是常常会有近似带革命性的文学作品出现的，然而其实并非真的革命文学。例如：或者憎恶旧社会，而只是憎恶，更没有对于将来的理想；或者也大呼改造社会，而问他要怎样的社会，却是不能实现的乌托邦；或者自己活得无聊了，便空泛地希望一大转变，来作刺戟，正如饱于饮食的人，想吃些辣椒爽口；更下的是原是旧式人物，但在社会里失败了，却想另挂新招牌，靠新兴势力获得更好的地位。

希望革命的文人，革命一到，反而沉默下去的例子，在中国便曾有过的。即如清末的南社[5]，便是鼓吹革命的文学团体，他们叹汉族的被压制，愤满人的凶横，渴望着“光复旧物”。但民国成立以后，倒寂然无声了。我想，这是因为他们的理想，是在革命以后，“重见汉官威仪”，峨冠博带。而事实并不这样，所以反而索然无味，不想执笔了。俄国的例子尤为明显，十月革命开初，也曾有许多革命文学家非常惊喜，欢迎这暴风雨的袭来，愿受风雷的试炼。但后来，诗人叶遂宁，小说家索波里自杀了，近来还听说有名的小说家爱伦堡[6]有些反动。这是什么缘故呢？就因为四面袭来的并不是暴风雨，来试炼的也并非风雷，却是老老实实的“革命”。空想被击碎了，人也就活不下去，这倒不如古时候相信死后灵魂上天，坐在上帝旁边吃点心的诗人们福气。因为他们在达到目的之前，已经死掉了。

中国，据说，自然是已经革了命，——政治上也许如此罢，但在文艺上，却并没有改变。有人说，“小资产阶级文学之抬头”了，其实是，小资产阶级文学在那里呢，连“头”也没有，那里说得到“抬”。这照我上面所讲的推论起来，就是文学并不变化和兴旺，所反映的便是并无革命和进步，——虽然革命家听了也许不大喜欢。

至于创造社所提倡的，更彻底的革命文学——无产阶级文学，自然更不过是一个题目。这边也禁，那边也禁的王独清的从上海租界里遥望广州暴动的诗，“Pong Pong Pong”，铅字逐渐大了起来，只在说明他曾为电影的字幕和上海的酱园招牌所感动，有模仿勃洛克的《十二个》之志而无其力和才。郭沫若的《一只手》[7]是很有人推为佳作的，但内容说一个革命者革命之后失了一只手，所余的一只还能和爱人握手的事，却未免“失”得太巧。五体，四肢之中，倘要失去其一，实在还不如一只手；一条腿就不便，头自然更不行了。只准备失去一只手，是能减少战斗的勇往之气的；我想，革命者所不惜牺牲的，一定不只这一点。《一只手》也还是穷秀才落难，后来终于中状元，谐花烛的老调。

但这些却也正是中国现状的一种反映。新近上海出版的革命文学的一本书的封面上，画着一把钢叉，这是从《苦闷的象征》[8]的书面上取来的，叉的中间的一条尖刺上，又安一个铁锤，这是从苏联的旗子上取来的。然而这样地合了起来，却弄得既不能刺，又不能敲，只能在表明这位作者的庸陋，——也正可以做那些文艺家的徽章。

从这一阶级走到那一阶级去，自然是能有的事，但最好是意识如何，便一一直说，使大众看去，为仇为友，了了分明。不要脑子里存着许多旧的残滓，却故意瞒了起来，演戏似的指着自己的鼻子道，“惟我是无产阶级！”现在的人们既然神经过敏，听到“俄”字便要气绝，连嘴唇也快要不准红了，对于出版物，这也怕，那也怕；而革命文学家又不肯多绍介别国的理论和作品，单是这样的指着自己的鼻子，临了便会像前清的“奉旨申斥”一样，令人莫名其妙的。

对于诸君，“奉旨申斥”大概还须解释几句才会明白罢。这是帝制时代的事。一个官员犯了过失了，便叫他跪在一个什么门外面，皇帝差一个太监来斥骂。这时须得用一点化费，那么，骂几句就完；倘若不用，他便从祖宗一直骂到子孙。这算是皇帝在骂，然而谁能去问皇帝，问他究竟可是要这样地骂呢？去年，据日本的杂志上说，成仿吾是由中国的农工大众选他往德国研究戏曲去了，我们也无从打听，究竟真是这样地选了没有。

所以我想，倘要比较地明白，还只好用我的老话，“多看外国书”，来打破这包围的圈子。这事，于诸君是不甚费力的。关于新兴文学的英文书或英译书，即使不多，然而所有的几本，一定较为切实可靠。多看些别国的理论和作品之后，再来估量中国的新文艺，便可以清楚得多了。更好是绍介到中国来；翻译并不比随便的创作容易，然而于新文学的发展却更有功，于大家更有益。

注释

1. 本篇最初发表于1929年5月25日北平《未名》半月刊第二卷第八期。

2. 西崽是当时对为西洋人服务的中国男仆的蔑称。

3. 杜威（1859—1952），美国哲学家，实用主义芝加哥学派的创始人。1919年至1921年间曾到中国讲学，当时由胡适担任翻译。

4. 曼殊斐儿（1888—1923），今译曼斯菲尔德，英国女作家。

5. 南社，文学团体，1909年由柳亚子等人发起，成立于苏州。

6. 爱伦堡（1891—1967），苏联作家。1910年开始文学活动，十月革命后参加苏维埃政府工作。二十年代的小说中流露出对革命的怀疑和动摇的情绪，因此曾受到文艺界的批评。

7.《一只手》，短篇小说，发表于1928年《创造月刊》第一卷第九至十一期，写一位童工在劳作时被机器切断一只手，激起工人的暴动。下文内容应为鲁迅误记。

8.《苦闷的象征》，文艺论文集，日本文艺评论家厨川白村作。鲁迅曾译成中文，中译本的封面由陶元庆设计。

《吾国征俄战史之一页》[1]

大家都说要打俄国，[2]或者“愿为前驱”，或者“愿作后盾”，连中国文学所赖以不坠的新月书店[3]，也登广告出卖关于俄国的书籍两种，则举国之同仇敌忾也可知矣。自然，大势如此，执笔者也应当做点应时的东西，庶几不至于落伍。我于是在七月廿六日《新闻报》的《快活林》里，遇见一篇题作《吾国征俄战史之一页》的叙述详细而昏不可当的文章，可惜限于篇幅，只能摘抄：

……乃尝读史至元成吉思汗。起自蒙古。入主中夏。开国以后。奄有钦察阿速诸部。命速不合征蔑里吉[4]。复引兵绕宽田吉思海。转战至太和岭[5]。洎太宗七年。又命速不台为前驱。随诸王拔都。皇子贵由。皇侄哥等[6]伐西域。十年乃大举征俄。直逼耶烈赞城[7]。而陷莫斯科。太祖长子术赤[8]遂于其地即汗位。可谓破前古未有之纪载矣。夫一代之英主。开创之际。战胜攻取。用其兵威。不难统一区宇。史册所叙。纵极铺张。要不过禹域以内。讫无西至流沙。举朔北辽绝之地而空之。不特唯是。犹复鼓其余勇。进逼欧洲内地。而有欧亚混一之势者。谓非吾国战史上最有光彩最有荣誉之一页得乎……

那结论是:

……质言之。元时之兵锋。不仅足以扼欧亚之吭。而有席卷包举之气象。有足以壮吾国后人之勇气者。固自有在。余故备述之。以告应付时局而固边圉者。

这只有这作者"清癯"先生是蒙古人,倒还说得过去。否则,成吉思汗"入主中夏",术赤在墨斯科"即可汗位",那时咱们中俄两国的境遇正一样,就是都被蒙古人征服的。为什么中国人现在竟来硬霸"元人"为自己的先人,仿佛满脸光彩似的,去骄傲同受压迫的斯拉夫种的呢?

倘照这样的论法,俄国人就也可以作"吾国征华史之一页”，说他们在元代奄有中国的版图。

倘照这样的论法，则即使俄人此刻“入主中夏”，也就有“欧亚混一之势”，“有足以壮吾国后人”之后人“之勇气者”矣。

嗟乎，赤俄未征，白痴已出，殊“非吾国战史上最有光彩最有荣誉之一页”也！

七月二十八日。

注释

1. 本篇最初发表于1929年8月5日《语丝》第五卷第二十二期。

2. 1929年7月，国民党当局以武力接收中苏合办的中东铁路，双方发生冲突，国民党借此掀起“反俄运动”。

3. 新月书店是新月社的书店，1927年春创办于上海。

4. 速不台（1176—1248），蒙古汗国大将。蔑里吉，通称蔑几乞，辽金时游牧于色楞格河流域的一个部落。

5. 宽田吉思海即里海，太和岭即高加索山脉。

6. 拔都（1209—1256），蒙古汗国大将，成吉思汗之孙。贵由（1206—1248），元太宗窝阔台的长子，后被尊为元定宗。哥即蒙哥（1208—1259），窝阔台的侄子，后被尊为元宪宗。

7. 耶烈赞城，今译梁赞，在莫斯科之南。

8. 术赤（1177—1225），蒙古汗国大将，成吉思汗长子。

流氓的变迁[1]

孔墨都不满于现状，要加以改革，但那第一步，是在说动人主，而那用以压服人主的家伙，则都是“天”。

孔子之徒为儒，墨子之徒为侠。“儒者，柔也”，当然不会危险的。惟侠老实，所以墨者的末流，至于以“死”为终极的目的。到后来，真老实的逐渐死完，止留下取巧的侠，汉的大侠，就已和公侯权贵相馈赠，以备危急时来作护符之用了。

司马迁说：“儒以文乱法，而侠以武犯禁”，“乱”之和“犯”，决不是“叛”，不过闹点小乱子而已，而况有权贵如“五侯”[2]者在。

“侠”字渐消，强盗起了，但也是侠之流，他们的旗帜是“替天行道”。他们所反对的是奸臣，不是天子，他们所打劫的是平民，不是将相。李逵劫法场时，抡起板斧来排头砍去，而所砍的是看客。一部《水浒》，说得很分明：因为不反对天子，所以大军一到，便受招安，替国家打别的强盗——不“替天行道”的强盗去了。终于是奴才。

满洲入关，中国渐被压服了，连有“侠气”的人，也不敢再起盗心，不敢指斥奸臣，不敢直接为天子效力，于是跟一个好官员或钦差大臣，给他保镳，替他捕盗，一部《施公案》，也说得很分明，还有《彭公案》，《七侠五义》之流，至今没有穷尽。他们出身清白，连先前也并无坏处，虽在钦差之下，究居平民之上，对一方面固然必须听命，对别方面还是大可逞雄，安全之度增多了，奴性也跟着加足。

然而为盗要被官兵所打，捕盗也要被强盗所打，要十分安全的侠客，是觉得都不妥当的，于是有流氓。和尚喝酒他来打，男女通奸他来捉，私娼私贩他来凌辱，为的是维持风化；乡下人不懂租界章程他来欺侮，为的是看不起无知；剪发女人他来嘲骂，社会改革者他来憎恶，为的是宝爱秩序。但后面是传统的靠山，对手又都非浩荡的强敌，他就在其间横行过去。现在的小说，还没有写出这一种典型的书，惟《九尾龟》[3]中的章秋谷，以为他给妓女吃苦，是因为她要敲人们竹杠，所以给以惩罚之类的叙述，约略近之。

由现状再降下去，大概这一流人将成为文艺书中的主角了，我在等候“革命文学家”张资平[4]“氏”的近作。

注释

1. 本篇最初发表于1930年1月1日上海《萌芽月刊》第一卷第一期。

2. 汉成帝时，外戚王谭、王逢时、王根、王立、王商兄弟五人同日封侯，时人称为“五侯”。

3.《九尾龟》是一部描写妓女生活的小说，晚清时张春帆作。

4. 张资平（1893—1959），广东梅县人，创造社早期成员，抗日战争时期在汪伪政府任职。

宣传与做戏[1]

就是那刚刚说过的日本人，他们做文章论及中国的国民性的时候，内中往往有一条叫作“善于宣传”。看他的说明，这“宣传”两字却又不像是平常的“Propaganda”[2]，而是“对外说谎”的意思。

这宗话，影子是有一点的。譬如罢，教育经费用光了，却还要开几个学堂，装装门面；全国的人们十之九不识字，然而总得请几位博士，使他对西洋人去讲中国的精神文明；至今还是随便拷问，随便杀头，一面却总支撑维持着几个洋式的“模范监狱”，给外国人看看。还有，离前敌很远的将军，他偏要大打电报，说要“为国前驱”。连体操班也不愿意上的学生少爷，他偏要穿上军装，说是“灭此朝食”。

不过，这些究竟还有一点影子；究竟还有几个学堂，几个博士，几个模范监狱，几个通电，几套军装。所以说是“说谎”，是不对的。这就是我之所谓“做戏”。

但这普遍的做戏，却比真的做戏还要坏。真的做戏，是只有一时；戏子做完戏，也就恢复为平常状态的。杨小楼做《单刀赴会》，梅兰芳做《黛玉葬花》，只有在戏台上的时候是关云长，是林黛玉，下台就成了普通人，所以并没有大弊。倘使他们扮演一回之后，就永远提着青龙偃月刀或锄头，以关老爷，林妹妹自命，怪声怪气，唱来唱去，那就实在只好算是发热昏了。

不幸因为是“天地大戏场”，可以普遍的做戏者，就很难有下台的时候，例如杨缦华女士用自己的天足，踢破小国比利时女人的“中国女人缠足说”，为面子起见，用权术来解围，这还可以说是很该原谅的。但我以为应该这样就拉倒。现在回到寓里，做成文章，这就是进了后台还不肯放下青龙偃月刀；而且又将那文章送到中国的《申报》上来发表，则简直是提着青龙偃月刀一路唱回自己的家里来了。难道作者真已忘记了中国女人曾经缠脚，至今也还有正在缠脚的么？还是以为中国人都已经自己催眠，觉得全国女人都已穿了高跟皮鞋了呢？

这不过是一个例子罢了，相像的还多得很，但恐怕不久天也就要亮了。

注释

1. 本篇最初发表于1931年11月20日《北斗》第一卷第三期，署名冬华。

2. Propaganda，英语，意为“宣传”，也指表达、讲解某种观点和主张以影响受众的社会行为。

观斗[1]

我们中国人总喜欢说自己爱和平，但其实，是爱斗争的，爱看别的东西斗争，也爱看自己们斗争。

最普通的是斗鸡，斗蟋蟀，南方有斗黄头鸟，斗画眉鸟，北方有斗鹌鹑，一群闲人们围着呆看，还因此赌输赢。古时候有斗鱼，现在变把戏的会使跳蚤打架。看今年的《东方杂志》[2]，才知道金华又有斗牛，不过和西班牙却两样的，西班牙是人和牛斗，我们是使牛和牛斗。

任他们斗争着，自己不与斗，只是看。

军阀们只管自己斗争着，人民不与闻，只是看。

然而军阀们也不是自己亲身在斗争，是使兵士们相斗争，所以频年恶战，而头儿个个终于是好好的，忽而误会消释了，忽而杯酒言欢了，忽而共同御侮了，忽而立誓报国了，忽而……。不消说，忽而自然不免又打起来了。

然而人民一任他们玩把戏，只是看。

但我们的斗士，只有对于外敌却是两样的：近的，是“不抵抗”，远的，是“负弩前驱”云。

“不抵抗”在字面上已经说得明明白白。“负弩前驱”呢，弩机的制度早已失传了，必须待考古学家研究出来，制造起来，然后能够负，然后能够前驱。

还是留着国产的兵士和现买的军火，自己斗争下去罢。中国的人口多得很，暂时总有一些孑遗在看着的。但自然，倘要这样，则对于外敌，就一定非“爱和平”[3]不可。

一月二十四日。

注释

1. 本篇最初发表于1933年1月31日上海《申报·自由谈》，署名何家干。

2.《东方杂志》，综合性刊物，1904年3月在上海创刊，1948年12月停刊，商务印书馆出版。

3. 当时国民党当局经常以“爱和平”这类论调掩盖其消极不抵抗政策。

文学上的折扣[1]

有一种无聊小报，以登载诬蔑一部分人的小说自鸣得意，连姓名也都给以影射的，忽然对于投稿，说是“如含攻讦个人或团体性质者恕不揭载”了，便不禁想到了一些事——

凡我所遇见的研究中国文学的外国人中，往往不满于中国文章之夸大。这真是虽然研究中国文学，恐怕到死也还不会懂得中国文学的外国人。倘是我们中国人，则只要看过几百篇文章，见过十来个所谓“文学家”的行径，又不是刚刚“从民间来”的老实青年，就决不会上当。因为我们惯熟了，恰如钱店伙计的看见钞票一般，知道什么是通行的，什么是该打折扣的，什么是废票，简直要不得。

譬如说罢，称赞贵相是“两耳垂肩”，这时我们便至少将他打一个对折，觉得比通常也许大一点，可是决不相信他的耳朵像猪猡一样。说愁是“白发三千丈”，这时我们便至少将他打一个二万扣，以为也许有七八尺，但决不相信它会盘在顶上像一个大草囤。这种尺寸，虽然有些模胡，不过总不至于相差太远。反之，我们也能将少的增多，无的化有，例如戏台上走出四个拿刀的瘦伶仃的小戏子，我们就知道这是十万精兵；刊物上登载一篇俨乎其然的像煞有介事的文章，我们就知道字里行间还有看不见的鬼把戏。

又反之，我们并且能将有的化无，例如什么“枕戈待旦”呀，“卧薪尝胆”呀，“尽忠报国”呀，我们也就即刻会看成白纸，恰如还未定影的照片，遇到了日光一般。

但这些文章，我们有时也还看。苏东坡贬黄州时，无聊之至，有客来，便要他谈鬼。客说没有。东坡道：“你姑且胡说一通罢。”我们的看，也不过这意思。但又可知道社会上有这样的东西，是费去了多少无聊的眼力。人们往往以为打牌，跳舞有害，实则这种文章的害还要大，因为一不小心，就会给它教成后天的低能儿的。

《颂》诗早已拍马，《春秋》已经隐瞒，战国时谈士蜂起，不是以危言耸听，就是以美词动听，于是夸大，装腔，撒谎，层出不穷。现在的文人虽然改著了洋服，而骨髓里却还埋着老祖宗，所以必须取消或折扣，这才显出几分真实。

“文学家”倘不用事实来证明他已经改变了他的夸大，装腔，撒谎……的老脾气，则即使对天立誓，说是从此要十分正经，否则天诛地灭，也还是徒劳的。因为我们也早已看惯了许多家都钉着“假冒王麻子灭门三代”[2]的金漆牌子的了，又何况他连小尾巴也还在摇摇摇呢。

三月十二日。

注释

1. 本篇最初发表于1933年3月15日《申报·自由谈》，署名何家干。

2. 王麻子是北京历史悠久的著名刀剪铺，旧时冒充王麻子牌号的铺子很多。

言论自由的界限[1]

看《红楼梦》，觉得贾府上是言论颇不自由的地方。焦大以奴才的身分，仗着酒醉，从主子骂起，直到别的一切奴才，说只有两个石狮子干净。结果怎样呢？结果是主子深恶，奴才痛嫉，给他塞了一嘴马粪。

其实是，焦大的骂，并非要打倒贾府，倒是要贾府好，不过说主奴如此，贾府就要弄不下去罢了。然而得到的报酬是马粪。所以这焦大，实在是贾府的屈原，假使他能做文章，我想，恐怕也会有一篇《离骚》之类。

三年前的新月社[2]诸君子，不幸和焦大有了相类的境遇。他们引经据典，对于党国有了一点微词，虽然引的大抵是英国经典，但何尝有丝毫不利于党国的恶意，不过说："老爷，人家的衣服多么干净，您老人家的可有些儿脏，应该洗它一洗"罢了。不料"荃不察余之中情兮"，来了一嘴的马粪：国报同声致讨，连《新月》杂志也遭殃。但新月社究竟是文人学士的团体，这时就也来了一大堆引据三民主义，辨明心迹的“离骚经”。现在好了，吐出马粪，换塞甜头，有的顾问，有的教授，有的秘书，有的大学院长，言论自由，《新月》也满是所谓“为文艺的文艺”了。

这就是文人学士究竟比不识字的奴才聪明，党国究竟比贾府高明，现在究竟比乾隆时候光明：三明主义。

然而竟还有人在嚷着要求言论自由。世界上没有这许多甜头，我想，该是明白的罢，这误解，大约是在没有悟到现在的言论自由，只以能够表示主人的宽宏大度的说些“老爷，你的衣服……”为限，而还想说开去。

这是断乎不行的。前一种，是和《新月》受难时代不同，现在好像已有的了，这《自由谈》也就是一个证据，虽然有时还有几位拿着马粪，前来探头探脑的英雄。至于想说开去，那就足以破坏言论自由的保障。要知道现在虽比先前光明，但也比先前利害，一说开去，是连性命都要送掉的。即使有了言论自由的明令，也千万大意不得。这我是亲眼见过好几回的，非“卖老”也，不自觉其做奴才之君子，幸想一想而垂鉴焉。

四月十七日。

注释

1. 本篇最初发表于1933年4月22日《申报·自由谈》，署名何家干。

2. 新月社，文学团体，1923年在北京成立，主要成员有胡适、徐志摩、陈源、梁实秋、罗隆基等。

为了忘却的记念[1]

一

我早已想写一点文字，来记念几个青年的作家。这并非为了别的，只因为两年以来，悲愤总时时来袭击我的心，至今没有停止，我很想借此算是竦身一摇，将悲哀摆脱，给自己轻松一下，照直说，就是我倒要将他们忘却了。

两年前的此时，即一九三一年的二月七日夜或八日晨，是我们的五个青年作家[2]同时遇害的时候。当时上海的报章都不敢载这件事，或者也许是不愿，或不屑载这件事，只在《文艺新闻》[3]上有一点隐约其辞的文章。那第十一期（五月二十五日）里，有一篇林莽[4]先生作的《白莽印象记》，中间说：

他做了好些诗，又译过匈牙利诗人彼得斐[5]的几首诗，当时的《奔流》[6]的编辑者鲁迅接到了他的投稿，便来信要和他会面，但他却是不愿见名人的人，结果是鲁迅自己跑来找他，竭力鼓励他作文学的工作，但他终于不能坐在亭子间里写，又去跑他的路了。不久，他又一次的被了捕。……

这里所说的我们的事情其实是不确的。白莽并没有这么高慢，他曾经到过我的寓所来，但也不是因为我要求和他会面；我也没有这么高慢，对于一位素不相识的投稿者，会轻率的写信去叫他。我们相见的原因很平常，那时他所投的是从德文译出的《彼得斐传》，我就发信去讨原文，原文是载在诗集前面的，邮寄不便，他就亲自送来了。看去是一个二十多岁的青年，面貌很端正，颜色是黑黑的，当时的谈话我已经忘却，只记得他自说姓徐，象山人；我问他为什么代你收信的女士是这么一个怪名字（怎么怪法，现在也忘却了），他说她就喜欢起得这么怪，罗曼谛克，自己也有些和她不大对劲了。就只剩了这一点。

夜里，我将译文和原文粗粗的对了一遍，知道除几处误译之外，还有一个故意的曲译。他像是不喜欢"国民诗人"这个字的，都改成"民众诗人"了。第二天又接到他一封来信，说很悔和我相见，他的话多，我的话少，又冷，好像受了一种威压似的。我便写一封回信去解释，说初次相会，说话不多，也是人之常情，并且告诉他不应该由自己的爱憎，将原文改变。因为他的原书留在我这里了，就将我所藏的两本集子送给他，问他可能再译几首诗，以供读者的参看。他果然译了几首，自己拿来了，我们就谈得比第一回多一些。这传和诗，后来就都登在《奔流》第二卷第五本，即最末的一本里。

我们第三次相见，我记得是在一个热天。有人打门了，我去开门时，来的就是白莽，却穿着一件厚棉袍，汗流满面，彼此都不禁失笑。这时他才告诉我他是一个革命者，刚由被捕而释出，衣服和书籍全被没收了，连我送他的那两本；身上的袍子是从朋友那里借来的，没有夹衫，而必须穿长衣，所以只好这么出汗。我想，这大约就是林莽先生说的"又一次的被了捕"的那一次了。

我很欣幸他的得释，就赶紧付给稿费，使他可以买一件夹衫，但一面又很为我的那两本书痛惜：落在捕房的手里，真是明珠投暗了。那两本书，原是极平常的，一本散文，一本诗集，据德文译者说，这是他搜集起来的，虽在匈牙利本国，也还没有这么完全的本子，然而印在《莱克朗氏万有文库》(Reclam's Universal-Bibliothek)[7]中，倘在德国，就随处可得，也值不到一元钱。不过在我是一种宝贝，因为这是三十年前，正当我热爱彼得斐的时候，特地托丸善书店[8]从德国去买来的，那时还恐怕因为书极便宜，店员不肯经手，开口时非常惴惴。后来大抵带在身边，只是情随事迁，已没有翻译的意思了，这回便决计送给这也如我的那时一样，热爱彼得斐的诗的青年，算是给它寻得了一个好着落。所以还郑重其事，托柔石亲自送去的。谁料竟会落在"三道头"[9]之类的手里的呢，这岂不冤枉！

二

我的决不邀投稿者相见，其实也并不完全因为谦虚，其中含着省事的分子也不少。由于历来的经验，我知道青年们，尤其是文学青年们，十之九是感觉很敏，自尊心也很旺盛的，一不小心，极容易得到误解，所以倒是故意回避的时候多。见面尚且怕，更不必说敢有托付了。但那时我在上海，也有一个惟一的不但敢于随便谈笑，而且还敢于托他办点私事的人，那就是送书去给白莽的柔石。

我和柔石最初的相见，不知道是何时，在那里。他仿佛说过，曾在北京听过我的讲义，那么，当在八九年之前了。我也忘记了在上海怎么来往起来，总之，他那时住在景云里，离我的寓所不过四五家门面，不知怎么一来，就来往起来了。大约最初的一回他就告诉我是姓赵，名平复。但他又曾谈起他家乡的豪绅的气焰之盛，说是有一个绅士，以为他的名字好，要给儿子用，叫他不要用这名字了。所以我疑心他的原名是“平福”，平稳而有福，才正中乡绅的意，对于“复”字却未必有这么热心。他的家乡，是台州的宁海，这只要一看他那台州式的硬气就知道，而且颇有点迂，有时会令我忽而想到方孝孺[10]，觉得好像也有些这模样的。

他躲在寓里弄文学，也创作，也翻译，我们往来了许多日，说得投合起来了，于是另外约定了几个同意的青年，设立朝华社[11]。目的是在绍介东欧和北欧的文学，输入外国的版画，因为我们都以为应该来扶植一点刚健质朴的文艺。接着就印《朝花旬刊》，印《近代世界短篇小说集》，印《艺苑朝华》，算都在循着这条线，只有其中的一本《蕗谷虹儿画选》，是为了扫荡上海滩上的“艺术家”，即戳穿叶灵凤[12]这纸老虎而印的。

然而柔石自己没有钱，他借了二百多块钱来做印本。除买纸之外，大部分的稿子和杂务都是归他做，如跑印刷局，制图，校字之类。可是往往不如意，说起来皱着眉头。看他旧作品，都很有悲观的气息，但实际上并不然，他相信人们是好的。我有时谈到人会怎样的骗人，怎样的卖友，怎样的吮血，他就前额亮晶晶的，惊疑地圆睁了近视的眼睛，抗议道，“会这样的么？——不至于此罢？……”

不过朝花社不久就倒闭了，我也不想说清其中的原因，总之是柔石的理想的头，先碰了一个大钉子，力气固然白化，此外还得去借一百块钱来付纸账。后来他对于我那“人心惟危”说的怀疑减少了，有时也叹息道，“真会这样的么？……”但是，他仍然相信人们是好的。

他于是一面将自己所应得的朝花社的残书送到明日书店和光华书局去，希望还能够收回几文钱，一面就拼命的译书，准备还借款，这就是卖给商务印书馆的《丹麦短篇小说集》和戈理基作的长篇小说《阿尔泰莫诺夫之事业》。但我想，这些译稿，也许去年已被兵火烧掉了。[13]

他的迂渐渐的改变起来，终于也敢和女性的同乡或朋友一同去走路了，但那距离，却至少总有三四尺的。这方法很不好，有时我在路上遇见他，只要在相距三四尺前后或左右有一个年青漂亮的女人，我便会疑心就是他的朋友。但他和我一同走路的时候，可就走得近了，简直是扶住我，因为怕我被汽车或电车撞死；我这面也为他近视而又要照顾别人担心，大家都苍皇失措的愁一路，所以倘不是万不得已，我是不大和他一同出去的，我实在看得他吃力，因而自己也吃力。

无论从旧道德，从新道德，只要是损己利人的，他就挑选上，自己背起来。

他终于决定地改变了，有一回，曾经明白的告诉我，此后应该转换作品的内容和形式。我说：这怕难罢，譬如使惯了刀的，这回要他耍棍，怎么能行呢？他简洁的答道：只要学起来！

他说的并不是空话，真也在从新学起来了，其时他曾经带了一个朋友来访我，那就是冯铿女士。谈了一些天，我对于她终于很隔膜，我疑心她有点罗曼谛克，急于事功；我又疑心柔石的近来要做大部的小说，是发源于她的主张的。但我又疑心我自己，也许是柔石的先前的斩钉截铁的回答，正中了我那其实是偷懒的主张的伤疤，所以不自觉地迁怒到她身上去了。——我其实也并不比我所怕见的神经过敏而自尊的文学青年高明。

她的体质是弱的，也并不美丽。

三

直到左翼作家联盟成立之后，我才知道我所认识的白莽，就是在《拓荒者》[14]上做诗的殷夫。有一次大会时，我便带了一本德译的，一个美国的新闻记者所做的中国游记去送他，[15]这不过以为他可以由此练习德文，另外并无深意。然而他没有来。我只得又托了柔石。

但不久，他们竟一同被捕，我的那一本书，又被没收，落在"三道头"之类的手里了。

四

明日书店要出一种期刊，请柔石去做编辑，他答应了；书店还想印我的译著，托他来问版税的办法，我便将我和北新书局所订的合同，抄了一份交给他，他向衣袋里一塞，匆匆的走了。其时是一九三一年一月十六日的夜间，而不料这一去，竟就是我和他相见的末一回，竟就是我们的永诀。

第二天，他就在一个会场上被捕了，衣袋里还藏着我那印书的合同，听说官厅因此正在找寻我。印书的合同，是明明白白的，但我不愿意到那些不明不白的地方去辩解。记得《说岳全传》里讲过一个高僧，当追捕的差役刚到寺门之前，他就"坐化"了，还留下什么"何立从东来，我向西方走"的偈子。这是奴隶所幻想的脱离苦海的惟一的好方法，"剑侠"盼不到，最自在的惟此而已。我不是高僧，没有涅槃的自由，却还有生之留恋，我于是就逃走。

这一夜，我烧掉了朋友们的旧信札，就和女人抱着孩子走在一个客栈里。不几天，即听得外面纷纷传我被捕，或是被杀了，柔石的消息却很少。有的说，他曾经被巡捕带到明日书店里，问是否是编辑；有的说，他曾经被巡捕带往北新书局去，问是否是柔石，手上上了铐，可见案情是重的。但怎样的案情，却谁也不明白。

他在囚系中，我见过两次他写给同乡[16]的信，第一回是这样的——

> 我与三十五位同犯（七个女的）于昨日到龙华。并于昨夜上了镣，开政治犯从未上镣之纪录。此案累及太大，我一时恐难出狱，书店事望兄为我代办之。现亦好，且跟殷夫兄学德文，此事可告周先生；望周先生勿念，我等未受刑。捕房和公安局，几次问周先生地址，但我那里知道。诸望勿念。祝好！
>
> 赵少雄　一月二十四日。

以上正面。

洋铁饭碗，要二三只
如不能见面，可将东西
望转交赵少雄

以上背面。

他的心情并未改变，想学德文，更加努力；也仍在记念我，像在马路上行走时候一般。但他信里有些话是错误的，政治犯而上镣，并非从他们开始，但他向来看得官场还太高，以为文明至今，到他们才开始了严酷。其实是不然的。果然，第二封信就很不同，措词非常惨苦，且说冯女士的面目都浮肿了，可惜我没有抄下这封信。其时传说也更加纷繁，说他可以赎出的也有，说他已经解往南京的也有，毫无确信；而用函电来探问我的消息的也多起来，连母亲在北京也急得生病了，我只得一一发信去更正，这样的大约有二十天。

天气愈冷了，我不知道柔石在那里有被褥不？我们是有的。洋铁碗可曾收到了没有？……但忽然得到一个可靠的消息，说柔石和其他二十三人，已于二月七日夜或八日晨，在龙华警备司令部被枪毙了，他的身上中了十弹。

原来如此！……

在一个深夜里，我站在客栈的院子中，周围是堆着的破烂的什物；人们都睡觉了，连我的女人和孩子。我沉重的感到我失掉了很好的朋友，中国失掉了很好的青年，我在悲愤中沉静下去了，然而积习却从沉静中抬起头来，凑成了这样的几句：

惯于长夜过春时，挈妇将雏鬓有丝。
梦里依稀慈母泪，城头变幻大王旗。
忍看朋辈成新鬼，怒向刀丛觅小诗。
吟罢低眉无写处，月光如水照缁衣。

但末二句，后来不确了，我终于将这写给了一个日本的歌人[17]。

可是在中国，那时是确无写处的，禁锢得比罐头还严密。我记得柔石在年底曾回故乡，住了好些时，到上海后很受朋友的责备。他悲愤的对我说，他的母亲双眼已经失明了，要他多住几天，他怎么能够就走呢？我知道这失明的母亲的眷眷的心，柔石的拳拳的心。当《北斗》创刊时，我就想写一点关于柔石的文章，然而不能够，只得选了一幅珂勒惠支（Käthe Kollwitz）夫人的木刻，名曰《牺牲》，是一个母亲悲哀地献出她的儿子去的，算是只有我一个人心里知道的柔石的记念。

同时被难的四个青年文学家之中，李伟森我没有会见过，胡也频在上海也只见过一次面，谈了几句天。较熟的要算白莽，即殷夫了，他曾经和我通过信，投过稿，但现在寻起来，一无所得，想必是十七那夜统统烧掉了，那时我还没有知道被捕的也有白莽。然而那本《彼得斐诗集》却在的，翻了一遍，也没有什么，只在一首《Wahlspruch》（格言）的旁边，有钢笔写的四行译文道：

生命诚宝贵，
　爱情价更高；
若为自由故，
　二者皆可抛！

又在第二叶上，写着“徐培根”[18]三个字，我疑心这是他的真姓名。

五

前年的今日，我避在客栈里，他们却是走向刑场了；去年的今日，我在炮声中逃在英租界，他们则早已埋在不知那里的地下了；今年的今日，我才坐在旧寓里，人们都睡觉了，连我的女人和孩子。我又沉重的感到我失掉了很好的朋友，中国失掉了很好的青年，我在悲愤中沉静下去了，不料积习又从沉静中抬起头来，写下了以上那些字。

要写下去，在中国的现在，还是没有写处的。年青时读向子期[19]《思旧赋》，很怪他为什么只有寥寥的几行，刚开头却又煞了尾。然而，现在我懂得了。

不是年青的为年老的写记念，而在这三十年中，却使我目睹许多青年的血，层层淤积起来，将我埋得不能呼吸，我只能用这样的笔墨，写几句文章，算是从泥土中挖一个小孔，自己延口残喘，这是怎样的世界呢。夜正长，路也正长，我不如忘却，不说的好罢。但我知道，即使不是我，将来总会有记起他们，再说他们的时候的。……

二月七—八日。

注释

1. 本篇最初发表于1933年4月1日《现代》第二卷第六期。

2. 指“左联五烈士”李伟森、柔石、胡也频、冯铿、殷夫。

3.《文艺新闻》是中国左翼作家联盟（简称“左联”）所领导的刊物之一，由袁殊、楼适夷编辑，1931年3月在上海创刊。

4. 林莽即楼适夷（1905—2001），作家、翻译家，左联成员。

5. 彼得斐（1823—1849），今译裴多菲，匈牙利诗人。

6.《奔流》，文艺月刊，由鲁迅、郁达夫编辑，1928年6月在上海创刊。

7. 指德国莱克朗氏书店从1867年开始出版的文学丛书。

8. 丸善书店是日本东京一家出售西文书籍的书店。

9.“三道头”是当时对上海公共租界巡官的俗称。

10. 方孝孺（1357—1402），明建文帝朱允炆时的侍讲学士、文学博士，后被永乐帝灭十族。

11. 朝华社，亦作朝花社，鲁迅、柔石等组织的文艺团体，1928年11月成立于上海。

12. 叶灵凤（1905—1975），作家、画家，曾参加创造社。

13.《丹麦短篇小说集》收柔石所译安徒生等作家的作品十一篇，署名金桥。《阿尔泰莫诺夫之事业》，柔石译本题为《颓废》，署名赵璜。

14.《拓荒者》，文艺月刊，由蒋光慈编辑，1930年1月在上海创刊，左联成立后为左联刊物之一。

15. 指美国记者安娜·路易斯·斯特朗所著的《中国纪行》。鲁迅于1930年12月2日购得，次年1月15日赠予白莽。

16. 指王育和（1903—1971），曾任宁海中学教员。

17. 指山本初枝（1898—1966），日本女诗人。

18. 徐培根（1895—1991），白莽的长兄，早年留学德国，曾任国民党政府军政部航空署长。

19. 向子期（约227—272），名秀，字子期，魏晋时期文学家。

我怎么做起小说来[1]

我怎么做起小说来？——这来由，已经在《呐喊》的序文上，约略说过了。这里还应该补叙一点的，是当我留心文学的时候，情形和现在很不同：在中国，小说不算文学，做小说的也决不能称为文学家，所以并没有人想在这一条道路上出世。我也并没有要将小说抬进“文苑”里的意思，不过想利用他的力量，来改良社会。

但也不是自己想创作，注重的倒是在绍介，在翻译，而尤其注重于短篇，特别是被压迫的民族中的作者的作品。因为那时正盛行着排满论，有些青年，都引那叫喊和反抗的作者为同调的。所以“小说作法”之类，我一部都没有看过，看短篇小说却不少，小半是自己也爱看，大半则因了搜寻绍介的材料。也看文学史和批评，这是因为想知道作者的为人和思想，以便决定应否绍介给中国。和学问之类，是绝不相干的。

因为所求的作品是叫喊和反抗，势必至于倾向了东欧，因此所看的俄国，波兰以及巴尔干诸小国作家的东西就特别多。也曾热心的搜求印度，埃及的作品，但是得不到。记得当时最爱看的作者，是俄国的果戈理[2](N.Gogol)和波兰的显克微支[3](H.Sienkiewitz)。日本的，是夏目漱石和森鸥外[4]。

回国以后，就办学校，再没有看小说的工夫了，这样的有五六年。为什么又开手了呢？——这也已经写在《呐喊》的序文里，不必说了。但我的来做小说，也并非自以为有做小说的才能，只因为那时是住在北京的会馆[5]里的，要做论文罢，没有参考书，要翻译罢，没有底本，就只好做一点小说模样的东西塞责，这就是《狂人日记》。大约所仰仗的全在先前看过的百来篇外国作品和一点医学上的知识，此外的准备，一点也没有。

但是《新青年》的编辑者，却一回一回的来催，催几回，我就做一篇，这里我必得记念陈独秀先生，他是催促我做小说最着力的一个。

自然，做起小说来，总不免自己有些主见的。例如，说到"为什么"做小说罢，我仍抱着十多年前的"启蒙主义"，以为必须是"为人生"，而且要改良这人生。我深恶先前的称小说为"闲书"，而且将"为艺术的艺术"，看作不过是"消闲"的新式的别号。所以我的取材，多采自病态社会的不幸的人们中，意思是在揭出病苦，引起疗救的注意。所以我力避行文的唠叨，只要觉得够将意思传给别人了，就宁可什么陪衬拖带也没有。中国旧戏上，没有背景，新年卖给孩子看的花纸[6]上，只有主要的几个人（但现在的花纸却多有背景了），我深信对于我的目的，这方法是适宜的，所以我不去描写风月，对话也决不说到一大篇。

我做完之后，总要看两遍，自己觉得拗口的，就增删几个字，一定要它读得顺口；没有相宜的白话，宁可引古语，希望总有人会懂，只有自己懂得或连自己也不懂的生造出来的字句，是不大用的。这一节，许多批评家之中，只有一个人看出来了，但他称我为Stylist[7]。

所写的事迹，大抵有一点见过或听到过的缘由，但决不全用这事实，只是采取一端，加以改造，或生发开去，到足以几乎完全发表我的意思为止。人物的模特儿也一样，没有专用过一个人，往往嘴在浙江，脸在北京，衣服在山西，是一个拼凑起来的脚色。有人说，我的那一篇是骂谁，某一篇又是骂谁，那是完全胡说的。

不过这样的写法，有一种困难，就是令人难以放下笔。一气写下去，这人物就逐渐活动起来，尽了他的任务。但倘有什么分心的事情来一打岔，放下许久之后再来写，性格也许就变了样，情景也会和先前所豫想的不同起来。例如我做的《不周山》，原意是在描写性的发动和创造，以至衰亡的，而中途去看报章，见了一位道学的批评家攻击情诗[8]的文章，心里很不以为然，于是小说里就有一个小人物跑到女娲的两腿之间来，不但不必有，且将结构的宏大毁坏了。但这些处所，除了自己，大概没有人会觉到的，我们的批评大家成仿吾[9]先生，还说这一篇做得最出色。

我想，如果专用一个人做骨干，就可以没有这弊病的，但自己没有试验过。

忘记是谁说的了，总之是，要极省俭的画出一个人的特点，最好是画他的眼睛。我以为这话是极对的，倘若画了全副的头发，即使细得逼真，也毫无意思。我常在学学这一种方法，可惜学不好。

可省的处所，我决不硬添，做不出的时候，我也决不硬做，但这是因为我那时别有收入，不靠卖文为活的缘故，不能作为通例的。

还有一层，是我每当写作，一律抹杀各种的批评。因为那时中国的创作界固然幼稚，批评界更幼稚，不是举之上天，就是按之入地，倘将这些放在眼里，就要自命不凡，或觉得非自杀不足以谢天下的。批评必须坏处说坏，好处说好，才于作者有益。

但我常看外国的批评文章，因为他于我没有恩怨嫉恨，虽然所评的是别人的作品，却很有可以借镜之处。但自然，我也同时一定留心这批评家的派别。

以上，是十年前的事了，此后并无所作，也没有长进，编辑先生要我做一点这类的文章，怎么能呢。拉杂写来，不过如此而已。

三月五日灯下。

注释

1. 本篇最初印入1933年6月上海天马书店出版的《创作的经验》一书。

2. 果戈理（1809—1852），俄国作家，著有长篇小说《死魂灵》、喜剧《钦差大臣》等。

3. 显克微支（1846—1916），波兰作家，著有历史小说三部曲《火与剑》《洪流》《伏洛窦耶夫斯基先生》等。

4. 夏目漱石（1867—1916），日本小说家，著有长篇小说《我是猫》、中篇小说《哥儿》等。森鸥外（1862—1922），日本小说家、文学评论家，著有小说《舞姬》等。

5. 指北京宣武门外南半截胡同的“绍兴县馆”，鲁迅于1912年5月至1919年11月间在此居住。

6. 指一种流行于民间的木版年画。

7. Stylist，英语，意为“文体家”。

8. 指当时南京东南大学的学生胡梦华（1901—1983）。

9. 成仿吾（1897—1984），文学评论家，创造社主要成员之一。

谈金圣叹[1]

讲起清朝的文字狱来，也有人拉上金圣叹[2]，其实是很不合适的。他的“哭庙”，用近事来比例，和前年《新月》[3]上的引据三民主义以自辩，并无不同，但不特捞不到教授而且至于杀头，则是因为他早被官绅们认为坏货了的缘故。就事论事，倒是冤枉的。

清中叶以后的他的名声，也有些冤枉。他抬起小说传奇来，和《左传》《杜诗》并列，实不过拾了袁宏道[4]辈的唾余；而且经他一批，原作的诚实之处，往往化为笑谈，布局行文，也都被硬拖到八股的作法上。这余荫，就使有一批人，堕入了对于《红楼梦》之类，总在寻求伏线，挑剔破绽的泥塘。

自称得到古本，乱改《西厢》字句的案子且不说罢，单是截去《水浒》的后小半，梦想有一个“嵇叔夜”来杀尽宋江们，也就昏庸得可以。虽说因为痛恨流寇的缘故，但他是究竟近于官绅的，他到底想不到小百姓的对于流寇，只痛恨着一半：不在于“寇”，而在于“流”。

百姓固然怕流寇，也很怕“流官”。记得民元革命以后，我在故乡，不知怎地县知事常常掉换了。每一掉换，农民们便愁苦着相告道：“怎么好呢？又换了一只空肚鸭来了！”他们虽然至今不知道“欲壑难填”的古训，却很明白“成则为王，败则为贼”的成语，贼者，流着之王，王者，不流之贼也，要说得简单一点，那就是“坐寇”。中国百姓一向自称“蚁民”，现在为便于譬喻起见，姑升为牛罢，铁骑一过，茹毛饮血，蹄骨狼藉，倘可避免，他们自然是总想避免的，但如果肯放任他们自啮野草，苟延残喘，挤出乳来将这些“坐寇”喂得饱饱的，后来能够比较的不复狼吞虎咽，则他们就以为如天之福。所区别的只在“流”与“坐”，却并不在“寇”与“王”。试翻明末的野史，就知道北京民心的不安，在李自成入京的时候，是不及他出京之际的利害的。

宋江据有山寨，虽打家劫舍，而劫富济贫，金圣叹却道应该在童贯高俅辈的爪牙之前，一个个俯首受缚，他们想不懂。所以《水浒传》纵然成了断尾巴蜻蜓，乡下人却还要看《武松独手擒方腊》这些戏。

不过这还是先前的事，现在似乎又有了新的经验了。听说四川有一只民谣，大略是“贼来如梳，兵来如篦，官来如剃”的意思。汽车飞艇[5]，价值既远过于大轿马车，租界和外国银行，也是海通以来新添的物事，不但剃尽毛发，就是刮尽筋肉，也永远填不满的。正无怪小百姓将“坐寇”之可怕，放在“流寇”之上了。

事实既然教给了这些，仅存的路，就当然使他们想到了自己的力量。

五月三十一日。

注释

1. 本篇最初发表于1933年7月1日上海《文学》第一卷第一号。

2. 金圣叹（1608—1661），名人瑞，字圣叹，原姓张，名采，明末清初文人，曾批改《西厢记》《水浒传》等。

3.《新月》，综合性月刊，1928年3月由新月社的胡适、徐志摩、梁实秋等人在上海创办。

4. 袁宏道（1568—1610），字中郎，明代文学家。

5. 飞艇是当时对飞机的一种称呼。

沙[1]

近来的读书人，常常叹中国人好像一盘散沙，无法可想，将倒楣的责任，归之于大家。其实这是冤枉了大部分中国人的。小民虽然不学，见事也许不明，但知道关于本身利害时，何尝不会团结。先前有跪香[2]，民变，造反；现在也还有请愿之类。他们的像沙，是被统治者“治”成功的，用文言来说，就是“治绩”。

那么，中国就没有沙么？有是有的，但并非小民，而是大小统治者。

人们又常常说：“升官发财”。其实这两件事是不并列的，其所以要升官，只因为要发财，升官不过是一种发财的门径。所以官僚虽然依靠朝廷，却并不忠于朝廷，吏役虽然依靠衙署，却并不爱护衙署，头领下一个清廉的命令，小喽罗是决不听的，对付的方法有“蒙蔽”。他们都是自私自利的沙，可以肥己时就肥己，而且每一粒都是皇帝，可以称尊处就称尊。有些人译俄皇为“沙皇”，移赠此辈，倒是极确切的尊号。财何从来？是从小民身上刮下来的。小民倘能团结，发财就烦难，那么，当然应该想尽方法，使他们变成散沙才好。以沙皇治小民，于是全中国就成为“一盘散沙”了。

然而沙漠以外，还有团结的人们在，他们“如入无人之境”的走进来了。

这就是沙漠上的大事变。当这时候，古人曾有两句极切贴的比喻，叫作“君子为猿鹤，小人为虫沙”。那些君子们，不是像白鹤的腾空，就如猢狲的上树，“树倒猢狲散”，另外还有树，他们决不会吃苦。剩在地下的，便是小民的蝼蚁和泥沙，要践踏杀戮都可以，他们对沙皇尚且不敌，怎能敌得过沙皇的胜者呢？

然而当这时候，偏又有人摇笔鼓舌，向着小民提出严重的质问道：“国民将何以自处”呢，“问国民将何以善其后”呢？忽然记得了“国民”，别的什么都不说，只又要他们来填亏空，不是等于向着缚了手脚的人，要求他去捕盗么？

但这正是沙皇治绩的后盾，是猿鸣鹤唳的尾声，称尊肥己之余，必然到来的末一着。

七月十二日。

注释

1. 本篇最初发表于1933年8月15日《申报月刊》第二卷第八号,署名洛文。

2. 指古代请愿的百姓手捧燃香,跪在衙门前。

世故三昧[1]

人世间真是难处的地方，说一个人“不通世故”，固然不是好话，但说他“深于世故”也不是好话。“世故”似乎也像“革命之不可不革，而亦不可太革”一样，不可不通，而亦不可太通的。

然而据我的经验，得到“深于世故”的恶谥者，却还是因为“不通世故”的缘故。

现在我假设以这样的话，来劝导青年人——

“如果你遇见社会上有不平事，万不可挺身而出，讲公道话，否则，事情倒会移到你头上来，甚至于会被指作反动分子的。如果你遇见有人被冤枉，被诬陷的，即使明知道他是好人，也万不可挺身而出，去给他解释或分辩，否则，你就会被人说是他的亲戚，或得了他的贿赂；倘使那是女人，就要被疑为她的情人的；如果他较有名，那便是党羽。例如我自己罢，给一个毫不相干的女士做了一篇信札集的序[2]，人们就说她是我的小姨；绍介一点科学的文艺理论，人们就说得了苏联的卢布。亲戚和金钱，在目下的中国，关系也真是大，事实给与了教训，人们看惯了，以为人人都脱不了这关系，原也无足深怪的。

“然而，有些人其实也并不真相信，只是说着玩玩，有趣有趣的。即使有人为了谣言，弄得凌迟碎剐，像明末的郑鄤[3]那样了，和自己也并不相干，总不如有趣的紧要。这时你如果去辨正，那就是使大家扫兴，结果还是你自己倒楣。我也有一个经验。那是十多年前，我在教育部里做‘官僚’[4]，常听得同事说，某女学校的学生，是可以叫出来嫖的[5]，连机关的地址门牌，也说得明明白白。有一回我偶然走过这条街，一个人对于坏事情，是记性好一点的，我记起来了，便留心着那门牌，但这一号，却是一块小空地，有一口大井，一间很破烂的小屋，是几个山东人住着卖水的地方，决计做不了别用。待到他们又在谈着这事的时候，我便说出我的所见来，而不料大家竟笑容尽敛，不欢而散了，此后不和我谈天者两三月。我事后才悟到打断了他们的兴致，是不应该的。

“所以，你最好是莫问是非曲直，一味附和着大家；但更好是不开口；而在更好之上的是连脸上也不显出心里的是非的模样来……”

这是处世法的精义，只要黄河不流到脚下，炸弹不落在身边，可以保管一世没有挫折的。但我恐怕青年人未必以我的话为然；便是中年，老年人，也许要以为我是在教坏了他们的子弟。呜呼，那么，一片苦心，竟是白费了。

然而倘说中国现在正如唐虞盛世，却又未免是"世故"之谈。耳闻目睹的不算，单是看看报章，也就可以知道社会上有多少不平，人们有多少冤抑。但对于这些事，除了有时或有同业，同乡，同族的人们来说几句呼吁的话之外，利害无关的人的义愤的声音，我们是很少听到的。这很分明，是大家不开口；或者以为和自己不相干；或者连"以为和自己不相干"的意思也全没有。"世故"深到不自觉其"深于世故"，这才真是"深于世故"的了。这是中国处世法的精义中的精义。

而且，对于看了我的劝导青年人的话，心以为非的人物，我还有一下反攻在这里。他是以我为狡猾的。但是，我的话里，一面固然显示着我的狡猾，而且无能，但一面也显示着社会的黑暗。他单责个人，正是最稳妥的办法，倘使兼责社会，可就得站出去战斗了。责人的"深于世故"而避开了"世"不谈，这是更"深于世故"的玩艺，倘若自己不觉得，那就更深更深了，离三昧境盖不远矣。

不过凡事一说，即落言筌[6]，不再能得三昧。说"世故三昧”者，即非“世故三昧”。三昧真谛，在行而不言；我现在一说“行而不言”，却又失了真谛，离三昧境盖益远矣。

一切善知识，心知其意可也，唵！

十月十三日。

注释

1. 本篇最初发表于1933年11月15日《申报月刊》第二卷第十一号，署名洛文。

2. 指金淑姿（1908—1931）。1932年程鼎兴为亡妻金淑姿刊行遗信集，托人请鲁迅写序。

3. 郑鄤（1594—1639），字谦止，号峚阳，明代天启年间进士，崇祯时因温体仁诬告"不孝杖母"而被凌迟处死。

4. "官僚"是陈西滢讥讽鲁迅的话。

5. 这是陈西滢诬蔑女师大学生的话。

6. 言筌，意为"言语的迹象"。

作文秘诀[1]

现在竟还有人写信来问我作文的秘诀。

我们常常听到：拳师教徒弟是留一手的，怕他学全了就要打死自己，好让他称雄。在实际上，这样的事情也并非全没有，逢蒙杀羿就是一个前例。逢蒙远了，而这种古气是没有消尽的，还加上了后来的“状元瘾”，科举虽然久废，至今总还要争“唯一”，争“最先”。遇到有“状元瘾”的人们，做教师就危险，拳棒教完，往往免不了被打倒，而这位新拳师来教徒弟时，却以他的先生和自己为前车之鉴，就一定留一手，甚而至于三四手，于是拳术也就“一代不如一代”了。

还有，做医生的有秘方，做厨子的有秘法，开点心铺子的有秘传，为了保全自家的衣食，听说这还只授儿妇，不教女儿，以免流传到别人家里去。“秘”是中国非常普遍的东西，连关于国家大事的会议，也总是“内容非常秘密”，大家不知道。但是，作文却好像偏偏并无秘诀，假使有，每个作家一定是传给子孙的了，然而祖传的作家很少见。自然，作家的孩子们，从小看惯书籍纸笔，眼格也许比较的可以大一点罢，不过不见得就会做。目下的刊物上，虽然常见什么“父子作家”“夫妇作家”的名称，仿佛真能从遗嘱或情书中，密授一些什么秘诀一样，其实乃是肉麻当有趣，妄将做官的关系，用到作文上去了。

那么，作文真就毫无秘诀么？却也并不。我曾经讲过几句做古文的秘诀，是要通篇都有来历，而非古人的成文；也就是通篇是自己做的，而又全非自己所做，个人其实并没有说什么；也就是“事出有因”，而又“查无实据”。到这样，便“庶几乎免于大过也矣”了。简而言之，实不过要做得“今天天气，哈哈哈……”而已。

这是说内容。至于修辞，也有一点秘诀：一要蒙胧，二要难懂。那方法，是：缩短句子，多用难字。譬如罢，作文论秦朝事，写一句“秦始皇乃始烧书”，是不算好文章的，必须翻译一下，使它不容易一目了然才好。这时就用得着《尔雅》，《文选》了，其实是只要不给别人知道，查查《康熙字典》也不妨的。动手来改，成为“始皇始焚书”，就有些“古”起来，到得改成“政俶燔典”，那就简直有了班马[2]气，虽然跟着也令人不大看得懂。但是这样的做成一篇以至一部，是可以被称为“学者”的，我想了半天，只做得一句，所以只配在杂志上投稿。

我们的古之文学大师，就常常玩着这一手。班固先生的“紫色鼃声，余分闰位”，就将四句长句，缩成八字的；扬雄先生的“蠢迪检柙”，就将“动由规矩”这四个平常字，翻成难字的。《绿野仙踪》[3]记塾师咏“花”，有句云：“媳钗俏矣儿书废，哥罐闻焉嫂棒伤。”自说意思，是儿妇折花为钗，虽然俏丽，但恐儿子因而废读；下联较费解，是他的哥哥折了花来，没有花瓶，就插在瓦罐里，以嗅花香，他嫂嫂为防微杜渐起见，竟用棒子连花和罐一起打坏了。这算是对于冬烘先生的嘲笑。然而他的作法，其实是和扬班并无不合的，错只在他不用古典而用新典。这一个所谓“错”，就使《文选》之类在遗老遗少们的心眼里保住了威灵。

做得蒙胧，这便是所谓“好”么？答曰：也不尽然，其实是不过掩了丑。但是，“知耻近乎勇”，掩了丑，也就仿佛近乎好了。摩登女郎披下头发，中年妇人罩上面纱，就都是蒙胧术。人类学家解释衣服的起源有三说：一说是因为男女知道了性的羞耻心，用这来遮羞；一说却以为倒是用这来刺激；还有一种是说因为老弱男女，身体衰瘦，露着不好看，盖上一些东西，借此掩掩丑的。从修辞学的立场上看起来，我赞成后一说。现在还常有骈四俪六，典丽堂皇的祭文，挽联，宣言，通电，我们倘去查字典，翻类书，剥去它外面的装饰，翻成白话文，试看那剩下的是怎样的东西呵！？

不懂当然也好的。好在那里呢？即好在“不懂”中。但所虑的是好到令人不能说好丑，所以还不如做得它“难懂”：有一点懂，而下一番苦功之后，所懂的也比较的多起来。我们是向来很有崇拜“难”的脾气的，每餐吃三碗饭，谁也不以为奇，有人每餐要吃十八碗，就郑重其事的写在笔记上；用手穿针没有人看，用脚穿针就可以搭帐篷卖钱；一幅画片，平淡无奇，装在匣子里，挖一个洞，化为西洋镜，人们就张着嘴热心的要看了。况且同是一事，费了苦功而达到的，也比并不费力而达到的可贵。譬如到什么庙里去烧香罢，到山上的，比到平地上的可贵；三步一拜才到庙里的庙，和坐了轿子一径抬到的庙，即使同是这庙，在到达者的心里的可贵的程度是大有高下的。作文之贵乎难懂，就是要使读者三步一拜，这才能够达到一点目的的妙法。

写到这里，成了所讲的不但只是做古文的秘诀，而且是做骗人的古文的秘诀了。但我想，做白话文也没有什么大两样，因为它也可以夹些僻字，加上蒙胧或难懂，来施展那变戏法的障眼的手巾的。倘要反一调，就是“白描”。

“白描”却并没有秘诀。如果要说有，也不过是和障眼法反一调：有真意，去粉饰，少做作，勿卖弄而已。

十一月十日。

注释

1. 本篇最初发表于1933年12月15日《申报月刊》第二卷第十二号,署名洛文。

2. 指班固、司马迁。

3.《绿野仙踪》,长篇小说,清代李百川著。

捣鬼心传[1]

中国人又很有些喜欢奇形怪状，鬼鬼祟祟的脾气，爱看古树发光比大麦开花的多，其实大麦开花他向来也没有看见过。于是怪胎畸形，就成为报章的好资料，替代了生物学的常识的位置了。最近在广告上所见的，有像所谓两头蛇似的两头四手的胎儿，还有从小肚上生出一只脚来的三脚汉子。固然，人有怪胎，也有畸形，然而造化的本领是有限的，他无论怎么怪，怎么畸，总有一个限制：孪儿可以连背，连腹，连臀，连胁，或竟骈头，却不会将头生在屁股上；形可以骈拇，枝指，缺肢，多乳，却不会两脚之外添出一只脚来，好像"买两送一"的买卖。天实在不及人之能捣鬼。

但是，人的捣鬼，虽胜于天，而实际上本领也有限。因为捣鬼精义，在切忌发挥，亦即必须含蓄。盖一加发挥，能使所捣之鬼分明，同时也生限制，故不如含蓄之深远，而影响却又因而模胡了。“有一利必有一弊”，我之所谓“有限”者以此。

清朝人的笔记里，常说罗两峰的《鬼趣图》[2]，真写得鬼气拂拂；后来那图由文明书局印出来了，却不过一个奇瘦，一个矮胖，一个臃肿的模样，并不见得怎样的出奇，还不如只看笔记有趣。小说上的描摹鬼相，虽然竭力，也都不足以惊人，我觉得最可怕的还是晋人所记的脸无五官，浑沦如鸡蛋的山中厉鬼。因为五官不过是五官，纵使苦心经营，要它凶恶，总也逃不出五官的范围，现在使它浑沦得莫名其妙，读者也就怕得莫名其妙了。然而其“弊”也，是印象的模胡。不过较之写些“青面獠牙”，“口鼻流血”的笨伯，自然聪明得远。

中华民国人的宣布罪状大抵是十条，然而结果大抵是无效。古来尽多坏人，十条不过如此，想引人的注意以至活动是决不会的。骆宾王作《讨武曌檄》，那“入宫见嫉，蛾眉不肯让人，掩袖工谗，狐媚偏能惑主”这几句，恐怕是很费点心机的了，但相传武后看到这里，不过微微一笑。是的，如此而已，又怎么样呢？声罪致讨的明文，那力量往往远不如交头接耳的密语，因为一是分明，一是莫测的。我想假使当时骆宾王站在大众之前，只是攒眉摇头，连称“坏极坏极”，却不说出其所谓坏的实例，恐怕那效力会在文章之上的罢。“狂飙文豪”高长虹[3]攻击我时，说道劣迹多端，倘一发表，便即身败名裂，而终于并不发表，是深得捣鬼正脉的；但也竟无大效者，则与广泛俱来的“模胡”之弊为之也。

明白了这两例，便知道治国平天下之法，在告诉大家以有法，而不可明白切实的说出何法来。因为一说出，即有言，一有言，便可与行相对照，所以不如示之以不测。不测的威棱使人萎伤，不测的妙法使人希望——饥荒时生病，打仗时做诗，虽若与治国平天下不相干，但在莫明其妙中，却能令人疑为跟着自有治国平天下的妙法在——然而其“弊”也，却还是照例的也能在模胡中疑心到所谓妙法，其实不过是毫无方法而已。

捣鬼有术，也有效，然而有限，所以以此成大事者，古来无有。

十一月二十二日。

注释

1. 本篇最初发表于1934年1月15日《申报月刊》第三卷第一号,署名罗怃。心传,佛教用语,指不立文字,不依经卷,师徒心心相印,悟解契合,递相授受。

2. 罗两峰(1733—1799),名聘,字遯夫,清代画家。《鬼趣图》,是八幅讽刺世态的画。

3. 高长虹(1898—1954),狂飙社主要成员。他一度曾和鲁迅接近,鲁迅离京到厦门后,他在上海《狂飙》周刊上对鲁迅肆意进行攻击和诽谤。

二丑艺术[1]

浙东的有一处的戏班中，有一种脚色叫作“二花脸”，译得雅一点，那么，“二丑”就是。他和小丑的不同，是不扮横行无忌的花花公子，也不扮一味仗势的宰相家丁，他所扮演的是保护公子的拳师，或是趋奉公子的清客。总之：身分比小丑高，而性格却比小丑坏。

义仆是老生扮的，先以谏诤，终以殉主；恶仆是小丑扮的，只会作恶，到底灭亡。而二丑的本领却不同，他有点上等人模样，也懂些琴棋书画，也来得行令猜谜，但倚靠的是权门，凌蔑的是百姓，有谁被压迫了，他就来冷笑几声，畅快一下，有谁被陷害了，他又去吓唬一下，吆喝几声。不过他的态度又并不常常如此的，大抵一面又回过脸来，向台下的看客指出他公子的缺点，摇着头装起鬼脸道：你看这家伙，这回可要倒楣哩！

这最末的一手，是二丑的特色。因为他没有义仆的愚笨，也没有恶仆的简单，他是智识阶级。他明知道自己所靠的是冰山，一定不能长久，他将来还要到别家帮闲，所以当受着豢养，分着余炎的时候，也得装着和这贵公子并非一伙。

二丑们编出来的戏本上，当然没有这一种脚色的，他那里肯；小丑，即花花公子们编出来的戏本，也不会有，因为他们只看见一面，想不到的。这二花脸，乃是小百姓看透了这一种人，提出精华来，制定了的脚色。

世间只要有权门，一定有恶势力，有恶势力，就一定有二花脸，而且有二花脸艺术。我们只要取一种刊物，看他一个星期，就会发见他忽而怨恨春天，忽而颂扬战争，忽而译萧伯纳演说，忽而讲婚姻问题；但其间一定有时要慷慨激昂的表示对于国事的不满：这就是用出末一手来了。

这最末的一手，一面也在遮掩他并不是帮闲，然而小百姓是明白的，早已使他的类型在戏台上出现了。

六月十五日。

注释

1. 本篇最初发表于1933年6月18日《申报·自由谈》，署名丰之余。

爬和撞[1]

从前梁实秋教授曾经说过：穷人总是要爬，往上爬，爬到富翁的地位。不但穷人，奴隶也是要爬的，有了爬得上的机会，连奴隶也会觉得自己是神仙，天下自然太平了。

虽然爬得上的很少，然而个个以为这正是他自己。这样自然都安分的去耕田，种地，拣大粪或是坐冷板凳，克勤克俭，背着苦恼的命运，和自然奋斗着，拼命的爬，爬，爬。可是爬的人那么多，而路只有一条，十分拥挤。老实的照着章程规规矩矩的爬，大都是爬不上去的。聪明人就会推，把别人推开，推倒，踏在脚底下，踹着他们的肩膀和头顶，爬上去了。大多数人却还只是爬，认定自己的冤家并不在上面，而只在旁边——是那些一同在爬的人。他们大都忍耐着一切，两脚两手都着地，一步步的挨上去又挤下来，挤下来又挨上去，没有休止的。

然而爬的人太多，爬得上的太少，失望也会渐渐的侵蚀善良的人心，至少，也会发生跪着的革命。于是爬之外，又发明了撞。

这是明知道你太辛苦了，想从地上站起来，所以在你的背后猛然的叫一声：撞罢。一个个发麻的腿还在抖着，就撞过去。这比爬要轻松得多，手也不必用力，膝盖也不必移动，只要横着身子，晃一晃，就撞过去。撞得好就是五十万元大洋[2]，妻，财，子，禄都有了。撞不好，至多不过跌一交，倒在地下。那又算得什么呢，——他原本是伏在地上的，他仍旧可以爬。何况有些人不过撞着玩罢了，根本就不怕跌交的。

爬是自古有之。例如从童生到状元，从小瘪三到康白度[3]。撞却似乎是近代的发明。要考据起来，恐怕只有古时候“小姐抛彩球”有点像给人撞的办法。小姐的彩球将要抛下来的时候，——一个个想吃天鹅肉的男子汉仰着头，张着嘴，馋涎拖得几尺长……可惜，古人究竟呆笨，没有要这些男子汉拿出几个本钱来，否则，也一定可以收着几万万的。

爬得上的机会越少，愿意撞的人就越多，那些早已爬在上面的人们，就天天替你们制造撞的机会，叫你们化些小本钱，而预约着你们名利双收的神仙生活。所以撞得好的机会，虽然比爬得上的还要少得多，而大家都愿意来试试的。这样，爬了来撞，撞不着再爬……鞠躬尽瘁，死而后已。

八月十六日。

注释

1. 本篇最初发表于1933年8月23日《申报·自由谈》，署名荀继。

2. 指国民党当局发行的“航空公路建设奖券”，头等奖为五十万元。

3. 康白度是英语Comprador的音译，意为“买办”。

男人的进化[1]

说禽兽交合是恋爱未免有点亵渎。但是，禽兽也有性生活，那是不能否认的。它们在春情发动期，雌的和雄的碰在一起，难免“卿卿我我”的来一阵。固然，雌的有时候也会装腔做势，逃几步又回头看，还要叫几声，直到实行“同居之爱”为止。禽兽的种类虽然多，它们的“恋爱”方式虽然复杂，可是有一件事是没有疑问的：就是雄的不见得有什么特权。

人为万物之灵，首先就是男人的本领大。最初原是马马虎虎的，可是因为“知有母不知有父”的缘故，娘儿们曾经“统治”过一个时期，那时的祖老太太大概比后来的族长还要威风。后来不知怎的，女人就倒了霉：项颈上，手上，脚上，全都锁上了链条，扣上了圈儿，环儿，——虽则过了几千年这些圈儿环儿大都已经变成了金的银的，镶上了珍珠宝钻，然而这些项圈，镯子，戒指等等，到现在还是女奴的象征。既然女人成了奴隶，那就男人不必征求她的同意再去“爱”她了。古代部落之间的战争，结果俘虏会变成奴隶，女俘虏就会被强奸。那时候，大概春情发动期早就“取消”了，随时随地男主人都可以强奸女俘虏，女奴隶。现代强盗恶棍之流的不把女人当人，其实是大有酋长式武士道的遗风的。

但是，强奸的本领虽然已经是人比禽兽“进化”的一步，究竟还只是半开化。你想，女的哭哭啼啼，扭手扭脚，能有多大兴趣？自从金钱这宝贝出现之后，男人的进化就真的了不得了。天下的一切都可以买卖，性欲自然并非例外。男人化几个臭钱，就可以得到他在女人身上所要得到的东西。而且他可以给她说：我并非强奸你，这是你自愿的，你愿意拿几个钱，你就得如此这般，百依百顺，咱们是公平交易！蹂躏了她，还要她说一声“谢谢你，大少”。这是禽兽干得来的么？所以嫖妓是男人进化的颇高的阶段了。

同时，父母之命媒妁之言的旧式婚姻，却要比嫖妓更高明。这制度之下，男人得到永久的终身的活财产。当新妇被人放到新郎的床上的时候，她只有义务，她连讲价钱的自由也没有，何况恋爱。不管你爱不爱，在周公孔圣人的名义之下，你得从一而终，你得守贞操。男人可以随时使用她，而她却要遵守圣贤的礼教，即使“只在心里动了恶念，也要算犯奸淫”的。如果雄狗对雌狗用起这样巧妙而严厉的手段来，雌的一定要急得“跳墙”。然而人却只会跳井，当节妇，贞女，烈女去。礼教婚姻的进化意义，也就可想而知了。

至于男人会用“最科学的”学说，使得女人虽无礼教，也能心甘情愿地从一而终，而且深信性欲是“兽欲”，不应当作为恋爱的基本条件；因此发明“科学的贞操”，——那当然是文明进化的顶点了。

呜呼，人——男人——之所以异于禽兽者！

自注：这篇文章是卫道的文章。

九月三日。

注释

1. 本篇最初发表于1933年9月16日《申报·自由谈》，署名旅隼。

难得糊涂[1]

因为有人谈起写篆字，我倒记起郑板桥有一块图章，刻着“难得糊涂”。那四个篆字刻得叉手叉脚的，颇能表现一点名士的牢骚气。足见刻图章写篆字也还反映着一定的风格，正像“玩”木刻之类，未必“只是个人的事情”[2]：“谬种”和“妖孽”就是写起篆字来，也带着些“妖谬”的。

然而风格和情绪，倾向之类，不但因人而异，而且因事而异，因时而异。郑板桥说“难得糊涂”，其实他还能够糊涂的。现在，到了“求仕不获无足悲，求隐而不得其地以窜者，毋亦天下之至哀欤”的时代，却实在求糊涂而不可得了。

糊涂主义，唯无是非观等等——本来是中国的高尚道德。你说他是解脱，达观罢，也未必。他其实在固执着，坚持着什么，例如道德上的正统，文学上的正宗之类。这终于说出来了：——道德要孔孟加上“佛家报应之说”（老庄另帐登记），而说别人“鄙薄”佛教影响就是“想为儒家争正统”，原来同善社[3]的三教同源论早已是正统了。文学呢？要用生涩字，用词藻，秾纤的作品，而且是新文学的作品，虽则他“否认新文学和旧文学的分界”；而大众文学“固然赞成”，“但那是文学中的一个旁支”[4]。正统和正宗，是明显的。

对于人生的倦怠并不糊涂！活的生活已经那么“穷乏”，要请青年在“佛家报应之说”，在“《文选》，《庄子》，《论语》，《孟子》”里去求得修养。后来，修养又不见了，只剩得字汇。“自然景物，个人情感，宫室建筑，……之类，还不妨从《文选》之类的书中去找来用。”[5]从前严几道从甚么古书里——大概也是《庄子》罢——找着了“幺匿”两个字来译Unit，又古雅，又音义双关的。但是后来通行的却是“单位”。严老先生的这类“字汇”很多，大抵无法复活转来。现在却有人以为“汉以后的词，秦以前的字，西方文化所带来的字和词，可以拼成功我们的光芒的新文学”[6]。这光芒要是只在字和词，那大概像古墓里的贵妇人似的，满身都是珠光宝气了。人生却不在拼凑，而在创造，几千百万的活人在创造。可恨的是人生那么骚扰忙乱，使一些人“不得其地以窜”，想要逃进字和词里去，以求“庶免是非”，然而又不可得。真要写篆字刻图章了！

十一月六日。

注释

1. 本篇最初发表于1933年11月24日《申报·自由谈》，署名子明。

2. “‘玩’木刻”“‘只是个人的事情’”，都是施蛰存《〈庄子〉与〈文选〉》中的话。

3. 同善社是一个从事封建迷信活动的道门组织。

4. “但那是”一句，是施蛰存《突围（之四）》中的话。

5. “自然景物”一句，是施蛰存《突围（之五）》中的话。

6. “汉以后的词”一句，也是施蛰存《突围（之四）》中的话。

“京派”与“海派”[1]

自从北平某先生在某报上有扬“京派”而抑“海派”之言，颇引起了一番议论。最先是上海某先生在某杂志上的不平，且引别一某先生的陈言，以为作者的籍贯，与作品并无关系，要给北平某先生一个打击。[2]

其实，这是不足以服北平某先生之心的。所谓“京派”与“海派”，本不指作者的本籍而言，所指的乃是一群人所聚的地域，故“京派”非皆北平人，“海派”亦非皆上海人。梅兰芳博士，戏中之真正京派也，而其本贯，则为吴下。但是，籍贯之都鄙，固不能定本人之功罪，居处的文陋，却也影响于作家的神情，孟子曰：“居移气，养移体”，此之谓也。北京是明清的帝都，上海乃各国之租界，帝都多官，租界多商，所以文人之在京者近官，没海者近商，近官者在使官得名，近商者在使商获利，而自己也赖以糊口。要而言之，不过“京派”是官的帮闲，“海派”

则是商的帮忙而已。但从官得食者其情状隐，对外尚能傲然，从商得食者其情状显，到处难于掩饰，于是忘其所以者，遂据以有清浊之分。而官之鄙商，固亦中国旧习，就更使“海派”在“京派”的眼中跌落了。

而北京学界，前此固亦有其光荣，这就是五四运动的策动。现在虽然还有历史上的光辉，但当时的战士，却“功成，名遂，身退”者有之，“身稳”者有之，“身升”者更有之，好好的一场恶斗，几乎令人有“若要官，杀人放火受招安”之感。“昔人已乘黄鹤去，此地空余黄鹤楼”，前年大难临头，北平的学者们所想援以掩护自己的是古文化，而惟一大事，则是古物的南迁，这不是自己彻底的说明了北平所有的是什么了吗？

但北平究竟还有古物，且有古书，且有古都的人民。在北平的学者文人们，又大抵有着讲师或教授的本业，论理，研究或创作的环境，实在是比“海派”来得优越的，我希望着能够看见学术上，或文艺上的大著作。

一月三十日。

注释

1. 本篇最初发表于1934年2月3日《申报·自由谈》，署名栾廷石。

2. 上海某先生，指苏汶（1907—1964）。北平某先生，指沈从文（1902—1988）。

北人与南人[1]

这是看了“京派”与“海派”的议论之后，牵连想到的——

北人的卑视南人，已经是一种传统。这也并非因为风俗习惯的不同，我想，那大原因，是在历来的侵入者多从北方来，先征服中国之北部，又携了北人南征，所以南人在北人的眼中，也是被征服者。

二陆[2]入晋，北方人士在欢欣之中，分明带着轻薄，举证太烦，姑且不谈罢。容易看的是，羊衒之[3]的《洛阳伽蓝记》中，就常诋南人，并不视为同类。至于元，则人民截然分为四等，一蒙古人，二色目人，三汉人即北人，第四等才是南人，因为他是最后投降的一伙。最后投降，从这边说，是矢尽援绝，这才罢战的南方之强，从那边说，却是不识顺逆，久梗王师的贼。孑遗[4]自然还是投降的，然而为奴隶的资格因此就最浅，因为浅，所以班次就最下，谁都不妨加以卑视了。到清朝，又重理了这一篇账，至今还流衍着余波；如果此后的历史是不再回旋的，那真不独是南人的如天之福。

当然，南人是有缺点的。权贵南迁，就带了腐败颓废的风气来，北方倒反而干净。性情也不同，有缺点，也有特长，正如北人的兼具二者一样。据我所见，北人的优点是厚重，南人的优点是机灵。但厚重之弊也愚，机灵之弊也狡，所以某先生[5]曾经指出缺点道：北方人是“饱食终日，无所用心”；南方人是“群居终日，言不及义”。就有闲阶级而言，我以为大体是的确的。

缺点可以改正，优点可以相师。相书上有一条说，北人南相，南人北相者贵。我看这并不是妄语。北人南相者，是厚重而又机灵，南人北相者，不消说是机灵而又能厚重。昔人之所谓“贵”，不过是当时的成功，在现在，那就是做成有益的事业了。这是中国人的一种小小的自新之路。

不过做文章的是南人多，北方却受了影响。北京的报纸上，油嘴滑舌，吞吞吐吐，顾影自怜的文字不是比六七年前多了吗？这倘和北方固有的“贫嘴”一结婚，产生出来的一定是一种不祥的新劣种！

一月三十日。

注释

1. 本篇最初发表于1934年2月4日《申报·自由谈》，署名栾廷石。

2. 指陆机、陆云兄弟。陆机（261—303），字士衡；陆云（262—303），字士龙。二人都是西晋文学家。

3. 羊衒之，也作杨衒之，北魏时人。

4. 指前朝的遗民。

5. 指顾炎武（1613—1682），字宁人，号亭林，明末清初学者。

算账[1]

说起清代的学术来，有几位学者[2]总是眉飞色舞，说那发达是为前代所未有的。证据也真够十足：解经的大作，层出不穷，小学[3]也非常的进步；史论家虽然绝迹了，考史家却不少；尤其是考据之学，给我们明白了宋明人决没有看懂的古书……

但说起来可又有些踌躇，怕英雄也许会因此指定我是犹太人，其实，并不是的。我每遇到学者谈起清代的学术时，总不免同时想："扬州十日"，"嘉定三屠"这些小事情，不提也好罢，但失去全国的土地，大家十足做了二百五十年奴隶，却换得这几页光荣的学术史，这买卖，究竟是赚了利，还是折了本呢？

可惜我又不是数学家，到底没有弄清楚。但我直觉的感到，这恐怕是折了本，比用庚子赔款来养成几位有限的学者，亏累得多了。

但恐怕这又不过是俗见。学者的见解，是超然于得失之外的。虽然超然于得失之外，利害大小之辨却又似乎并非全没有。大莫大于尊孔，要莫要于崇儒，所以只要尊孔而崇儒，便不妨向任何新朝俯首。对新朝的说法，就叫作“反过来征服中国民族的心”。

而这中国民族的有些心，真也被征服得彻底，到现在，还在用兵燹，疠疫，水旱，风蝗，换取着孔庙重修，雷峰塔再建，男女同行犯忌，四库珍本发行这些大门面。

我也并非不知道灾害不过暂时，如果没有记录，到明年就会大家不提起，然而光荣的事业却是永久的。但是，不知怎地，我虽然并非犹太人，却总有些喜欢讲损益，想大家来算一算向来没有人提起过的这一笔账。——而且，现在也正是这时候了。

七月十七日。

注释

1. 本篇最初发表于1934年7月23日《申报·自由谈》，署名莫朕。

2. 指梁启超、胡适等人。

3. 小学本是汉代对文字学的通称。隋唐以后，小学范围扩大，成为文字学、训诂学、音韵学的总称。

看书琐记[1]

高尔基很惊服巴尔札克[2]小说里写对话的巧妙，以为并不描写人物的模样，却能使读者看了对话，便好像目睹了说话的那些人。（八月份《文学》内《我的文学修养》[3]）

中国还没有那样好手段的小说家，但《水浒》和《红楼梦》的有些地方，是能使读者由说话看出人来的。其实，这也并非什么奇特的事情，在上海的弄堂里，租一间小房子住着的人，就时时可以体验到。他和周围的住户，是不一定见过面的，但只隔一层薄板壁，所以有些人家的眷属和客人的谈话，尤其是高声的谈话，都大略可以听到，久而久之，就知道那里有那些人，而且仿佛觉得那些人是怎样的人了。

如果删除了不必要之点，只摘出各人的有特色的谈话来，我想，就可以使别人从谈话里推见每个说话的人物。但我并不是说，这就成了中国的巴尔札克。

作者用对话表现人物的时候，恐怕在他自己的心目中，是存在着这人物的模样的，于是传给读者，使读者的心目中也形成了这人物的模样。但读者所推见的人物，却并不一定和作者所设想的相同，巴尔札克的小胡须的清瘦老人，到了高尔基的头里，也许变了粗蛮壮大的络腮胡子。不过那性格，言动，一定有些类似，大致不差，恰如将法文翻成了俄文一样。要不然，文学这东西便没有普遍性了。

文学虽然有普遍性，但因读者的体验的不同而有变化，读者倘没有类似的体验，它也就失去了效力。譬如我们看《红楼梦》，从文字上推见了林黛玉这一个人，但须排除了梅博士的"黛玉葬花"照相的先入之见，另外想一个，那么，恐怕会想到剪头发，穿印度绸衫，清瘦，寂寞的摩登女郎；或者别的什么模样，我不能断定。但试去和三四十年前出版的《红楼梦图咏》[4]之类里面的画像比一比罢，一定是截然两样的，那上面所画的，是那时的读者的心目中的林黛玉。

文学有普遍性，但有界限；也有较为永久的，但因读者的社会体验而生变化。北极的遏斯吉摩人[5]和菲洲腹地的黑人，我以为是不会懂得"林黛玉型"的；健全而合理的好社会中人，也将不能懂得，他们大约要比我们的听讲始皇焚书，黄巢杀人更其隔膜。一有变化，即非永久，说文学独有仙骨，是做梦的人们的梦话。

八月六日。

注释

1. 本篇最初发表于1934年8月8日《申报·自由谈》，署名焉于。

2. 巴尔札克（1799—1850），今译巴尔扎克，法国作家。

3.《我的文学修养》，载1934年8月《文学》月刊第三卷第二号，高尔基作，鲁迅（署名许遐）译。

4.《红楼梦图咏》是清代改琦画的《红楼梦》人物像，共五十幅。

5. 遏斯吉摩人即爱斯基摩人（因纽特人的旧称），居住北极圈一带的民族。

看书琐记（二）[1]

就在同时代，同国度里，说话也会彼此说不通的。

巴比塞[2]有一篇很有意思的短篇小说，叫作《本国话和外国话》，记的是法国的一个阔人家里招待了欧战中出死入生的三个兵，小姐出来招呼了，但无话可说，勉勉强强的说了几句，他们也无话可答，倒只觉坐在阔房间里，小心得骨头疼。直到溜回自己的“猪窠”里，他们这才遍身舒齐，有说有笑，并且在德国俘虏里，由手势发见了说他们的“我们的话”的人。

因了这经验，有一个兵便模模胡胡的想：“这世间有两个世界。一个是战争的世界。别一个是有着保险箱门一般的门，礼拜堂一般干净的厨房，漂亮的房子的世界。完全是另外的世界。另外的国度。那里面，住着古怪想头的外国人。”

那小姐后来就对一位绅士说的是：“和他们是连话都谈不来的。好像他们和我们之间，是有着跳不过的深渊似的。”

其实，这也无须小姐和兵们是这样。就是我们——算作“封建余孽”或“买办”或别的什么而论都可以——和几乎同类的人，只要什么地方有些不同，又得心口如一，就往往免不了彼此无话可说。不过我们中国人是聪明的，有些人早已发明了一种万应灵药，就是“今天天气……哈哈哈！”倘是宴会，就只猜拳，不发议论。

这样看来，文学要普遍而且永久，恐怕实在有些艰难。“今天天气……哈哈哈！”虽然有些普遍，但能否永久，却很可疑，而且也不大像文学。于是高超的文学家[3]便自己定了一条规则，将不懂他的“文学”的人们，都推出“人类”之外，以保持其普遍性。文学还有别的性，他是不肯说破的，因此也只好用这手段。然而这么一来，“文学”存在，“人”却不多了。

于是而据说文学愈高超，懂得的人就愈少，高超之极，那普遍性和永久性便只汇集于作者一个人。然而文学家却又悲哀起来，说是吐血了，这真是没有法子想。

八月六日。

注释

1. 本篇最初发表于1934年8月9日《申报·自由谈》，署名焉于。

2. 巴比塞（1873—1935），法国作家。

3. 指梁实秋等人。

汉字和拉丁化[1]

反对大众语文的人，对主张者得意地命令道:“拿出货色来看!”一面也真有这样的老实人，毫不问他是诚意，还是寻开心，立刻拼命的来做标本。

由读书人来提倡大众语，当然比提倡白话困难。因为提倡白话时，好好坏坏，用的总算是白话，现在提倡大众语的文章却大抵不是大众语。但是，反对者是没有发命令的权利的。虽是一个残废人，倘在主张健康运动，他绝对没有错；如果提倡缠足，则即使是天足的壮健的女性，她还是在有意的或无意的害人。美国的水果大王，只为改良一种水果，尚且要费十来年的工夫，何况是问题大得多多的大众语。倘若就用他的矛去攻他的盾，那么，反对者该是赞成文言或白话的了，文言有几千年的历史，白话有近二十年的历史，他也拿出他的“货色”来给大家看看罢。

但是，我们也不妨自己来试验，在《动向》上，就已经有过三篇纯用土话的文章[2]，胡绳[3]先生看了之后，却以为还是非土话所写的句子来得清楚。其实，只要下一番工夫，是无论用什么土话写，都可以懂得的。据我个人的经验，我们那里的土话，和苏州很不同，但一部《海上花列传》[4]，却教我“足不出户”的懂了苏白。先是不懂，硬着头皮看下去，参照记事，比较对话，后来就都懂了。自然，很困难。这困难的根，我以为就在汉字。每一个方块汉字，是都有它的意义的，现在用它来照样的写土话，有些是仍用本义的，有些却不过借音，于是我们看下去的时候，就得分析它那几个是用义，那几个是借音，惯了不打紧，开手却非常吃力了。

例如胡绳先生所举的例子，说“回到窝里向罢”也许会当作回到什么狗“窝”里去，反不如说“回到家里去”的清楚。那一句的病根就在汉字的“窝”字，实际上，恐怕是不该这么写法的。我们那里的乡下人，也叫“家里”作Uwao-li，读书人去抄，也极容易写成“窝里”的，但我想，这Uwao其实是“屋下”两音的拼合，而又讹了一点，决不能用“窝”字随便来替代，如果只记下没有别的意义的音，就什么误解也不会有了。

大众语文的音数比文言和白话繁，如果还是用方块字来写，不但费脑力，也很费工夫，连纸墨都不经济。为了这方块的带病的遗产，我们的最大多数人，已经几千年做了文盲来殉难了，中国也弄到这模样，到别国已在人工造雨的时候，我们却还是拜蛇，迎神。如果大家还要活下去，我想：是只好请汉字来做我们的牺牲了。

现在只还有“书法拉丁化”的一条路。这和大众语文是分不开的。也还是从读书人首先试验起，先绍介过字母，拼法，然后写文章。开手是，像日本文那样，只留一点名词之类的汉字，而助词，感叹词，后来连形容词，动词也都用拉丁拼音写，那么，不但顺眼，对于了解也容易得远了。至于改作横行，那是当然的事。

这就是现在马上来实验，我以为也并不难。

不错，汉字是古代传下来的宝贝，但我们的祖先，比汉字还要古，所以我们更是古代传下来的宝贝。为汉字而牺牲我们，还是为我们而牺牲汉字呢？这是只要还没有丧心病狂的人，都能够马上回答的。

八月二十三日。

注释

1. 本篇最初发表于1934年8月25日《中华日报·动向》，署名仲度。

2. 指《中华日报·动向》1934年8月12日所载何连的《狭路相逢》，16、19日所载高而的《一封上海话的信》和《吃官司格人个日记》等三篇文章。

3. 胡绳（1918—2000），哲学家，曾任生活书店编辑、《读书月刊》主编。

4.《海上花列传》，长篇小说，题云间花也怜侬著，是一部叙述上海妓女生活的作品，书中对话用吴方言。花也怜侬是韩邦庆（1856—1894）的笔名。

中秋二愿[1]

前几天真是“悲喜交集”。刚过了国历的九一八，就是“夏历”的“中秋赏月”，还有“海宁观潮”。因为海宁，就又有人来讲“乾隆皇帝是海宁陈阁老的儿子”了。这一个满洲“英明之主”，原来竟是中国人掉的包，好不阔气，而且福气。不折一兵，不费一矢，单靠生殖机关便革了命，真是绝顶便宜。

中国人是尊家族，尚血统的，但一面又喜欢和不相干的人们去攀亲，我真不知道是什么意思。从小以来，什么“乾隆是从我们汉人的陈家悄悄的抱去的”呀，“我们元朝是征服了欧洲的”呀之类，早听的耳朵里起茧了，不料到得现在，纸烟铺子的选举中国政界伟人投票，还是列成吉思汗为其中之一人；开发民智的报章，还在讲满洲的乾隆皇帝是陈阁老的儿子。

古时候，女人的确去和过番[2]；在演剧里，也有男人招为番邦的驸马，占了便宜，做得津津有味。就是近事，自然也还有拜侠客做干爷，给富翁当赘婿，陡了起来的，不过这不能算是体面的事情。男子汉，大丈夫，还当别有所能，别有所志，自恃着智力和另外的体力。要不然，我真怕将来大家又大说一通日本人是徐福的子孙。

一愿：从此不再胡乱和别人去攀亲。

但竟有人给文学也攀起亲来了，他说女人的才力，会因与男性的肉体关系而受影响，并举欧洲的几个女作家，都有文人做情人来作证据。于是又有人来驳他，说这是弗洛伊特[3]说，不可靠。其实这并不是弗洛伊特说，他不至于忘记梭格拉第[4]太太全不懂哲学，托尔斯泰太太不会做文章这些反证的。况且世界文学史上，有多少中国所谓“父子作家”“夫妇作家”那些“肉麻当有趣”的人物在里面？因为文学和梅毒不同，并无霉菌，决不会由性交传给对手的。至于有“诗人”在钓一个女人，先捧之为“女诗人”[5]，那是一种讨好的手段，并非他真传染给她了诗才。

二愿：从此眼光离开脐下三寸。

九月二十五日。

注释

1. 本篇最初发表于1934年9月28日《中华日报·动向》，署名白道。

2. 指和亲。

3. 弗洛伊特即弗洛伊德。

4. 梭格拉第即苏格拉底。

5. 指当时上海大买办虞洽卿的孙女虞岫云。

骂杀与捧杀[1]

现在有些不满于文学批评的，总说近几年的所谓批评，不外乎捧与骂。

其实所谓捧与骂者，不过是将称赞与攻击，换了两个不好看的字眼。指英雄为英雄，说娼妇是娼妇，表面上虽像捧与骂，实则说得刚刚合式，不能责备批评家的。批评家的错处，是在乱骂与乱捧，例如说英雄是娼妇，举娼妇为英雄。

批评的失了威力，由于“乱”，甚而至于“乱”到和事实相反，这底细一被大家看出，那效果有时也就相反了。所以现在被骂杀的少，被捧杀的却多。

人古而事近的，就是袁中郎。这一班明末的作家，在文学史上，是自有他们的价值和地位的。而不幸被一群学者们捧了出来，颂扬，标点，印刷，“色借，日月借，烛借，青黄借，眼色无常。声借，钟鼓借，枯竹窍借……”[2]“借”得他一榻胡涂，正如在中郎脸上，画上花脸，却指给大家看，啧啧赞叹道："看哪，这多么'性灵'呀！"对于中郎的本质，自然是并无关系的，但在未经别人将花脸洗清之前，这"中郎"总不免招人好笑，大触其霉头。

人近而事古的，我记起了泰戈尔。他到中国来了，开坛讲演，人给他摆出一张琴，烧上一炉香，左有林长民[3]，右有徐志摩，各各头戴印度帽。徐诗人开始绍介了："唵！叽哩咕噜，白云清风，银磬……当！"说得他好像活神仙一样，于是我们的地上的青年们失望，离开了。神仙和凡人，怎能不离开呢？但我今年看见他论苏联的文章，自己声明道："我是一个英国治下的印度人。"他自己知道得明明白白。大约他到中国来的时候，决不至于还胡涂，如果我们的诗人诸公不将他制成一个活神仙，青年们对于他是不至于如此隔膜的。现在可是老大的晦气。

以学者或诗人的招牌，来批评或介绍一个作者，开初是很能够蒙混旁人的，但待到旁人看清了这作者的真相的时候，却只剩了他自己的不诚恳，或学识的不够了。然而如果没有旁人来指明真相呢，这作家就从此被捧杀，不知道要多少年后才翻身。

十一月十九日。

注释

1. 本篇最初发表于1934年11月23日《中华日报·动向》，署名阿法。

2. 讽刺当时刘大杰标点、林语堂校阅的《袁中郎全集》断句错误太多。

3. 林长民（1876—1925），早年留学日本，曾任北洋政府司法部总长、福建大学校长等职。

拿来主义[1]

中国一向是所谓“闭关主义”，自己不去，别人也不许来。自从给枪炮打破了大门之后，又碰了一串钉子，到现在，成了什么都是“送去主义”了。别的且不说罢，单是学艺上的东西，近来就先送一批古董到巴黎去展览，但终“不知后事如何”；还有几位“大师”们捧着几张古画和新画，在欧洲各国一路的挂过去，叫作“发扬国光”。听说不远还要送梅兰芳博士到苏联去，以催进“象征主义”，此后是顺便到欧洲传道。我在这里不想讨论梅博士演艺和象征主义的关系，总之，活人替代了古董，我敢说，也可以算得显出一点进步了。

但我们没有人根据了“礼尚往来”的仪节，说道：拿来！

当然，能够只是送出去，也不算坏事情，一者见得丰富，二者见得大度。尼采就自诩过他是太阳，光热无穷，只是给与，不想取得。然而尼采究竟不是太阳，他发了疯。中国也不是，虽然有人说，掘起地下的煤来，就足够全世界几百年之用。但是，几百年之后呢？几百年之后，我们当然是化为魂灵，或上天堂，或落了地狱，但我们的子孙是在的，所以还应该给他们留下一点礼品。要不然，则当佳节大典之际，他们拿不出东西来，只好磕头贺喜，讨一点残羹冷炙做奖赏。

这种奖赏，不要误解为“抛来”的东西，这是“抛给”的，说得冠冕些，可以称之为“送来”，我在这里不想举出实例。

我在这里也并不想对于“送去”再说什么，否则太不“摩登”了。我只想鼓吹我们再吝啬一点，“送去”之外，还得“拿来”，是为“拿来主义”。

但我们被“送来”的东西吓怕了。先有英国的鸦片，德国的废枪炮，后有法国的香粉，美国的电影，日本的印着“完全国货”的各种小东西。于是连清醒的青年们，也对于洋货发生了恐怖。其实，这正是因为那是“送来”的，而不是“拿来”的缘故。

所以我们要运用脑髓，放出眼光，自己来拿！

譬如罢，我们之中的一个穷青年，因为祖上的阴功（姑且让我这么说说罢），得了一所大宅子，且不问他是骗来的，抢来的，或合法继承的，或是做了女婿换来的。那么，怎么办呢？我想，首先是不管三七二十一，“拿来”！但是，如果反对这宅子的旧主人，怕给他的东西染污了，徘徊不敢走进门，是孱头；勃然大怒，放一把火烧光，算是保存自己的清白，则是昏蛋。不过因为原是羡慕这宅子的旧主人的，而这回接受一切，欣欣然的蹩进卧室，大吸剩下的鸦片，那当然更是废物。“拿来主义”者是全不这样的。

他占有，挑选。看见鱼翅，并不就抛在路上以显其“平民化”，只要有养料，也和朋友们像萝卜白菜一样的吃掉，只不用它来宴大宾；看见鸦片，也不当众摔在毛厕里，以见其彻底革命，只送到药房里去，以供治病之用，却不弄“出售存膏，售完即止”的玄虚。只有烟枪和烟灯，虽然形式和印度，波斯，阿剌伯的烟具都不同，确可以算是一种国粹，倘使背着周游世界，一定会有人看，但我想，除了送一点进博物馆之外，其余的是大可以毁掉的了。还有一群姨太太，也大以请她们各自走散为是，要不然，“拿来主义”怕未免有些危机。

总之，我们要拿来。我们要或使用，或存放，或毁灭。那么，主人是新主人，宅子也就会成为新宅子。然而首先要这人沉着，勇猛，有辨别，不自私。没有拿来的，人不能自成为新人，没有拿来的，文艺不能自成为新文艺。

六月四日。

注释

1. 本篇最初发表于1934年6月7日《中华日报·动向》，署名霍冲。

忆刘半农君[1]

这是小峰出给我的一个题目。

这题目并不出得过分。半农[2]去世，我是应该哀悼的，因为他也是我的老朋友。但是，这是十来年前的话了，现在呢，可难说得很。

我已经忘记了怎么和他初次会面，以及他怎么能到了北京。他到北京，恐怕是在《新青年》投稿之后，由蔡孑民先生或陈独秀先生去请来的，到了之后，当然更是《新青年》里的一个战士。他活泼，勇敢，很打了几次大仗。譬如罢，答王敬轩的双镄信[3]，“她”字和“牠”字的创造[4]，就都是的。这两件，现在看起来，自然是琐屑得很，但那是十多年前，单是提倡新式标点，就会有一大群人“若丧考妣”，恨不得“食肉寝皮”的时候，所以的确是“大仗”。现在的二十左右的青年，大约很少有人知道三十年前，单是剪下辫子就会坐牢或杀头的了。然而这曾经是事实。

但半农的活泼，有时颇近于草率，勇敢也有失之无谋的地方。但是，要商量袭击敌人的时候，他还是好伙伴，进行之际，心口并不相应，或者暗暗的给你一刀，他是决不会的。倘若失了算，那是因为没有算好的缘故。

《新青年》每出一期，就开一次编辑会，商定下一期的稿件。其时最惹我注意的是陈独秀和胡适之。假如将韬略比作一间仓库罢，独秀先生的是外面竖一面大旗，大书道："内皆武器，来者小心！"但那门却开着的，里面有几枝枪，几把刀，一目了然，用不着提防。适之先生的是紧紧的关着门，门上粘一条小纸条道："内无武器，请勿疑虑。"这自然可以是真的，但有些人——至少是我这样的人——有时总不免要侧着头想一想。半农却是令人不觉其有"武库"的一个人，所以我佩服陈胡，却亲近半农。

所谓亲近，不过是多谈闲天，一多谈，就露出了缺点。几乎有一年多，他没有消失掉从上海带来的才子必有"红袖添香夜读书"的艳福的思想，好容易才给我们骂掉了。但他好像到处都这么的乱说，使有些"学者"皱眉。有时候，连到《新青年》投稿都被排斥。他很勇于写稿，但试去看旧报去，很有几期是没有他的。那些人们批评他的为人，是：浅。

不错，半农确是浅。但他的浅，却如一条清溪，澄澈见底，纵有多少沉渣和腐草，也不掩其大体的清。倘使装的是烂泥，一时就看不出它的深浅来了；如果是烂泥的深渊呢，那就更不如浅一点的好。

但这些背后的批评，大约是很伤了半农的心的，他的到法国留学，我疑心大半就为此。我最懒于通信，从此我们就疏远起来了。他回来时，我才知道他在外国钞古书，后来也要标点《何典》[5]，我那时还以老朋友自居，在序文上说了几句老实话，事后，才知道半农颇不高兴了，"驷不及舌"，也没有法子。另外还有一回关于《语丝》的彼此心照的不快活。五六年前，曾在上海的宴会上见过一回面，那时候，我们几乎已经无话可谈了。

近几年，半农渐渐的据了要津，我也渐渐的更将他忘却；但从报章上看见他禁称"蜜斯"之类，却很起了反感：我以为这些事情是不必半农来做的。从去年来，又看见他不断的做打油诗，弄烂古文，回想先前的交情，也往往不免长叹。我想，假如见面，而我还以老朋友自居，不给一个"今天天气……哈哈哈"完事，那就也许会弄到冲突的罢。

不过，半农的忠厚，是还使我感动的。我前年曾到北平，后来有人通知我，半农是要来看我的，有谁恐吓了他一下，不敢来了。这使我很惭愧，因为我到北平后，实在未曾有过访问半农的心思。

现在他死去了，我对于他的感情，和他生时也并无变化。我爱十年前的半农，而憎恶他的近几年。这憎恶是朋友的憎恶，因为我希望他常是十年前的半农，他的为战士，即使“浅”罢，却于中国更为有益。我愿以愤火照出他的战绩，免使一群陷沙鬼将他先前的光荣和死尸一同拖入烂泥的深渊。

八月一日。

注释

1. 本篇最初发表于1934年10月上海《青年界》月刊第六卷第三期。

2. 刘半农（1891—1934），名复，字半农，历任北京大学教授、北平大学女子文理学院院长等。曾参加《新青年》的编辑工作，是新文学运动初期的重要作家之一。

3. 1918年初，《新青年》为了推动文学革命运动，曾由编者之一的钱玄同化名王敬轩，把当时社会上反对新文化运动的论调集中起来，写信给《新青年》编辑部，又由刘半农写回信痛加批驳。两信同时发表在当年3月《新青年》第四卷第三号。

4. 刘半农在1920年6月6日所作《她字问题》一文中主张创造"她"字，作为第三人称女性代词，附带提出"应当再取一个'它'字，以代无生物"。稍后，郭沫若提出"牠"字。这里说刘半农创造"牠"字，应为鲁迅误记。

5.《何典》，长篇白话讽刺小说，清代张南庄著。

门外文谈[1]

一 开头

听说今年上海的热，是六十年来所未有的。白天出去混饭，晚上低头回家，屋子里还是热，并且加上蚊子。这时候，只有门外是天堂。因为海边的缘故罢，总有些风，用不着挥扇。虽然彼此有些认识，却不常见面的寓在四近的亭子间或搁楼里的邻人也都坐出来了，他们有的是店员，有的是书局里的校对员，有的是制图工人的好手。大家都已经做得筋疲力尽，叹着苦，但这时总还算有闲的，所以也谈闲天。

闲天的范围也并不小：谈旱灾，谈求雨，谈吊膀子，谈三寸怪人干，谈洋米，谈裸腿，也谈古文，谈白话，谈大众语。因为我写过几篇白话文，所以关于古文之类他们特别要听我的话，我也只好特别说的多。这样的过了两三夜，才给别的话岔开，也总算谈完了。不料过了几天之后，有几个还要我写出来。

他们里面，有的是因为我看过几本古书，所以相信我的，有的是因为我看过一点洋书，有的又因为我看古书也看洋书；但有几位却因此反不相信我，说我是蝙蝠。我说到古文，他就笑道，你不是唐宋八大家，能信么？我谈到大众语，他又笑道：你又不是劳苦大众，讲什么海话呢？

这也是真的。我们讲旱灾的时候，就讲到一位老爷下乡查灾，说有些地方是本可以不成灾的，现在成灾，是因为农民懒，不戽水。但一种报上，却记着一个六十老翁，因儿子戽水乏力而死，灾象如故，无路可走，自杀了。老爷和乡下人，意见是真有这么的不同的。那么，我的夜谈，恐怕也终不过是一个门外闲人的空话罢了。

飓风过后，天气也凉爽了一些，但我终于照着希望我写的几个人的希望，写出来了，比口语简单得多，大致却无异，算是抄给我们一流人看的。当时只凭记忆，乱引古书，说话是耳边风，错点不打紧，写在纸上，却使我很踌躇，但自己又苦于没有原书可对，这只好请读者随时指正了。

一九三四年，八月十六夜，写完并记。

二　字是什么人造的?

字是什么人造的?

我们听惯了一件东西，总是古时候一位圣贤所造的故事，对于文字，也当然要有这质问。但立刻就有忘记了来源的答话：字是仓颉造的。

这是一般的学者的主张，他自然有他的出典。我还见过一幅这位仓颉的画像，是生着四只眼睛的老头陀。可见要造文字，相貌先得出奇，我们这种只有两只眼睛的人，是不但本领不够，连相貌也不配的。

然而做《易经》的人（我不知道是谁），却比较的聪明，他说："上古结绳而治，后世圣人易之以书契。"他不说仓颉，只说"后世圣人"，不说创造，只说掉换，真是谨慎得很；也许他无意中就不相信古代会有一个独自造出许多文字来的人的了，所以就只是这么含含胡胡的来一句。

但是，用书契来代结绳的人，又是什么脚色呢？文学家？不错，从现在的所谓文学家的最要卖弄文字，夺掉笔杆便一无所能的事实看起来，的确首先就要想到他；他也的确应该给自己的吃饭家伙出点力。然而并不是的。有史以前的人们，虽然劳动也唱歌，求爱也唱歌，他却并不起草，或者留稿子，因为他做梦也想不到卖诗稿，编全集，而且那时的社会里，也没有报馆和书铺子，文字毫无用处。据有些学者告诉我们的话来看，这在文字上用了一番工夫的，想来该是史官了。

原始社会里，大约先前只有巫，待到渐次进化，事情繁复了，有些事情，如祭祀，狩猎，战争……之类，渐有记住的必要，巫就只好在他那本职的“降神”之外，一面也想法子来记事，这就是“史”的开头。况且“升中于天”，他在本职上，也得将记载酋长和他的治下的大事的册子，烧给上帝看，因此一样的要做文章——虽然这大约是后起的事。再后来，职掌分得更清楚了，于是就有专门记事的史官。文字就是史官必要的工具，古人说：“仓颉，黄帝史。”第一句未可信，但指出了史和文字的关系，却是很有意思的。至于后来的“文学家”用它来写“阿呀呀，我的爱哟，我要死了！”那些佳句，那不过是享享现成的罢了，“何足道哉”！

三　字是怎么来的？

照《易经》说，书契之前明明是结绳；我们那里的乡下人，碰到明天要做一件紧要事，怕得忘记时，也常常说：“裤带上打一个结！”那么，我们的古圣人，是否也用一条长绳，有一件事就打一个结呢？恐怕是不行的。只有几个结还记得，一多可就糟了。或者那正是伏羲皇上的“八卦”之流，三条绳一组，都不打结是“乾”，中间各打一结是“坤”罢？恐怕也不对。八组尚可，六十四组就难记，何况还会有五百十二组呢。只有在秘鲁还有存留的“打结字”（Quippus）[2]，用一条横绳，挂上许多直绳，拉来拉去的结起来，网不像网，倒似乎还可以表现较多的意思。我们上古的结绳，恐怕也是如此的罢。但它既然被书契掉换，又不是书契的祖宗，我们也不妨暂且不去管它了。

夏禹的“岣嵝碑”[3]是道士们假造的；现在我们能在实物上看见的最古的文字，只有商朝的甲骨和钟鼎文。但这些，都已经很进步了，几乎找不出一个原始形态。只在铜器上，有时还可以看见一点写实的图形，如鹿，如象，而从这图形上，又能发见和文字相关的线索：中国文字的基础是“象形”。

画在西班牙的亚勒泰米拉（Altamira）洞[4]里的野牛，是有名的原始人的遗迹，许多艺术史家说，这正是“为艺术的艺术”，原始人画着玩玩的。但这解释未免过于“摩登”，因为原始人没有十九世纪的文艺家那么有闲，他的画一只牛，是有缘故的，为的是关于野牛，或者是猎取野牛，禁咒野牛的事。现在上海墙壁上的香烟和电影的广告画，尚且常有人张着嘴巴看，在少见多怪的原始社会里，有了这么一个奇迹，那轰动一时，就可想而知了。他们一面看，知道了野牛这东西，原来可以用线条移在别的平面上，同时仿佛也认识了一个“牛”字，一面也佩服这作者的才能，但没有人请他作自传赚钱，所以姓氏也就湮没了。但在社会里，仓颉也不止一个，有的在刀柄上刻一点图，有的在门户上画一些画，心心相印，口口相传，文字就多起来，史官一采集，便可以敷衍记事了。中国文字的由来，恐怕也逃不出这例子的。

自然，后来还该有不断的增补，这是史官自己可以办到的，新字夹在熟字中，又是象形，别人也容易推测到那字的意义。直到现在，中国还在生出新字来。但是，硬做新仓颉，却要失败的，吴的朱育，唐的武则天，都曾经造过古怪字，也都白费力。现在最会造字的是中国化学家，许多原质和化合物的名目，很不容易认得，连音也难以读出来了。老实说，我是一看见就头痛的，觉得远不如就用万国通用的拉丁名来得爽快，如果二十来个字母都认不得，请恕我直说：那么，化学也大抵学不好的。

四　写字就是画画

《周礼》和《说文解字》上都说文字的构成法有六种，这里且不谈罢,只说些和“象形”有关的东西。

象形,“近取诸身,远取诸物”,就是画一只眼睛是“目”,画一个圆圈,放几条毫光是“日”,那自然很明白,便当的。但有时要碰壁,譬如要画刀口,怎么办呢?不画刀背,也显不出刀口来,这时就只好别出心裁,在刀口上加一条短棍,算是指明“这个地方”的意思,造了“刃”。这已经颇有些办事棘手的模样了,何况还有无形可象的事件,于是只得来“象意”,也叫作“会意”。一只手放在树上是“采”,一颗心放在屋子和饭碗之间是“盗”,有吃有住,安盗了。但要写“寧可”的寧,却又得在碗下面放一条线,表明这不过是用了“盗”的声音的意思。“会意”比“象形”更麻烦,它至少要画两样。如“寶”字,则要画一个屋顶,一串玉,一个缶,一个貝,计四样;我看“缶”字还是杵臼两形合成的,那么一共有五样。单单为了画这一个字,就很要破费些工夫。

不过还是走不通,因为有些事物是画不出,有些事物是画不来,譬如松柏,叶样不同,原是可以分出来的,但写字究竟是写字,不能像绘画那样精工,到底还是硬挺不下去。来打开这僵局的是“谐声”,意义和形象离开了关系。这已经是“记音”了,所以有人说,这是中国文字的进步。不错,也可以说是进步,然而那基础也还是画画儿。例如“菜,从草,采声”,画一窠草，一个爪，一株树：三样；“海，从水，每声”，画一条河，一位戴帽（?）的太太，也三样。总之：你如果要写字，就非永远画画不成。

但古人是并不愚蠢的，他们早就将形象改得简单，远离了写实。篆字圆折，还有图画的余痕，从隶书到现在的楷书，和形象就天差地远。不过那基础并未改变，天差地远之后，就成为不象形的象形字，写起来虽然比较的简单，认起来却非常困难了，要凭空一个一个的记住。而且有些字，也至今并不简单，例如“鸞”或“鑿”，去叫孩子写，非练习半年六月，是很难写在半寸见方的格子里面的。

还有一层，是“谐声”字也因为古今字音的变迁，很有些和“声”不大“谐”的了。现在还有谁读“滑”为“骨”，读“海”为“每”呢？

古人传文字给我们，原是一份重大的遗产，应该感谢的。但在成了不象形的象形字，不十分谐声的谐声字的现在，这感谢却只好踌躕一下了。

五　古时候言文一致么？

到这里，我想来猜一下古时候言文是否一致的问题。

对于这问题，现在的学者们虽然并没有分明的结论，但听他口气，好像大概是以为一致的；越古，就越一致。不过我却很有些怀疑，因为文字愈容易写，就愈容易写得和口语一致，但中国却是那么难画的象形字，也许我们的古人，向来就将不关重要的词摘去了的。

《书经》有那么难读，似乎正可作照写口语的证据，但商周人的的确的口语，现在还没有研究出，还要繁也说不定的。至于周秦古书，虽然作者也用一点他本地的方言，而文字大致相类，即使和口语还相近罢，用的也是周秦白话，并非周秦大众语。汉朝更不必说了，虽是肯将《书经》里难懂的字眼，翻成今字的司马迁，也不过在特别情况之下，采用一点俗语，例如陈涉的老朋友看见他为王，惊异道："夥颐，涉之为王沉沉者"，而其中的"涉之为王"四个字，我还疑心太史公加过修剪的。

那么，古书里采录的童谣，谚语，民歌，该是那时的老牌俗语罢。我看也很难说。中国的文学家，是颇有爱改别人文章的脾气的。最明显的例子是汉民间的《淮南王歌》，同一地方的同一首歌，《汉书》和《前汉纪》[5]记的就两样。

一面是——

一尺布，尚可缝；

一斗粟，尚可舂。

兄弟二人，不能相容。

一面却是——

一尺布，暖童童；

一斗粟，饱蓬蓬。

兄弟二人不相容。

比较起来，好像后者是本来面目，但已经删掉了一些也说不定的：只是一个提要。后来宋人的语录，话本，元人的杂剧和传奇里的科白，也都是提要，只是它用字较为平常，删去的文字较少，就令人觉得“明白如话”了。

我的臆测，是以为中国的言文，一向就并不一致的，大原因便是字难写，只好节省些。当时的口语的摘要，是古人的文；古代的口语的摘要，是后人的古文。所以我们的做古文，是在用了已经并不象形的象形字，未必一定谐声的谐声字，在纸上描出今人谁也不说，懂的也不多的，古人的口语的摘要来。你想，这难不难呢？

六　于是文章成为奇货了

文字在人民间萌芽，后来却一定为特权者所收揽。据《易经》的作者所推测，“上古结绳而治”，则连结绳就已是治人者的东西。待到落在巫史的手里的时候，更不必说了，他们都是酋长之下，万民之上的人。社会改变下去，学习文字的人们的范围也扩大起来，但大抵限于特权者。至于平民，那是不识字的，并非缺少学费，只因为限于资格，他不配。而且连书籍也看不见。中国在刻版还未发达的时候，有一部好书，往往是“藏之秘阁，副在三馆”，连做了士子，也还是不知道写着什么的。

因为文字是特权者的东西，所以它就有了尊严性，并且有了神秘性。中国的字，到现在还很尊严，我们在墙壁上，就常常看见挂着写上“敬惜字纸”的篓子；至于符的驱邪治病，那是靠了它的神秘性的。文字既然含着尊严性，那么，知道文字，这人也就连带的尊严起来了。新的尊严者日出不穷，对于旧的尊严者就不利，而且知道文字的人们一多，也会损伤神秘性的。符的威力，就因为这好像是字的东西，除道士以外，谁也不认识的缘故。所以，对于文字，他们一定要把持。

欧洲中世，文章学问，都在道院里；克罗蒂亚（Kroatia）[6]，是到了十九世纪，识字的还只有教士的，人民的口语，退步到对于旧生活刚够用。他们革新的时候，就只好从外国借进许多新语来。

我们中国的文字，对于大众，除了身分，经济这些限制之外，却还要加上一条高门槛：难。单是这条门槛，倘不费他十来年工夫，就不容易跨过。跨过了的，就是士大夫，而这些士大夫，又竭力的要使文字更加难起来，因为这可以使他特别的尊严，超出别的一切平常的士大夫之上。汉朝的杨雄的喜欢奇字，就有这毛病的，刘歆想借他的《方言》稿子，他几乎要跳黄浦。唐朝呢，樊宗师[7]的文章做到别人点不断，李贺的诗做到别人看不懂，也都为了这缘故。还有一种方法是将字写得别人不认识，下焉者，是从《康熙字典》上查出几个古字来，夹进文章里面去；上焉者是钱坫的用篆字来写刘熙的《释名》[8]，最近还有钱玄同先生的照《说文》字样给太炎先生抄《小学答问》。

文字难，文章难，这还都是原来的；这些上面，又加以士大夫故意特制的难，却还想它和大众有缘，怎么办得到。但士大夫们也正愿其如此，如果文字易识，大家都会，文字就不尊严，他也跟着不尊严了。说白话不如文言的人，就从这里出发的；现在论大众语，说大众只要教给“千字课”[9]就够的人，那意思的根柢也还是在这里。

七　不识字的作家

用那么艰难的文字写出来的古语摘要，我们先前也叫“文”，现在新派一点的叫“文学”，这不是从“文学子游子夏”上割下来的，是从日本输入，他们的对于英文Literature的译名。会写写这样的“文”的，现在是写白话也可以了，就叫作“文学家”，或者叫“作家”。

文学的存在条件首先要会写字，那么，不识字的文盲群里，当然不会有文学家的了。然而作家却有的。你们不要太早的笑我，我还有话说。我想，人类是在未有文字之前，就有了创作的，可惜没有人记下，也没有法子记下。我们的祖先的原始人，原是连话也不会说的，为了共同劳作，必需发表意见，才渐渐的练出复杂的声音来，假如那时大家抬木头，都觉得吃力了，却想不到发表，其中有一个叫道“杭育杭育”，那么，这就是创作；大家也要佩服，应用的，这就等于出版；倘若用什么记号留存了下来，这就是文学；他当然就是作家，也是文学家，是“杭育杭育派”。不要笑，这作品确也幼稚得很，但古人不及今人的地方是很多的，这正是其一。就是周朝的什么“关关雎鸠，在河之洲，窈窕淑女，君子好逑”罢，它是《诗经》里的头一篇，所以吓得我们只好磕头佩服，假如先前未曾有过这样的一篇诗，现在的新诗人用这意思做一首白话诗，到无论什么副刊上去投稿试试罢，我看十分之九是要被编辑者塞进字纸篓去的。“漂亮的好小姐呀，是少爷的好一对儿！”什么话呢？

就是《诗经》的《国风》里的东西，好许多也是不识字的无名氏作品，因为比较的优秀，大家口口相传的。王官[10]们检出它可作行政上参考的记录了下来，此外消灭的正不知有多少。希腊人荷马——我们姑且当作有这样一个人——的两大史诗，也原是口吟，现存的是别人的记录。东晋到齐陈的《子夜歌》和《读曲歌》之类，唐朝的《竹枝词》和《柳枝词》之类，原都是无名氏的创作，经文人的采录和润色之后，留传下来的。这一润色，留传固然留传了，但可惜的是一定失去了许多本来面目。到现在，到处还有民谣，山歌，渔歌等，这就是不识字的诗人的作品；也传述着童话和故事，这就是不识字的小说家的作品；他们，就都是不识字的作家。

但是，因为没有记录作品的东西，又很容易消灭，流布的范围也不能很广大，知道的人们也就很少了。偶有一点为文人所见，往往倒吃惊，吸入自己的作品中，作为新的养料。旧文学衰颓时，因为摄取民间文学或外国文学而起一个新的转变，这例子是常见于文学史上的。不识字的作家虽然不及文人的细腻，但他却刚健，清新。

要这样的作品为大家所共有，首先也就是要这作家能写字，同时也还要读者们能识字以至能写字，一句话：将文字交给一切人。

八　怎么交代？

将文字交给大众的事实，从清朝末年就已经有了的。

"莫打鼓，莫打锣，听我唱个太平歌……"是钦颁的教育大众的俗歌；[11]此外，士大夫也办过一些白话报，[12]但那主意，是只要大家听得懂，不必一定写得出。《平民千字课》就带了一点写得出的可能，但也只够记账，写信。倘要写出心里所想的东西，它那限定的字数是不够的。譬如牢监，的确是给了人一块地，不过它有限制，只能在这圈子里行立坐卧，断不能跑出设定了的铁栅外面去。

劳乃宣和王照[13]他两位都有简字，进步得很，可以照音写字了。民国初年，教育部要制字母，他们俩都是会员，劳先生派了一位代表，王先生是亲到的，为了入声存废问题，曾和吴稚晖[14]先生大战，战得吴先生肚子一凹，棉裤也落了下来。但结果总算几经斟酌，制成了一种东西，叫作"注音字母"。那时很有些人，以为可以替代汉字了，但实际上还是不行，因为它究竟不过简单的方块字，恰如日本的“假名”一样，夹上几个，或者注在汉字的旁边还可以，要它拜帅，能力就不够了。写起来会混杂，看起来要眼花。那时的会员们称它为“注音字母”，是深知道它的能力范围的。再看日本，他们有主张减少汉字的，有主张拉丁拼音的，但主张只用“假名”的却没有。

再好一点的是用罗马字拼法，研究得最精的是赵元任先生罢，我不大明白。用世界通用的罗马字拼起来——现在是连土耳其也采用了——一词一串，非常清晰，是好的。但教我似的门外汉来说，好像那拼法还太繁。要精密，当然不得不繁，但繁得很，就又变了“难”，有些妨碍普及了。最好是另有一种简而不陋的东西。

这里我们可以研究一下新的“拉丁化”法，《每日国际文选》里有一小本《中国语书法之拉丁化》[15]，《世界》第二年第六七号合刊附录的一份《言语科学》[16]，就都是绍介这东西的。价钱便宜，有心的人可以买来看。它只有二千八个字母，拼法也容易学。“人”就是Rhen，“房子”就是Fangz，“我吃果子”是Wo ch goz，“他是工人”是Ta sh gungrhen。现在在华侨里实验，见了成绩的，还只是北方话。但我想，中国究竟还是讲北方话——不是北京话——的人们多，将来如果真有一种到处通行的大众语，那主力也恐怕还是北方话罢。为今之计，只要酌量增减一点，使它合于各该地方所特有的音，也就可以用到无论什么穷乡僻壤去了。

那么，只要认识二十八个字母，学一点拼法和写法，除懒虫和低能外，就谁都能够写得出，看得懂了。况且它还有一个好处，是写得快。美国人说，时间就是金钱；但我想：时间就是性命。无端的空耗别人的时间，其实是无异于谋财害命的。不过像我们这样坐着乘风凉，谈闲天的人们，可又是例外。

九　专化呢，普遍化呢？

到了这里，就又碰着了一个大问题：中国的言语，各处很不同，单给一个粗枝大叶的区别，就有北方话，江浙话，两湖川贵话，福建话，广东话这五种，而这五种中，还有小区别。现在用拉丁字来写，写普通话，还是写土话呢？要写普通话，人们不会；倘写土话，别处的人们就看不懂，反而隔阂起来，不及全国通行的汉字了。这是一个大弊病！

我的意思是：在开首的启蒙时期，各地方各写它的土话，用不着顾到和别地方意思不相通。当未用拉丁写法之前，我们的不识字的人们，原没有用汉字互通着声气，所以新添的坏处是一点也没有的，倒有新的益处，至少是在同一语言的区域里，可以彼此交换意见，吸收智识了——那当然，一面也得有人写些有益的书。问题倒在这各处的大众语文，将来究竟要它专化呢，还是普通化？

方言土语里，很有些意味深长的话，我们那里叫"炼话"，用起来是很有意思的，恰如文言的用古典，听者也觉得趣味津津。各就各处的方言，将语法和词汇，更加提炼，使他发达上去的，就是专化。这于文学，是很有益处的，它可以做得比仅用泛泛的话头的文章更加有意思。但专化又有专化的危险。言语学我不知道，看生物，是一到专化，往往要灭亡的。未有人类以前的许多动植物，就因为太专化了，失其可变性，环境一改，无法应付，只好灭亡。——幸而我们人类还不算专化的动物，请你们不要愁。大众，是有文学，要文学的，但决不该为文学做牺牲，要不然，他的荒谬和为了保存汉字，要十分之八的中国人做文盲来殉难的活圣贤就并不两样。所以，我想，启蒙时候用方言，但一面又要渐渐的加入普通的语法和词汇去。先用固有的，是一地方的语文的大众化，加入新的去，是全国的语文的大众化。

几个读书人在书房里商量出来的方案，固然大抵行不通，但一切都听其自然，却也不是好办法。现在在码头上，公共机关中，大学校里，确已有着一种好像普通话模样的东西，大家说话，既非“国语”，又不是京话，各各带着乡音，乡调，却又不是方言，即使说的吃力，听的也吃力，然而总归说得出，听得懂。如果加以整理，帮它发达，也是大众语中的一支，说不定将来还简直是主力。我说要在方言里“加入新的去”，那“新的”的来源就在这地方。待到这一种出于自然，又加人工的话一普遍，我们的大众语文就算大致统一了。

此后当然还要做。年深月久之后，语文更加一致，和“炼话”一样好，比“古典”还要活的东西，也渐渐的形成，文学就更加精采了。马上是办不到的。你们想，国粹家当作宝贝的汉字，不是化了三四千年工夫，这才有这么一堆古怪成绩么？

至于开手要谁来做的问题，那不消说：是觉悟的读书人。有人说：“大众的事情，要大众自己来做！”那当然不错的，不过得看看说的是什么脚色。如果说的是大众，那有一点是对的，对的是要自己来，错的是推开了帮手。倘使说的是读书人呢，那可全不同了：他在用漂亮话把持文字，保护自己的尊荣。

十　不必恐慌

但是，这还不必实做，只要一说，就又使另一些人发生恐慌了。

首先是说提倡大众语文的，乃是“文艺的政治宣传员如宋阳之流”[17]，本意在于造反。给带上一顶有色帽，是极简单的反对法。不过一面也就是说，为了自己的太平，宁可中国有百分之八十的文盲。那么，倘使口头宣传呢，就应该使中国有百分之八十的聋子了。但这不属于“谈文”的范围，这里也无须多说。

专为着文学发愁的，我现在看见有两种。一种是怕大众如果都会读，写，就大家都变成文学家了。这真是怕天掉下来的好人。上次说过，在不识字的大众里，是一向就有作家的。我久不到乡下去了，先前是，农民们还有一点余闲，譬如乘凉，就有人讲故事。不过这讲手，大抵是特定的人，他比较的见识多，说话巧，能够使人听下去，懂明白，并且觉得有趣。这就是作家，抄出他的话来，也就是作品。倘有语言无味，偏爱多嘴的人，大家是不要听的，还要送给他许多冷话——讥刺。我们弄了几千年文言，十来年白话，凡是能写的人，何尝个个是文学家呢？即使都变成文学家，又不是军阀或土匪，于大众也并无害处的，不过彼此互看作品而已。

还有一种是怕文学的低落。大众并无旧文学的修养，比起士大夫文学的细致来，或者会显得所谓“低落”的，但也未染旧文学的痼疾，所以它又刚健，清新。无名氏文学如《子夜歌》

之流，会给旧文学一种新力量，我先前已经说过了；现在也有人绍介了许多民歌和故事。还有戏剧，例如《朝花夕拾》所引《目连救母》里的无常鬼的自传，说是因为同情一个鬼魂，暂放还阳半日，不料被阎罗责罚，从此不再宽纵了——

那怕你铜墙铁壁！

那怕你皇亲国戚！……

何等有人情，又何等知过，何等守法，又何等果决，我们的文学家做得出来么？

这是真的农民和手业工人的作品，由他们闲中扮演。借目连的巡行来贯串许多故事，除《小尼姑下山》外，和刻本的《目连救母记》[18]是完全不同的。其中有一段《武松打虎》，是甲乙两人，一强一弱，扮着戏玩。先是甲扮武松，乙扮老虎，被甲打得要命，乙埋怨他了，甲道："你是老虎，不打，不是给你咬死了？"乙只得要求互换，却又被甲咬得要命，一说怨话，甲便道："你是武松，不咬，不是给你打死了？"我想：比起希腊的伊索，俄国的梭罗古勃[19]的寓言来，这是毫无逊色的。

如果到全国的各处去收集，这一类的作品恐怕还很多。但自然，缺点是有的。是一向受着难文字，难文章的封锁，和现代思潮隔绝。所以, 倘要中国的文化一同向上, 就必须提倡大众语, 大众文, 而且书法更必须拉丁化。

十一　大众并不如读书人所想像的愚蠢

但是, 这一回, 大众语文刚一提出, 就有些猛将趁势出现了, 来路是并不一样的, 可是都向白话, 翻译, 欧化语法, 新字眼进攻。他们都打着"大众"的旗, 说这些东西, 都为大众所不懂, 所以要不得。其中有的是原是文言余孽, 借此先来打击当面的白话和翻译的, 就是祖传的"远交近攻"的老法术; 有的是本是懒惰分子, 未尝用功, 要大众语未成, 白话先倒, 让他在这空场上夸海口的, 其实也还是文言文的好朋友, 我都不想在这里多谈。现在要说的只是那些好意的, 然而错误的人, 因为他们不是看轻了大众, 就是看轻了自己, 仍旧犯着古之读书人的老毛病。

读书人常常看轻别人, 以为较新, 较难的字句, 自己能懂, 大众却不能懂, 所以为大众计, 是必须彻底扫荡的; 说话作文, 越俗, 就越好。这意见发展开来, 他就要不自觉的成为新国粹派。或则希图大众语文在大众中推行得快, 主张什么都要配大众的胃口, 甚至于说要"迎合大众", 故意多骂几句, 以博大众的欢心。这当然自有他的苦心孤诣，但这样下去，可要成为大众的新帮闲的。

说起大众来，界限宽泛得很，其中包括着各式各样的人，但即使“目不识丁”的文盲，由我看来，其实也并不如读书人所推想的那么愚蠢。他们是要智识，要新的智识，要学习，能摄取的。当然，如果满口新语法，新名词，他们是什么也不懂；但逐渐的检必要的灌输进去，他们却会接受；那消化的力量，也许还赛过成见更多的读书人。初生的孩子，都是文盲，但到两岁，就懂许多话，能说许多话了，这在他，全部是新名词，新语法。他那里是从《马氏文通》或《辞源》[20]里查来的呢，也没有教师给他解释，他是听过几回之后，从比较而明白了意义的。大众的会摄取新词汇和语法，也就是这样子，他们会这样的前进。所以，新国粹派的主张，虽然好像为大众设想，实际上倒尽了拖住的任务。不过也不能听大众的自然，因为有些见识，他们究竟还在觉悟的读书人之下，如果不给他们随时拣选，也许会误拿了无益的，甚而至于有害的东西。所以，“迎合大众”的新帮闲，是绝对的要不得的。

由历史所指示，凡有改革，最初，总是觉悟的智识者的任务。但这些智识者，却必须有研究，能思索，有决断，而且有毅力。他也用权，却不是骗人，他利导，却并非迎合。他不看轻自己，以为是大家的戏子，也不看轻别人，当作自己的喽罗。他只是大众中的一个人，我想，这才可以做大众的事业。

十二　煞尾

话已经说得不少了。总之，单是话不行，要紧的是做。要许多人做：大众和先驱；要各式的人做：教育家，文学家，言语学家……。这已经迫于必要了，即使目下还有点逆水行舟，也只好拉纤；顺水固然好得很，然而还是少不得把舵的。

这拉纤或把舵的好方法，虽然也可以口谈，但大抵得益于实验，无论怎么看风看水，目的只是一个：向前。

各人大概都有些自己的意见，现在还是给我听听你们诸位的高论罢。

注释

1. 本篇最初发表于1934年8月24日至9月10日的《申报·自由谈》，署名华圉。

2. 打结字是秘鲁印第安人记事的方式，以绳结记录天气、日期等信息。

3. 岣嵝碑又称禹碑，在湖南衡山岣嵝峰，相传为夏禹治水时所刻，碑文共七十七字，难以辨识。

4. 亚勒泰米拉洞，今译阿尔塔米拉洞，位置在西班牙，洞中有旧石器时代古人类用红黑紫三种颜色画成的壁画，画的是野牛、野鹿、野猪和长毛巨象等动物。

5.《前汉纪》即《汉纪》，东汉荀悦撰，编年体史书，内容多取材自《汉书》，有所增补。

6. 克罗蒂亚即克罗地亚。

7. 樊宗师（约765—824），字绍述，唐代散文家。

8. 钱坫（1744—1806），字献之，清代汉学家，善写小篆。刘熙，生卒年不详，字成国，东汉训诂学家。所著《释名》，是一部解释字义的书。

9. 指1922年中华平民教育促进会编纂的《平民千字课》，由朱经农、陶行知编著，全四册，每册二十四课，读完可识一千二百余字，常用作成年人补习的读本。

10. 指采诗之官。

11. 光绪三十二年（1906）起，清政府为了推行所谓“通俗教育”，用白话将一些政治时事材料编成通俗的故事和歌谣进行宣讲。

12. 清末各地出版过不少白话报，如《无锡白话报》（1897）、《杭州白话报》（1903）、《中国白话报》（1903）、《扬子江白话报》（1904）等。

13. 劳乃宣（1843—1921），字季瑄，号玉初，清末任京师大学堂总监督兼署学部副大臣。所著《简字全谱》以王照的《官话字母》为依据，成书于1907年。王照（1859—1933），字小航，清末维新运动者。所著《官话合声字母》于1900年刊行。

14. 吴稚晖（1865—1953），名敬恒，早年参加同盟会，后任国民党中央监察委员、国民党中央评议委员会委员等。

15.《每日国际文选》，一种“每日提供世界新闻杂志间各种论文之汉译”的刊物，1933年8月1日创刊，孙师毅、明耀五、包可华编选。《中国语书法之拉丁化》，萧爱梅（萧三）作，原刊苏联的世界语刊物《新阶段》，后由焦风（方善境）译出，作为《每日国际文选》的第十二号，于1933年8月12日出版。

16.《世界》，上海世界语者协会编印的世界语月刊，1932年12月至1936年12月出刊。《言语科学》是《世界》的每月增刊，创刊于1933年10月，它的第九、十号合刊（即《世界》1934年6、7月号合刊的增刊）上载有应人（霍应人）所作《中国语书法拉丁化方案之介绍》一文。

17. 宋阳即瞿秋白（1899—1935），中国共产党早期领导人之一。

18.《目连救母记》，明代新安郑之珍作。

19. 梭罗古勃（1863—1927），今译索洛古勃，俄国诗人、小说家，著有长篇小说《老屋》《小鬼》等。周氏兄弟合译的《域外小说集》中收录了他的作品。

20.《马氏文通》，清代马建忠著，1898年出版，是我国最早的一部有体系地研究汉语语法的专著。《辞源》，陆尔奎等编辑，1915年由上海商务印书馆印行，1931年增出“续编”，是一部说明汉语词义及其渊源、演变的工具书。

中国人失掉自信力了吗[1]

从公开的文字上看起来：两年以前，我们总自夸着“地大物博”，是事实；不久就不再自夸了，只希望着国联[2]，也是事实；现在是既不夸自己，也不信国联，改为一味求神拜佛[3]，怀古伤今——却也是事实。

于是有人慨叹曰：中国人失掉自信力了。

如果单据这一点现象而论，自信其实是早就失掉了的。先前信“地”，信“物”，后来信“国联”，都没有相信过“自己”。假使这也算一种“信”，那也只能说中国人曾经有过“他信力”，自从对国联失望之后，便把这他信力都失掉了。

失掉了他信力，就会疑，一个转身，也许能够只相信了自己，倒是一条新生路，但不幸的是逐渐玄虚起来了。信“地”和“物”，还是切实的东西，国联就渺茫，不过这还可以令人不久就省悟到依赖它的不可靠。一到求神拜佛，可就玄虚之至了，有益或是有害，一时就找不出分明的结果来，它可以令人更长久的麻醉着自己。

中国人现在是在发展着“自欺力”。

“自欺”也并非现在的新东西，现在只不过日见其明显，笼罩了一切罢了。然而，在这笼罩之下，我们有并不失掉自信力的中国人在。

我们从古以来，就有埋头苦干的人，有拼命硬干的人，有为民请命的人，有舍身求法的人，……虽是等于为帝王将相作家谱的所谓“正史”，也往往掩不住他们的光耀，这就是中国的脊梁。

这一类的人们，就是现在也何尝少呢？他们有确信，不自欺；他们在前仆后继的战斗，不过一面总在被摧残，被抹杀，消灭于黑暗中，不能为大家所知道罢了。说中国人失掉了自信力，用以指一部分人则可，倘若加于全体，那简直是诬蔑。

要论中国人，必须不被搽在表面的自欺欺人的脂粉所诓骗，却看看他的筋骨和脊梁。自信力的有无，状元宰相的文章是不足为据的，要自己去看地底下。

九月二十五日。

注释

1. 本篇最初发表于1934年10月20日《太白》半月刊第一卷第三期，署名公汗。

2. 国联是国际联盟的简称。国际联盟是第一次世界大战后于1920年成立的国际组织，宣称以“促进国际合作，维持国际和平与安全”为宗旨，实际上是英法等国控制并为其国家利益服务的工具。1946年4月国联正式宣告解散。九一八事变后，蒋介石于9月22日在南京发表讲话，声称“暂取逆来顺受态度，以待国联公理之判决”。

3. 指当时一些国民党官僚和“社会名流”，以祈祷“解救国难”为名，多次在一些大城市举办迷信法会。

病后杂谈[1]

一

生一点病，的确也是一种福气。不过这里有两个必要条件：一要病是小病，并非什么霍乱吐泻，黑死病，或脑膜炎之类；二要至少手头有一点现款，不至于躺一天，就饿一天。这二者缺一，便是俗人，不足与言生病之雅趣的。

我曾经爱管闲事，知道过许多人，这些人物，都怀着一个大愿。大愿，原是每个人都有的，不过有些人却模模胡胡，自己抓不住，说不出。他们中最特别的有两位：一位是愿天下的人都死掉，只剩下他自己和一个好看的姑娘，还有一个卖大饼的；另一位是愿秋天薄暮，吐半口血，两个侍儿扶着，恹恹的到阶前去看秋海棠。这种志向，一看好像离奇，其实却照顾得很周到。第一位姑且不谈他罢，第二位的“吐半口血”，就有很大的道理。才子本来多病，但要“多”，就不能重，假使一吐就是一碗或几升，一个人的血，能有几回好吐呢？过不几天，就雅不下去了。

我一向很少生病，上月却生了一点点。开初是每晚发热，没有力，不想吃东西，一礼拜不肯好，只得看医生。医生说是流行性感冒。好罢，就是流行性感冒。但过了流行性感冒一定退热的时期，我的热却还不退。医生从他那大皮包里取出玻璃管来，要取我的血液，我知道他在疑心我生伤寒病了，自己也有些发愁。然而他第二天对我说，血里没有一粒伤寒菌；于是注意的听肺，平常；听心，上等。这似乎很使他为难。我说，也许是疲劳罢；他也不甚反对，只是沉吟着说，但是疲劳的发热，还应该低一点。……

好几回检查了全体，没有死症，不至于呜呼哀哉是明明白白的，不过是每晚发热，没有力，不想吃东西而已，这真无异于“吐半口血”，大可享生病之福了。因为既不必写遗嘱，又没有大痛苦，然而可以不看正经书，不管柴米账，玩他几天，名称又好听，叫作“养病”。从这一天起，我就自己觉得好像有点儿“雅”了；那一位愿吐半口血的才子，也就是那时躺着无事，忽然记了起来的。

光是胡思乱想也不是事，不如看点不劳精神的书，要不然，也不成其为“养病”。像这样的时候，我赞成中国纸的线装书，这也就是有点儿“雅”起来了的证据。洋装书便于插架，便于保存，现在不但有洋装二十五六史，连《四部备要》也硬领而皮靴了，——原是不为无见的。但看洋装书要年富力强，正襟危坐，有严肃的态度。假使你躺着看，那就好像两只手捧着一块大砖头，不多工夫，就两臂酸麻，只好叹一口气，将它放下。所以，我在叹气之后，就去寻线装书。

一寻，寻到了久不见面的《世说新语》之类一大堆，躺着来看，轻飘飘的毫不费力了，魏晋人的豪放潇洒的风姿，也仿佛在眼前浮动。由此想起阮嗣宗[2]的听到步兵厨善于酿酒，就求为步兵校尉；陶渊明的做了彭泽令，就教官田都种秫，以便做酒，因了太太的抗议，这才种了一点秔。这真是天趣盎然，决非现在的“站在云端里呐喊”[3]者们所能望其项背。但是，“雅”要想到适可而止，再想便不行。例如阮嗣宗可以求做步兵校尉，陶渊明补了彭泽令，他们的地位，就不是一个平常人，要“雅”，也还是要地位。“采菊东篱下，悠然见南山”是渊明的好句，但我们在上海学起来可就难了。没有南山，我们还可以改作“悠然见洋房”或“悠然见烟囱”的，然而要租一所院子里有点竹篱，可以种菊的房子，租钱就每月总得一百两，水电在外；巡捕捐按房租百分之十四，每月十四两。单是这两项，每月就是一百十四两，每两作一元四角算，等于一百五十九元六。近来的文稿又不值钱，每千字最低的只有四五角，因为是学陶渊明的雅人的稿子，现在算他每千字三大元罢，但标点，洋文，空白除外。那么，单单为了采菊，他就得每月译作净五万三千二百字。吃饭呢？要另外想法子生发，否则，他只好“饥来驱我去，不知竟何之”了。

“雅”要地位，也要钱，古今并不两样的，但古代的买雅，自然比现在便宜；办法也并不两样，书要摆在书架上，或者抛几本在地板上，酒杯要摆在桌子上，但算盘却要收在抽屉里，或者最好是在肚子里。

此之谓“空灵”。

二

为了“雅”，本来不想说这些话的。后来一想，这于“雅”并无伤，不过是在证明我自己的“俗”。王夷甫[4]口不言钱，还是一个不干不净人物，雅人打算盘，当然也无损其为雅人。不过他应该有时收起算盘，或者最妙是暂时忘却算盘，那么，那时的一言一笑，就都是灵机天成的一言一笑，如果念念不忘世间的利害，那可就成为“杭育杭育派”了。这关键，只在一者能够忽而放开，一者却是永远执着，因此也就大有了雅俗和高下之分。我想，这和时而"敦伦"[5]者不失为圣贤，连白天也在想女人的就要被称为"登徒子"的道理，大概是一样的。

所以我恐怕只好自己承认"俗"，因为随手翻了一通《世说新语》，看过"娵隅跃清池"的时候，千不该万不该的竟从"养病"想到"养病费"上去了，于是一骨碌爬起来，写信讨版税，催稿费。写完之后，觉得和魏晋人有点隔膜，自己想，假使此刻有阮嗣宗或陶渊明在面前出现，我们也一定谈不来的。于是另换了几本书，大抵是明末清初的野史，时代较近，看起来也许较有趣味。第一本拿在手里的是《蜀碧》[6]。

这是蜀宾[7]从成都带来送我的，还有一部《蜀龟鉴》[8]，都是讲张献忠祸蜀的书，其实是不但四川人，而是凡有中国人都该翻一下的著作，可惜刻的太坏，错字颇不少。翻了一遍，在卷三里看见了这样的一条——

> 又，剥皮者，从头至尻，一缕裂之，张于前，如鸟展翅，率逾日始绝。有即毙者，行刑之人坐死。

也还是为了自己生病的缘故罢，这时就想到了人体解剖。医术和虐刑，是都要生理学和解剖学智识的。中国却怪得很，固有的医书上的人身五脏图，真是草率错误到见不得人，但虐刑的方法，则往往好像古人早懂得了现代的科学。例如罢，谁都知道从周到汉，有一种施于男子的“宫刑”，也叫“腐刑”，次于“大辟”一等。对于女性就叫“幽闭”，向来不大有人提起那方法，但总之，是决非将她关起来，或者将它缝起来。近时好像被我查出一点大概来了，那办法的凶恶，妥当，而又合乎解剖学，真使我不得不吃惊。但妇科的医书呢？几乎都不明白女性下半身的解剖学的构造，他们只将肚子看作一个大口袋，里面装着莫名其妙的东西。

单说剥皮法，中国就有种种。上面所抄的是张献忠式；还有孙可望[9]式，见于屈大均的《安龙逸史》[10]，也是这回在病中翻到的。其时是永历六年，即清顺治九年，永历帝已经躲在安隆（那时改为安龙），秦王孙可望杀了陈邦传父子，御史李如月就弹劾他“擅杀勋将，无人臣礼”，皇帝反打了如月四十板。可是事情还不能完，又给孙党张应科知道了，就去报告了孙可望。

> 可望得应科报，即令应科杀如月，剥皮示众。俄缚如月至朝门，有负石灰一筐，稻草一捆，置于其前。如月问，“如何用此？”其人曰，“是揎你的草！”如月叱曰，“瞎奴！此株株是文章，节节是忠肠也！”既而应科立右角门阶，捧

可望令旨，喝如月跪。如月叱曰，“我是朝廷命官，岂跪贼令！？”乃步至中门，向阙再拜。……应科促令仆地，剖脊，及臀，如月大呼曰：“死得快活，浑身清凉！”又呼可望名，大骂不绝。及断至手足，转前胸，犹微声恨骂；至颈绝而死。随以灰渍之，纫以线，后乃入草，移北城门通衢阁上，悬之。……

张献忠的自然是“流贼”式；孙可望虽然也是流贼出身，但这时已是保明拒清的柱石，封为秦王，后来降了满洲，还是封为义王，所以他所用的其实是官式。明初，永乐皇帝剥那忠于建文帝的景清[11]的皮，也就是用这方法的。大明一朝，以剥皮始，以剥皮终，可谓始终不变；至今在绍兴戏文里和乡下人的嘴上，还偶然可以听到“剥皮揎草”的话，那皇泽之长也就可想而知了。

真也无怪有些慈悲心肠人不愿意看野史，听故事；有些事情，真也不像人世，要令人毛骨悚然，心里受伤，永不全愈的。残酷的事实尽有，最好莫如不闻，这才可以保全性灵，也是“是以君子远庖厨也”的意思。比灭亡略早的晚明名家的潇洒小品在现在的盛行，实在也不能说是无缘无故。不过这一种心地晶莹的雅致，又必须有一种好境遇，李如月仆地“剖脊”，脸孔向下，原是一个看书的好姿势，但如果这时给他看袁中郎的

《广庄》[12]，我想他是一定不要看的。这时他的性灵有些儿不对，不懂得真文艺了。

然而，中国的士大夫是到底有点雅气的，例如李如月说的“株株是文章，节节是忠肠”，就很富于诗趣。临死做诗的，古今来也不知道有多少。直到近代，谭嗣同在临刑之前就做一绝“闭门投辖思张俭”，秋瑾女士也有一句“秋雨秋风愁杀人”，然而还雅得不够格，所以各种诗选里都不载，也不能卖钱。

三

清朝有灭族，有凌迟，却没有剥皮之刑，这是汉人应该惭愧的，但后来脍炙人口的虐政是文字狱。虽说文字狱，其实还含着许多复杂的原因，在这里不能细说；我们现在还直接受到流毒的，是他删改了许多古人的著作的字句，禁了许多明清人的书。

《安龙逸史》大约也是一种禁书，我所得的是吴兴刘氏嘉业堂[13]的新刻本。他刻的前清禁书还不止这一种，屈大均的又有《翁山文外》；还有蔡显的《闲渔闲闲录》[14]，是作者因此“斩立决”，还累及门生的，但我细看了一遍，却又寻不出什么忌讳。对于这种刻书家，我是很感激的，因为他传授给我许多知识——虽然从雅人看来，只是些庸俗不堪的知识。但是到嘉业堂去买书，可真难。我还记得，今年春天的一个下午，好容易在爱文义路找着了，两扇大铁门，叩了几下，门上开了一个小方洞，里面有中国门房，中国巡捕，白俄镖师各一位。巡捕问我来干什么的。我说买书。他说账房出去了，没有人管，明天再来罢。我告诉他我住得远，可能给我等一会呢？他说，不成！同时也堵住了那个小方洞。过了两天，我又去了，改作上午，以为此时账房也许不至于出去。但这回所得回答却更其绝望，巡捕曰："书都没有了！卖完了！不卖了！"

我就没有第三次再去买，因为实在回复的斩钉截铁。现在所有的几种，是托朋友去辗转买来的，好像必须是熟人或走熟的书店，这才买得到。

每种书的末尾，都有嘉业堂主人刘承干先生的跋文，他对于明季的遗老很有同情，对于清初的文祸也颇不满。但奇怪的是他自己的文章却满是前清遗老的口风；书是民国刻的，"儀"字还缺着末笔[15]。我想，试看明朝遗老的著作，反抗清朝的主旨，是在异族的入主中夏的，改换朝代，倒还在其次。所以要顶礼明末的遗民，必须接受他的民族思想，这才可以心心相印。现在以明遗老之仇的满清的遗老自居，却又引明遗老为同调，只着重在"遗老"两个字，而毫不问遗于何族，遗在何时，这真可以说是“为遗老而遗老”，和现在文坛上的“为艺术而艺术”，成为一副绝好的对子了。

倘以为这是因为“食古不化”的缘故，那可也并不然。中国的士大夫，该化的时候，就未必决不化。就如上面说过的《蜀龟鉴》，原是一部笔法都仿《春秋》的书，但写到“圣祖仁皇帝康熙元年春正月”，就有“赞”道：“……明季之乱甚矣！风终《豳》，雅终《召旻》，托乱极思治之隐忧而无其实事，孰若于臣祖亲见之，臣身亲被之乎？是终以元年正月。终者，非徒谓体元表正，蔑以加兹；生逢盛世，荡荡难名，一以寄没世不忘之恩，一以见太平之业所由始耳！”

《春秋》上是没有这种笔法的。满洲的肃王的一箭，不但射死了张献忠，也感化了许多读书人，而且改变了“春秋笔法”了。

四

病中来看这些书，归根结蒂，也还是令人气闷。但又开始知道了有些聪明的士大夫，依然会从血泊里寻出闲适来。例如《蜀碧》，总可以说是够惨的书了，然而序文后面却刻着一位乐斋先生的批语道：“古穆有魏晋间人笔意。”

这真是天大的本领！那死似的镇静，又将我的气闷打破了。

我放下书，合了眼睛，躺着想想学这本领的方法，以为这和“君子远庖厨也”的法子是大两样的，因为这时是君子自己也亲到了庖厨里。瞑想的结果，拟定了两手太极拳。一，是对于世事要“浮光掠影”，随时忘却，不甚了然，仿佛有些关心，却又并不恳切；二，是对于现实要“蔽聪塞明”，麻木冷静，不受感触，先由努力，后成自然。第一种的名称不大好听，第二种却也是却病延年的要诀，连古之儒者也并不讳言的。这都是大道。还有一种轻捷的小道，是：彼此说谎，自欺欺人。

有些事情，换一句话说就不大合式，所以君子憎恶俗人的“道破”。其实，“君子远庖厨也”就是自欺欺人的办法：君子非吃牛肉不可，然而他慈悲，不忍见牛的临死的觳觫，于是走开，等到烧成牛排，然后慢慢的来咀嚼。牛排是决不会“觳觫”的了，也就和慈悲不再有冲突，于是他心安理得，天趣盎然，剔剔牙齿，摸摸肚子，“万物皆备于我矣”了。彼此说谎也决不是伤雅的事情，东坡先生在黄州，有客来，就要客谈鬼，客说没有，东坡道：“姑妄言之！”至今还算是一件韵事。

撒一点小谎，可以解无聊，也可以消闷气；到后来，忘却了真，相信了谎。也就心安理得，天趣盎然了起来。永乐的硬做皇帝，一部分士大夫是颇以为不大好的。尤其是对于他的惨杀建文的忠臣。和景清一同被杀的还有铁铉[16]，景清剥皮，铁铉油炸，他的两个女儿则发付了教坊，叫她们做婊子。这更使士大夫不舒服，但有人说，后来二女献诗于原问官，被永乐所知，赦出，嫁给士人了。

这真是“曲终奏雅”，令人如释重负，觉得天皇毕竟圣明，好人也终于得救。她虽然做过官妓，然而究竟是一位能诗的才女，她父亲又是大忠臣，为夫的士人，当然也不算辱没。但是，必须“浮光掠影”到这里为止，想不得下去。一想，就要想到永乐的上谕，有些是凶残猥亵，将张献忠祭梓潼神[17]的“咱老子姓张，你也姓张，咱老子和你联了宗罢。尚飨！”的名文，和他的比起来，真是高华典雅，配登西洋的上等杂志，那就会觉得永乐皇帝决不像一位爱才怜弱的明君。况且那时的教坊是怎样的处所？罪人的妻女在那里是并非静候嫖客的，据永乐定法，还要她们“转营”，这就是每座兵营里都去几天，目的是在使她们为多数男性所凌辱，生出“小龟子”和“淫贱材儿”来！所以，现在成了问题的“守节”，在那时，其实是只准“良民”专利的特典。在这样的治下，这样的地狱里，做一首诗就能超生的么？

我这回从杭世骏的《订讹类编》[18]（续补卷上）里，这才确切的知道了这佳话的欺骗。他说：

> ……考铁长女诗，乃吴人范昌期《题老妓卷》作也。诗云："教坊落籍洗铅华，一片春心对落花。旧曲听来空有恨，故园归去却无家。云鬟半軃临青镜，雨泪频弹湿绛纱。安得江州司马在，尊前重为赋琵琶。"昌期，字鸣凤；诗见张士瀹《国朝文纂》。同时杜琼用嘉亦有次韵诗，题曰《无题》，则其非铁氏作明矣。次女诗所谓"春来雨露深如海，嫁得刘郎胜阮郎"，其论尤为不伦。宗正睦㮮论革除事，谓建文流落西南诸诗，皆好事伪作，则铁女之诗可知。……

《国朝文纂》[19]我没有见过，铁氏次女的诗，杭世骏也并未寻出根底，但我以为他的话是可信的，——虽然他败坏了口口相传的韵事。况且一则他也是一个认真的考证学者，二则我觉得凡是得到大杀风景的结果的考证，往往比表面说得好听，玩得有趣的东西近真。

首先将范昌期的诗嫁给铁氏长女，聊以自欺欺人的是谁呢？我也不知道。但"浮光掠影"的一看，倒也罢了，一经杭世骏道破，再去看时，就很明白的知道了确是咏老妓之作，那第一句就不像现任官妓的口吻。不过中国的有一些士大夫，总爱无中生有，移花接木的造出故事来，他们不但歌颂升平，还粉饰黑暗。关于铁氏二女的撒谎，尚其小焉者耳，大至胡元杀掠，满清焚屠之际，也还会有人单单捧出什么烈女绝命，难妇题壁的诗词来，这个艳传，那个步韵，比对于华屋丘墟，生民涂炭之惨的大事情还起劲。到底是刻了一本集，连自己们都附进去，而韵事也就完结了。

我在写着这些的时候，病是要算已经好了的了，用不着写遗书。但我想在这里趁便拜托我的相识的朋友，将来我死掉之后，即使在中国还有追悼的可能，也千万不要给我开追悼会或者出什么记念册。因为这不过是活人的讲演或挽联的斗法场，为了造语惊人，对仗工稳起见，有些文豪们是简直不恤于胡说八道的。结果至多也不过印成一本书，即使有谁看了，于我死人，于读者活人，都无益处，就是对于作者，其实也并无益处，挽联做得好，不过是挽联做得好而已。

现在的意见，我以为倘有购买那些纸墨白布的闲钱，还不如选几部明人，清人或今人的野史或笔记来印印，倒是于大家很有益处的。但是要认真，用点工夫，标点不要错。

十二月十一日。

注释

1. 本篇第一节最初发表于1935年2月《文学》月刊第四卷第二号，其他三节发表时被国民党检查官删去。

2. 阮嗣宗即阮籍。

3. “站在云端里呐喊”是引用林语堂的话作为讽刺。

4. 王夷甫（256—311），名衍，字夷甫，西晋时人。

5. 指夫妇性交。

6.《蜀碧》，清代彭遵泗著，记述张献忠在四川时的事迹。

7. 蜀宾是许钦文的笔名。

8.《蜀龟鉴》，清代刘景伯著，杂录明季遗闻。

9. 孙可望（？—1660），张献忠的养子及部将。

10. 屈大均（1630—1696），字翁山，明末清初文学家，曾参加抗清活动。《安龙逸史》，清朝禁毁书籍之一，作者署名沧洲渔隐。

11. 景清（约1362—1402），明代洪武进士，授编修，建文帝时官御史大夫。

12. 袁中郎（1568—1610），名宏道，字中郎，明代文学家。《广庄》是袁中郎仿《庄子》文体谈道家思想的作品。

13. 吴兴刘氏嘉业堂是刘承干的私人藏书楼，在浙江吴兴（今浙江湖州）南浔镇，藏书达六十万卷。刘承干（1881—1963），字贞一，号翰怡，近代藏书家。

14. 蔡显（1697—1767），字笠夫，号闲渔。《闲渔闲闲录》，是一部杂录朝典、时事、诗句的杂记。

15. 缺着末笔是从唐代开始的一种避讳方法，即在书写或镌刻本朝皇帝或尊长的名字时省略最末一笔。刘承干对“儀”字缺末笔，是避清废帝溥仪的讳。

16. 铁铉（1366—1402），字鼎石，明建文帝时任山东参政。燕王朱棣起兵夺位，他在济南屡破燕王兵，升兵部尚书。朱棣登基后被处死。

17. 梓潼神即梓潼帝君，传说姓张名亚子，晋时人。

18. 杭世骏（1696—1772），字大宗，清代考据家，著有《订讹类编》《道古堂诗文集》等。《订讹类编》，是一部考订古籍真伪异同的书。

19.《国朝文纂》是明代诗文的汇编，明代张士论辑。

隐士[1]

隐士，历来算是一个美名，但有时也当作一个笑柄。最显著的，则有刺陈眉公[2]的“翩然一只云中鹤，飞去飞来宰相衙”的诗，至今也还有人提及。我以为这是一种误解。因为一方面，是“自视太高”，于是别方面也就“求之太高”，彼此“忘其所以”，不能“心照”，而又不能“不宣”，从此口舌也多起来了。

非隐士的心目中的隐士，是声闻不彰，息影山林的人物。但这种人物，世间是不会知道的。一到挂上隐士的招牌，则即使他并不“飞去飞来”，也一定难免有些表白，张扬；或是他的帮闲们的开锣喝道——隐士家里也会有帮闲，说起来似乎不近情理，但一到招牌可以换饭的时候，那是立刻就有帮闲的，这叫作“啃招牌边”。这一点，也颇为非隐士的人们所诟病，以为隐士身上而有油可揩，则隐士之阔绰可想了。其实这也是一种“求之太高”的误解，和硬要有名的隐士，老死山林中者相同。凡是有名的隐士，他总是已经有了“悠哉游哉，聊以卒岁”的幸福的。倘不然，朝砍柴，昼耕田，晚浇菜，夜织屦，又那有吸烟品茗，吟诗作文的闲暇？陶渊明先生是我们中国赫赫有名的大隐，一名“田园诗人”，自然，他并不办期刊，也赶不上吃“庚款”[3]，然而他有奴子。汉晋时候的奴子，是不但侍候主人，并且给主人种地，营商的，正是生财器具。所以虽是渊明先生，也还略略有些生财之道在，要不然，他老人家不但没有酒喝，而且没有饭吃，早已在东篱旁边饿死了。

所以我们倘要看看隐君子风，实际上也只能看看这样的隐君子，真的“隐君子”是没法看到的。古今著作，足以汗牛而充栋，但我们可能找出樵夫渔父的著作来？他们的著作是砍柴和打鱼。至于那些文士诗翁，自称什么钓徒樵子的，倒大抵是悠游自得的封翁或公子，何尝捏过钓竿或斧头柄。要在他们身上赏鉴隐逸气，我敢说，这只能怪自己胡涂。

登仕，是啖饭之道，归隐，也是啖饭之道。假使无法啖饭，那就连“隐”也隐不成了。“飞去飞来”，正是因为要“隐”，也就是因为要啖饭；肩出“隐士”的招牌来，挂在“城市山林”里，这就正是所谓“隐”，也就是啖饭之道。帮闲们或开锣，或喝道，那是因为自己还不配“隐”，所以只好揩一点“隐”油，其实也还不外乎啖饭之道。汉唐以来，实际上是入仕并不算鄙，隐居也不算高，而且也不算穷，必须欲“隐”而不得，这才看作士人的末路。唐末有一位诗人左偃[4]，自述他悲惨的境遇道：“谋隐谋官两无成”，是用七个字道破了所谓“隐”的秘密的。

“谋隐”无成，才是沦落，可见“隐”总和享福有些相关，至少是不必十分挣扎谋生，颇有悠闲的余裕。但赞颂悠闲，鼓吹烟茗，却又是挣扎之一种，不过挣扎得隐藏一些。虽“隐”，也仍然要啖饭，所以招牌还是要油漆，要保护的。泰山崩，黄河溢，隐士们目无见，耳无闻，但苟有议及自己们或他的一伙的，则虽千里之外，半句之微，他便耳聪目明，奋袂而起，好像事件之大，远胜于宇宙之灭亡者，也就为了这缘故。其实连和苍蝇也何尝有什么相关。

明白这一点，对于所谓“隐士”也就毫不诧异了，心照不宣，彼此都省事。

一月二十五日。

注释

1. 本篇最初发表于1935年2月20日上海《太白》半月刊第一卷第十一期，署名长庚。

2. 陈眉公（1558—1639），名继儒，字仲醇，号眉公，明代文学家、书画家。

3. 指美英等国退还的庚子赔款。

4. 左偃，生卒年不详，南唐诗人，长居金陵，终生未仕。

在现代中国的孔夫子[1]

新近的上海的报纸，报告着因为日本的汤岛[2]，孔子的圣庙落成了，湖南省主席何键[3]将军就寄赠了一幅向来珍藏的孔子的画像。老实说，中国的一般的人民，关于孔子是怎样的相貌，倒几乎是毫无所知的。自古以来，虽然每一县一定有圣庙，即文庙，但那里面大抵并没有圣像。凡是绘画，或者雕塑应该崇敬的人物时，一般是以大于常人为原则的，但一到最应崇敬的人物，例如孔夫子那样的圣人，却好像连形象也成为亵渎，反不如没有的好。这也不是没有道理的。孔夫子没有留下照相来，自然不能明白真正的相貌，文献中虽然偶有记载，但是胡说白道也说不定。若是从新雕塑的话，则除了任凭雕塑者的空想而外，毫无办法，更加放心不下。于是儒者们也终于只好采取"全部，或全无"的勃兰特[4]式的态度了。

然而倘是画像，却也会间或遇见的。我曾经见过三次：

一次是《孔子家语》里的插画；一次是梁启超氏亡命日本时，作为横滨出版的《清议报》上的卷头画，从日本倒输入中国来的；还有一次是刻在汉朝墓石上的孔子见老子的画像。说起从这些图画上所得的孔夫子的模样的印象来，则这位先生是一位很瘦的老头子，身穿大袖口的长袍子，腰带上插着一把剑，或者腋下挟着一枝杖，然而从来不笑，非常威风凛凛的。假使在他的旁边侍坐，那就一定得把腰骨挺的笔直，经过两三点钟，就骨节酸痛，倘是平常人，大约总不免急于逃走的了。

后来我曾到山东旅行。在为道路的不平所苦的时候，忽然想到了我们的孔夫子。一想起那具有俨然道貌的圣人，先前便是坐着简陋的车子，颠颠簸簸，在这些地方奔忙的事来，颇有滑稽之感。这种感想，自然是不好的，要而言之，颇近于不敬，倘是孔子之徒，恐怕是决不应该发生的。但在那时候，怀着我似的不规矩的心情的青年，可是多得很。

我出世的时候是清朝的末年，孔夫子已经有了“大成至圣文宣王”这一个阔得可怕的头衔，不消说，正是圣道支配了全国的时代。政府对于读书的人们，使读一定的书，即四书和五经；使遵守一定的注释；使写一定的文章，即所谓“八股文”；并且使发一定的议论。然而这些千篇一律的儒者们，倘是四方的大地，那是很知道的，但一到圆形的地球，却什么也不知道，于是和四书上并无记载的法兰西和英吉利打仗而失败了。不知道为了觉得与其拜着孔夫子而死，倒不如保存自己们之为得计呢，还是为了什么，总而言之，这回是拼命尊孔的政府和官僚先就动摇起来，用官帑大翻起洋鬼子的书籍来了。属于科学上的古典之作的，则有侯失勒的《谈天》，雷侠儿的《地学浅释》，代那的《金石识别》[5]，到现在也还作为那时的遗物，间或躺在旧书铺子里。

然而一定有反动。清末之所谓儒者的结晶，也是代表的大学士徐桐[6]氏出现了。他不但连算学也斥为洋鬼子的学问；他虽然承认世界上有法兰西和英吉利这些国度，但西班牙和葡萄牙的存在，是决不相信的，他主张这是法国和英国常常来讨利益，连自己也不好意思了，所以随便胡诌出来的国名。他又是一九〇〇年的有名的义和团的幕后的发动者，也是指挥者。但是义和团完全失败，徐桐氏也自杀了。政府就又以为外国的政治法律和学问技术颇有可取之处了。我的渴望到日本去留学，也就在那时候。达了目的，入学的地方，是嘉纳先生所设立的东京的弘文学院[7]；在这里，三泽力太郎先生教我水是养气和轻气所合成，山内繁雄先生教我贝壳里的什么地方其名为“外套”。这是有一天的事情。学监大久保先生集合起大家来，说：因为你们都是孔子之徒，今天到御茶之水[8]的孔庙里去行礼罢！我大吃了一惊。现在还记得那时心里想，正因为绝望于孔夫子和他的之徒，所以到日本来的，然而又是拜么？一时觉得很奇怪。而且发生这样感觉的，我想决不止我一个人。

但是，孔夫子在本国的不遇，也并不是始于二十世纪的。孟子批评他为“圣之时者也”，倘翻成现代语，除了“摩登圣人”实在也没有别的法。为他自己计，这固然是没有危险的尊号，但也不是十分值得欢迎的头衔。不过在实际上，却也许并不这样子。孔夫子的做定了“摩登圣人”是死了以后的事，活着的时候却是颇吃苦头的。跑来跑去，虽然曾经贵为鲁国的警视总监[9]，而又立刻下野，失业了；并且为权臣所轻蔑，为野人所嘲弄，甚至于为暴民所包围，饿扁了肚子。弟子虽然收了三千名，中用的却只有七十二，然而真可以相信的又只有一个人。有一天，孔夫子愤慨道：“道不行，乘桴浮于海，从我者，其由与？”从这消极的打算上，就可以窥见那消息。然而连这一位由，后来也因为和敌人战斗，被击断了冠缨，但真不愧为由呀，到这时候也还不忘记从夫子听来的教训，说道“君子死，冠不免”，一面系着冠缨，一面被人砍成肉酱了。连唯一可信的弟子也已经失掉，孔子自然是非常悲痛的，据说他一听到这信息，就吩咐去倒掉厨房里的肉酱云。

孔夫子到死了以后，我以为可以说是运气比较的好一点。

因为他不会噜苏了，种种的权势者便用种种的白粉给他来化妆，一直抬到吓人的高度。但比起后来输入的释迦牟尼来，却实在可怜得很。诚然，每一县固然都有圣庙即文庙，可是一副寂寞的冷落的样子，一般的庶民，是决不去参拜的，要去，则是佛寺，或者是神庙。若向老百姓们问孔夫子是什么人，他们自然回答是圣人，然而这不过是权势者的留声机。他们也敬惜字纸，然而这是因为倘不敬惜字纸，会遭雷殛的迷信的缘故；南京的夫子庙固然是热闹的地方，然而这是因为另有各种玩耍和茶店的缘故。虽说孔子作《春秋》而乱臣贼子惧，然而现在的人们，却几乎谁也不知道一个笔伐了的乱臣贼子的名字。说到乱臣贼子，大概以为是曹操，但那并非圣人所教，却是写了小说和剧本的无名作家所教的。

总而言之，孔夫子之在中国，是权势者们捧起来的，是那些权势者或想做权势者们的圣人，和一般的民众并无什么关系。然而对于圣庙，那些权势者也不过一时的热心。因为尊孔的时候已经怀着别样的目的，所以目的一达，这器具就无用，如果不达呢，那可更加无用了。在三四十年以前，凡有企图获得权势的人，就是希望做官的人，都是读"四书"和"五经"，做"八股"，别一些人就将这些书籍和文章，统名之为"敲门砖"。这就是说，文官考试一及第，这些东西也就同时被忘却，恰如敲门时所用的砖头一样，门一开，这砖头也就被抛掉了。孔子这人，其实是自从死了以后，也总是当着“敲门砖”的差使的。

一看最近的例子，就更加明白。从二十世纪的开始以来，孔夫子的运气是很坏的，但到袁世凯时代，却又被从新记得，不但恢复了祭典，还新做了古怪的祭服，使奉祀的人们穿起来。跟着这事而出现的便是帝制。然而那一道门终于没有敲开，袁氏在门外死掉了。余剩的是北洋军阀，当觉得渐近末路时，也用它来敲过另外的幸福之门。盘据着江苏和浙江，在路上随便砍杀百姓的孙传芳将军，一面复兴了投壶之礼；钻进山东，连自己也数不清金钱和兵丁和姨太太的数目了的张宗昌将军，则重刻了《十三经》，而且把圣道看作可以由肉体关系来传染的花柳病一样的东西，拿一个孔子后裔的谁来做了自己的女婿。然而幸福之门，却仍然对谁也没有开。

这三个人，都把孔夫子当作砖头用，但是时代不同了，所以都明明白白的失败了。岂但自己失败而已呢，还带累孔子也更加陷入了悲境。他们都是连字也不大认识的人物，然而偏要大谈什么《十三经》之类，所以使人们觉得滑稽；言行也太不一致了，就更加令人讨厌。既已厌恶和尚，恨及袈裟，而孔夫子之被利用为或一目的的器具，也从新看得格外清楚起来，于是要打倒他的欲望，也就越加旺盛。所以把孔子装饰得十分尊严时，就一定有找他缺点的论文和作品出现。即使是孔夫子，缺点总也有的，在平时谁也不理会，因为圣人也是人，本是可以原谅的。然而如果圣人之徒出来胡说一通，以为圣人是这样，是那样，所以你也非这样不可的话，人们可就禁不住要笑起来了。五六年前，曾经因为公演了《子见南子》[10]这剧本，引起过问题，在那个剧本里，有孔夫子登场，以圣人而论，固然不免略有欠稳重和呆头呆脑的地方，然而作为一个人，倒是可爱的好人物。但是圣裔们非常愤慨，把问题一直闹到官厅里去了。因为公演的地点，恰巧是孔夫子的故乡，在那地方，圣裔们繁殖得非常多，成着使释迦牟尼和苏格拉第[11]都自愧弗如的特权阶级。然而，那也许又正是使那里的非圣裔的青年们，不禁特地要演《子见南子》的原因罢。

中国的一般的民众，尤其是所谓愚民，虽称孔子为圣人，却不觉得他是圣人；对于他，是恭谨的，却不亲密。但我想，能像中国的愚民那样，懂得孔夫子的，恐怕世界上是再也没有的了。不错，孔夫子曾经计划过出色的治国的方法，但那都是为了治民众者，即权势者设想的方法，为民众本身的，却一点也没有。这就是"礼不下庶人"。成为权势者们的圣人，终于变了"敲门砖"，实在也叫不得冤枉。和民众并无关系，是不能说的，但倘说毫无亲密之处，我以为怕要算是非常客气的说法了。不去亲近那毫不亲密的圣人，正是当然的事，什么时候都可以，试去穿了破衣，赤着脚，走上大成殿去看看罢，恐怕会像误进上海的上等影戏院或者头等电车一样，立刻要受斥逐的。谁都知道这是大人老爷们的物事，虽是“愚民”，却还没有愚到这步田地的。

四月二十九日。

注释

1. 本篇是鲁迅用日文写成的，最初发表于1935年6月号日本《改造》月刊。中译文最初发表于1935年7月在日本东京出版的《杂文》月刊第二号，题为《孔夫子在现代中国》。

2. 汤岛是东京的街名，也是日本最大的孔庙“汤岛圣堂”所在地。

3. 何键（1887—1956），字芸樵，时任国民党湖南省政府主席。

4. 勃兰特是易卜生的诗剧《勃兰特》中的人物，“全部，或全无”是他所信奉的一句格言。

5. 侯失勒（1792—1871），今译赫歇尔，英国天文学家、物理学家。《谈天》即《天文学纲要》，中译本出版于1859年。雷侠儿（1797—1875），今译赖尔，英国地质学家。《地学浅释》即《地质学原理》，中译本出版于1871年。代那（1813—1895），今译达纳，美国地质学家、矿物学家。《金石识别》即《矿物学手册》，中译本出版于1871年。

6. 徐桐（1819—1900），字豫如，号荫轩，光绪间官至大学士。反对维新变法，曾怂恿义和团攻击外国使馆。

7. 弘文学院，一所专门为中国留学生设立的学习日语和基础课的预备学校。

8. 御茶之水是日本东京的地名。

9. 警视总监是日本主管警察工作的最高长官。孔子曾任鲁国的司寇，掌管刑狱，相当于日本的警视总监。

10.《子见南子》是林语堂所作独幕剧，发表于《奔流》第一卷第六期。

11. 苏格拉第即苏格拉底。

六朝小说和唐代传奇文有怎样的区别？[1]
——答文学社问

这试题很难解答。

因为唐代传奇，是至今还有标本可见的，但现在之所谓六朝小说，我们所依据的只是从《新唐书艺文志》[2]以至清《四库书目》[3]的判定，有许多种，在六朝当时，却并不视为小说。例如《汉武故事》，《西京杂记》，《搜神记》，《续齐谐记》[4]等，直至刘昫的《唐书经籍志》[5]，还属于史部起居注和杂传类里的。那时还相信神仙和鬼神，并不以为虚造，所以所记虽有仙凡和幽明之殊，却都是史的一类。

况且从晋到隋的书目，现在一种也不存在了，我们已无从知道那时所视为小说的是什么，有怎样的形式和内容。现存的惟一最早的目录只有《隋书经籍志》[6]，修者自谓"远览马史班书，近观王阮志录"，也许尚存王俭[7]《今书七志》，阮孝绪[8]《七录》的痕迹罢，但所录小说二十五种中，现存的却只有《燕丹子》[9]和刘义庆撰《世说》合刘孝标注[10]两种了。此外，则《郭子》，《笑林》，殷芸《小说》，《水饰》[11]，及当时以为隋代已亡的《青史子》，《语林》[12]等，还能在唐宋类书里遇见一点遗文。

单从上述这些材料来看，武断的说起来，则六朝人小说，是没有记叙神仙或鬼怪的，所写的几乎都是人事；文笔是简洁的；材料是笑柄，谈资；但好像很排斥虚构，例如《世说新语》说裴启《语林》记谢安语不实，谢安一说，这书即大损声价云云，就是。

唐代传奇文可就大两样了：神仙人鬼妖物，都可以随便驱使；文笔是精细，曲折的，至于被崇尚简古者所诟病；所叙的事，也大抵具有首尾和波澜，不止一点断片的谈柄；而且作者往往故意显示着这事迹的虚构，以见他想象的才能了。

但六朝人也并非不能想象和描写，不过他不用于小说，这类文章，那时也不谓之小说。例如阮籍的《大人先生传》，陶潜的《桃花源记》，其实倒和后来的唐代传奇文相近；就是嵇康的《圣贤高士传赞》(今仅有辑本)，葛洪的《神仙传》，也可以看作唐人传奇文的祖师的。李公佐作《南柯太守传》，李肇为之赞[13]，这就是嵇康的《高士传》法；陈鸿《长恨传》置白居易的长歌之前[14]，元稹的《莺莺传》既录《会真诗》，又举李公垂《莺莺歌》之名作结[15]，也令人不能不想到《桃花源记》。

至于他们之所以著作，那是无论六朝或唐人，都是有所为的。《隋书经籍志》抄《汉书艺文志》[16]说，以著录小说，比之“询于刍荛”，就是以为虽然小说，也有所为的明证。不过在实际上，这有所为的范围却缩小了。晋人尚清谈，讲标格，常以寥寥数言，立致通显，所以那时的小说，多是记载畸行隽语的《世说》一类，其实是借口舌取名位的入门书。唐以诗文取士，但也看社会上的名声，所以士子入京应试，也须豫先干谒名公，呈献诗文，冀其称誉，这诗文叫作“行卷”。诗文既滥，人不欲观，有的就用传奇文，来希图一新耳目，获得特效了，于是那时的传奇文，也就和“敲门砖”很有关系。但自然，只被风气所推，无所为而作者，却也并非没有的。

五月三日。

注释

1. 本篇最初印入《文学百题》一书。文学社，即《文学》月刊社。《文学》月刊，傅东华、郑振铎编，1933年7月创刊，1936年7月第七卷起由王统照接编，1937年11月停刊。

2.《新唐书·艺文志》《唐书·艺文志》《汉书·艺文志》《隋书·经籍志》等中间应用间隔号，鲁迅原文如此，注释中出现时保留间隔号。

3. 指《四库全书总目提要》和《四库全书简明目录》，均由纪昀编撰。

4.《汉武故事》相传为汉代班固或南朝齐王俭所著，记述关于汉武帝的传说。《西京杂记》，相传为汉代刘歆或晋代葛洪所著，记述汉武帝时杂事。《搜神记》，相传为晋代干宝著，内容都是神怪故事。《续齐谐记》，南朝梁吴均著，内容也是神怪故事。

5. 刘昫（888—946），字耀远，后晋时官至同中书门下平章事。所监修的《唐书》，通称《旧唐书》。

6.《隋书》，唐代魏徵等撰。其中《经籍志》是继《汉书·艺文志》后又一部古代文献总录。

7. 王俭（452—489），字仲宝，南朝齐目录学家。

8. 阮孝绪（479—536），字士宗，南朝梁目录学家。

9.《燕丹子》记述关于战国燕太子丹的故事，大都辑录自古书中有关燕丹和荆轲的内容。

10. 刘孝标（462—521），名峻，字孝标，南朝梁文学家，曾为《世说新语》作注释。

11.《郭子》，东晋郭澄之著。《笑林》，三国魏邯郸淳著。殷芸（471—529），字灌蔬，南朝梁文学家，著有《小说》。《水饰》，隋杜宝著。

12.《青史子》，周青史子著。《语林》，东晋裴启著。

13. 李公佐（约770—约850），字颛蒙，唐代小说家。《南柯太守传》是他所作的传奇小说，篇末有“前华州参军李肇”的赞四句。李肇，唐文学家，生卒年不详，唐宪宗时任左司郎中，翰林学士。

14. 陈鸿，生卒年不详，字大亮，唐代小说家。《长恨传》是他所作的传奇小说，篇末说：“乐天因为《长恨歌》……歌既成，使鸿传焉。”

15. 元稹（779—831），字微之，唐代诗人。《莺莺传》是他所作传奇小说，其中说：“河南元稹亦续生《会真诗》三十韵。”结末又说：“贞元岁九月，执事李公垂宿于予靖安里第，语及于是。公垂卓然称异，遂为《莺莺歌》以传之。崔氏小名莺莺，公垂以命篇。”李公垂（772—846），名绅，字公垂，唐代诗人。

16.《汉书》，东汉班固等撰，其中《艺文志》一卷，是古代到汉代的书籍的目录。

论“人言可畏”[1]

“人言可畏”是电影明星阮玲玉自杀之后，发见于她的遗书中的话。这哄动一时的事件，经过了一通空论，已经渐渐冷落了，只要《玲玉香消记》一停演，就如去年的艾霞[2]自杀事件一样，完全烟消火灭。她们的死，不过像在无边的人海里添了几粒盐，虽然使扯淡的嘴巴们觉得有些味道，但不久也还是淡，淡，淡。

这句话，开初是也曾惹起一点小风波的。有评论者，说是使她自杀之咎，可见也在日报记事对于她的诉讼事件的张扬；不久就有一位记者公开的反驳，以为现在的报纸的地位，舆论的威信，可怜极了，那里还有丝毫主宰谁的运命的力量，况且那些记载，大抵采自经官的事实，绝非捏造的谣言，旧报具在，可以复按。所以阮玲玉的死，和新闻记者是毫无关系的。

这都可以算是真实话。然而——也不尽然。

现在的报章之不能像个报章，是真的；评论的不能逞心而谈，失了威力，也是真的，明眼人决不会过分的责备新闻记者。但是，新闻的威力其实是并未全盘坠地的，它对甲无损，对乙却会有伤；对强者它是弱者，但对更弱者它却还是强者，所以有时虽然吞声忍气，有时仍可以耀武扬威。于是阮玲玉之流，就成了发扬余威的好材料了，因为她颇有名，却无力。小市民总爱听人们的丑闻，尤其是有些熟识的人的丑闻。上海的街头巷尾的老虔婆，一知道近邻的阿二嫂家有野男人出入，津津乐道，但如果对她讲甘肃的谁在偷汉，新疆的谁在再嫁，她就不要听了。阮玲玉正在现身银幕，是一个大家认识的人，因此她更是给报章凑热闹的好材料，至少也可以增加一点销场。读者看了这些，有的想："我虽然没有阮玲玉那么漂亮，却比她正经"；有的想："我虽然不及阮玲玉的有本领，却比她出身高"；连自杀了之后，也还可以给人想："我虽然没有阮玲玉的技艺，却比她有勇气，因为我没有自杀"。化几个铜元就发见了自己的优胜，那当然是很上算的。但靠演艺为生的人，一遇到公众发生了上述的前两种的感想，她就够走到末路了。所以我们且不要高谈什么连自己也并不了然的社会组织或意志强弱的滥调，先来设身处地的想一想罢，那么，大概就会知道阮玲玉的以为"人言可畏"，是真的，或人的以为她的自杀，和新闻记事有关，也是真的。

但新闻记者的辩解，以为记载大抵采自经官的事实，却也是真的。上海的有些介乎大报和小报之间的报章，那社会新闻，几乎大半是官司已经吃到公安局或工部局去了的案件。但有一点坏习气，是偏要加上些描写，对于女性，尤喜欢加上些描写；这种案件，是不会有名公巨卿在内的，因此也更不妨加上些描写。案中的男人的年纪和相貌，是大抵写得老实的，一遇到女人，可就要发挥才藻了，不是“徐娘半老，风韵犹存”，就是“豆蔻年华，玲珑可爱”。一个女孩儿跑掉了，自奔或被诱还不可知，才子就断定道，“小姑独宿，不惯无郎”，你怎么知道？一个村妇再醮了两回，原是穷乡僻壤的常事，一到才子的笔下，就又赐以大字的题目道，“奇淫不减武则天”，这程度你又怎么知道？这些轻薄句子，加之村姑，大约是并无什么影响的，她不识字，她的关系人也未必看报。但对于一个智识者，尤其是对于一个出到社会上了的女性，却足够使她受伤，更不必说故意张扬，特别渲染的文字了。然而中国的习惯，这些句子是摇笔即来，不假思索的，这时不但不会想到这也是玩弄着女性，并且也不会想到自己乃是人民的喉舌。但是，无论你怎么描写，在强者是毫不要紧的，只消一封信，就会有正误或道歉接着登出来，不过无拳无勇如阮玲玉，可就正做了吃苦的材料了，她被额外的画上一脸花，没法洗刷。叫她奋斗吗？她没有机关报，怎么奋斗；有冤无头，有怨无主，和谁奋斗呢？我们又可以设身处地的想一想，那么，大概就又知她的以为“人言可畏”，是真的，或人的以为她的自杀，和新闻记事有关，也是真的。

然而，先前已经说过，现在的报章的失了力量，却也是真的，不过我以为还没有到达如记者先生所自谦，竟至一钱不值，毫无责任的时候。因为它对于更弱者如阮玲玉一流人，也还有左右她命运的若干力量的，这也就是说，它还能为恶，自然也还能为善。“有闻必录”或“并无能力”的话，都不是向上的负责的记者所该采用的口头禅，因为在实际上，并不如此，——它是有选择的，有作用的。

至于阮玲玉的自杀，我并不想为她辩护。我是不赞成自杀，自己也不豫备自杀的。但我的不豫备自杀，不是不屑，却因为不能。凡有谁自杀了，现在是总要受一通强毅的评论家的呵斥，阮玲玉当然也不在例外。然而我想，自杀其实是不很容易，决没有我们不豫备自杀的人们所渺视的那么轻而易举的。倘有谁以为容易么，那么，你倒试试看！

自然，能试的勇者恐怕也多得很，不过他不屑，因为他有对于社会的伟大的任务。那不消说，更加是好极了，但我希望大家都有一本笔记簿，写下所尽的伟大的任务来，到得有了曾孙的时候，拿出来算一算，看看怎么样。

五月五日。

注释

1. 本篇最初发表于1935年5月20日《太白》半月刊第二卷第五期,署名赵令仪。

2. 艾霞(1912—1934),电影演员,1934年2月12日吞鸦片自杀。

“题未定”草（六至九）[1]

六

记得T君曾经对我谈起过：我的《集外集》出版之后，施蛰存先生曾在什么刊物上有过批评，以为这本书不值得付印，最好是选一下。我至今没有看到那刊物；但从施先生的推崇《文选》和手定《晚明二十家小品》的功业，以及自标“言行一致”的美德推测起来，这也正像他的话。好在我现在并不要研究他的言行，用不着多管这些事。

《集外集》的不值得付印，无论谁说，都是对的。其实岂只这一本书，将来重开四库馆时，恐怕我的一切译作，全在排除之列；虽是现在，天津图书馆的目录上，在《呐喊》和《彷徨》之下，就注着一个“销”字，“销”者，销毁之谓也；梁实秋教授充当什么图书馆主任时，听说也曾将我的许多译作驱逐出境。但从一般的情形而论，目前的出版界，却实在并不十分谨严，所以印了我的一本《集外集》，似乎也算不得怎么特别糟蹋了纸墨。至于选本，我倒以为是弊多利少的，记得前年就写过一篇《选本》，说明着自己的意见，后来就收在《集外集》中。

自然，如果随便玩玩，那是什么选本都可以的，《文选》好，《古文观止》也可以。不过倘要研究文学或某一作家，所谓"知人论世"，那么，足以应用的选本就很难得。选本所显示的，往往并非作者的特色，倒是选者的眼光。眼光愈锐利，见识愈深广，选本固然愈准确，但可惜的是大抵眼光如豆，抹杀了作者真相的居多，这才是一个"文人浩劫"。例如蔡邕[2]，选家大抵只取他的碑文，使读者仅觉得他是典重文章的作手，必须看见《蔡中郎集》里的《述行赋》（也见于《续古文苑》），那些"穷工巧于台榭兮，民露处而寝湿，委嘉谷于禽兽兮，下糠秕而无粒"（手头无书，也许记错，容后订正）的句子，才明白他并非单单的老学究，也是一个有血性的人，明白那时的情形，明白他确有取死之道。又如被选家录取了《归去来辞》和《桃花源记》，被论客赞赏着"采菊东篱下，悠然见南山"的陶潜先生，在后人的心目中，实在飘逸得太久了，但在全集里，他却有时很摩登，"愿在丝而为履，附素足以周旋，悲行止之有节，空委弃于床前"，竟想摇身一变，化为"阿呀呀，我的爱人呀"的鞋子，虽然后来自说因为“止于礼义”，未能进攻到底，但那些胡思乱想的自白，究竟是大胆的。就是诗，除论客所佩服的“悠然见南山”之外，也还有“精卫衔微木，将以填沧海，形天舞干戚，猛志固常在”之类的“金刚怒目”式，在证明着他并非整天整夜的飘飘然。这“猛志固常在”和“悠然见南山”的是一个人，倘有取舍，即非全人，再加抑扬，更离真实。譬如勇士，也战斗，也休息，也饮食，自然也性交，如果只取他末一点，画起像来，挂在妓院里，尊为性交大师，那当然也不能说是毫无根据的，然而，岂不冤哉！我每见近人的称引陶渊明，往往不禁为古人惋惜。

这也是关于取用文学遗产的问题，潦倒而至于昏瞶的人，凡是好的，他总归得不到。前几天，看见《时事新报》的《青光》[3]上，引过林语堂先生的话，原文抛掉了，大意是说：老庄是上流，泼妇骂街之类是下流，他都要看，只有中流，剽上窃下，最无足观。如果我所记忆的并不错，那么，这真不但宣告了宋人语录，明人小品，下至《论语》，《人间世》，《宇宙风》[4]这些“中流”作品的死刑，也透彻的表白了其人的毫无自信。不过这还是空腹高心之谈，因为虽是“中流”，也并不一概，即使同是剽窃，有取了好处的，有取了无用之处的，有取了坏处的，到得“中流”的下流，他就连剽窃也不会，“老庄”不必说了，虽是明清的文章，又何尝真的看得懂。

标点古文，不但使应试的学生为难，也往往害得有名的学者出丑，乱点词曲，拆散骈文的美谈，已经成为陈迹，也不必回顾了；今年出了许多廉价的所谓珍本书，都有名家标点，关心世道者惄然忧之，以为足煽复古之焰。我却没有这么悲观，化国币一元数角，买了几本，既读古之中流的文章，又看今之中流的标点；今之中流，未必能懂古之中流的文章的结论，就从这里得来的。

例如罢，——这种举例，是很危险的，从古到今，文人的送命，往往并非他的什么“意德沃罗基”[5]的悖谬，倒是为了个人的私仇居多。然而这里仍得举，因为写到这里，必须有例，所谓“箭在弦上，不得不发”者是也。但经再三忖度，决定“姑隐其名”，或者得免于难欤，这是我在利用中国人只顾空面子的缺点。

例如罢，我买的“珍本”之中，有一本是张岱的《琅嬛文集》[6]，“特印本实价四角”；据“乙亥十月，卢前冀野父”跋，是“化峭僻之途为康庄”的，但照标点看下去，却并不十分“康庄”。标点，对于五言或七言诗最容易，不必文学家，只要数学家就行，乐府就不大“康庄”了，所以卷三的《景清刺》[7]里，有了难懂的句子：

……佩铅刀。藏膝髁。太史奏。机谋破。不称王向前。坐对御衣含血唾。……

琅琅可诵，韵也押的，不过“不称王向前”这一句总有些费解。看看原序，有云：“清知事不成。跃而询上。大怒曰。毋谓我王。即王敢尔耶。清曰。今日之号。尚称王哉。命抉其齿。立且询。则含血前。淴御衣。上益怒。剥其肤。……”（标点悉遵原本）那么，诗该是“不称王，向前坐”了，“不称王”者，“尚称王哉”也；“向前坐”者，“则含血前”也。而序文的“跃而询上。大怒曰”，恐怕也该是“跃而询。上大怒曰”才合式，据作文之初阶，观下文之“上益怒”，可知也矣。

纵使明人小品如何“本色”，如何“性灵”，拿它乱玩究竟还是不行的，自误事小，误人可似乎不大好。例如卷六的《琴操》《脊令操》[8]序里，有这样的句子：

秦府僚属。劝秦王世民。行周公之事。伏兵玄武门。射杀建成元吉魏征。伤亡作。

文章也很通，不过一翻《唐书》，就不免觉得魏征实在射杀得冤枉，他其实是秦王世民做了皇帝十七年之后，这才病死的。所以我们没有法，这里只好点作"射杀建成元吉，魏征伤亡作"。明明是张岱作的《琴操》，怎么会是魏征作呢，索性也将他射杀干净，固然不能说没有道理，不过"中流"文人，是常有拟作的，例如韩愈先生，就替周文王说过"臣罪当诛兮天王圣明"，所以在这里，也还是以"魏征伤亡作"为稳当。

我在这里也犯了"文人相轻"罪，其罪状曰"吹毛求疵"。但我想"将功折罪"的，是证明了有些名人，连文章也看不懂，点不断，如果选起文章来，说这篇好，那篇坏，实在不免令人有些毛骨悚然，所以认真读书的人，一不可倚仗选本，二不可凭信标点。

七

还有一样最能引读者入于迷途的，是"摘句"。它往往是衣裳上撕下来的一块绣花，经摘取者一吹嘘或附会，说是怎样超然物外，与尘浊无干，读者没有见过全体，便也被他弄得迷离惝恍。最显著的便是上文说过的"悠然见南山"的例子，忘记了陶潜的《述酒》和《读山海经》等诗，捏成他单是一个飘飘然，就是这摘句作怪。新近在《中学生》[9]的十二月号上，看见了朱光潜先生的《说"曲终人不见，江上数峰青"》的文章，推这两句为诗美的极致，我觉得也未免有以割裂为美的小疵。他说的好处是：

我爱这两句诗，多少是因为它对于我启示了一种哲学的意蕴。“曲终人不见”所表现的是消逝，“江上数峰青”所表现的是永恒。可爱的乐声和奏乐者虽然消逝了，而青山却巍然如旧，永远可以让我们把心情寄托在它上面。人到底是怕凄凉的，要求伴侣的。曲终了，人去了，我们一霎时以前所游目骋怀的世界猛然间好像从脚底倒塌去了。这是人生最难堪的一件事，但是一转眼间我们看到江上青峰，好像又找到另一个可亲的伴侣，另一个可托足的世界，而且它永远是在那里的。“山穷水尽疑无路，柳暗花明又一村”，此种风味似之。不仅如此，人和曲果真消逝了么；这一曲缠绵悱恻的音乐没有惊动山灵？它没有传出江上青峰的妩媚和严肃？它没有深深地印在这妩媚和严肃里面？反正青山和湘灵的瑟声已发生这么一回的因缘，青山永在，瑟声和鼓瑟的人也就永在了。

这确已说明了他的所以激赏的原因。但也没有尽。读者是种种不同的，有的爱读《江赋》和《海赋》，有的欣赏《小园》或《枯树》[10]。后者是徘徊于有无生灭之间的文人，对于人生，既惮扰攘，又怕离去，懒于求生，又不乐死，实有太板，寂绝又太空，疲倦得要休息，而休息又太凄凉，所以又必须有一种抚慰。于是“曲终人不见”之外，如“只在此山中，云深不知处”或“笙歌归院落，灯火下楼台”之类，就往往为人所称道。因为眼前不见，而远处却在，如果不在，便悲哀了，这就是道士之所以说“至心归命礼，玉皇大天尊！”也。

抚慰劳人的圣药，在诗，用朱先生的话来说，是“静穆”：

> 艺术的最高境界都不在热烈。就诗人之所以为人而论，他所感到的欢喜和愁苦也许比常人所感到的更加热烈。就诗人之所以为诗人而论，热烈的欢喜或热烈的愁苦经过诗表现出来以后，都好比黄酒经过长久年代的储藏，失去它的辣性，只剩一味醇朴。我在别的文章里曾经说过这一段话：“懂得这个道理，我们可以明白古希腊人何以把和平静穆看作诗的极境，把诗神亚波罗摆在蔚蓝的山巅，俯瞰众生扰攘，而眉宇间却常如作甜蜜梦，不露一丝被扰动的神色？”这里所谓“静穆”（Serenity）自然只是一种最高理想，不是在一般诗里所能找得到的。古希腊——尤

其是古希腊的造形艺术——常使我们觉到这种“静穆”的风味。“静穆”是一种豁然大悟，得到归依的心情。它好比低眉默想的观音大士，超一切忧喜，同时你也可说它泯化一切忧喜。这种境界在中国诗里不多见。屈原阮籍李白杜甫都不免有些像金刚怒目，愤愤不平的样子。陶潜浑身是“静穆”，所以他伟大。

古希腊人，也许把和平静穆看作诗的极境的罢，这一点我毫无知识。但以现存的希腊诗歌而论，荷马的史诗，是雄大而活泼的，沙孚[11]的恋歌，是明白而热烈的，都不静穆。我想，立“静穆”为诗的极境，而此境不见于诗，也许和立蛋形为人体的最高形式，而此形终不见于人一样。至于亚波罗[12]之在山巅，那可因为他是“神”的缘故，无论古今，凡神像，总是放在较高之处的。这像，我曾见过照相，睁着眼睛，神清气爽，并不像“常如作甜蜜梦”。不过看见实物，是否“使我们觉到这种‘静穆’的风味”，在我可就很难断定了，但是，倘使真的觉得，我以为也许有些因为他“古”的缘故。

我也是常常徘徊于雅俗之间的人，此刻的话，很近于大煞风景，但有时却自以为颇“雅”的：间或喜欢看看古董。记得十多年前，在北京认识了一个土财主，不知怎么一来，他也忽然“雅”起来了，买了一个鼎，据说是周鼎，真是土花斑驳，古色古香。而不料过不几天，他竟叫铜匠把它的土花和铜绿擦得一干二净，这才摆在客厅里，闪闪的发着铜光。这样的擦得精光的古铜器，我一生中还没有见过第二个。一切“雅士”，听到的无不大笑，我在当时，也不禁由吃惊而失笑了，但接着就变成肃然，好像得了一种启示。这启示并非“哲学的意蕴”，是觉得这才看见了近于真相的周鼎。鼎在周朝，恰如碗之在现代，我们的碗，无整年不洗之理，所以鼎在当时，一定是干干净净，金光灿烂的，换了术语来说，就是它并不“静穆”，倒有些“热烈”。这一种俗气至今未脱，变化了我衡量古美术的眼光，例如希腊雕刻罢，我总以为它现在之见得“只剩一味醇朴”者，原因之一，是在曾埋土中，或久经风雨，失去了锋棱和光泽的缘故，雕造的当时，一定是崭新，雪白，而且发闪的，所以我们现在所见的希腊之美，其实并不准是当时希腊人之所谓美，我们应该悬想它是一件新东西。

凡论文艺，虚悬了一个“极境”，是要陷入“绝境”的，在艺术，会迷惘于土花，在文学，则被拘迫而“摘句”。但“摘句”又大足以困人，所以朱先生就只能取钱起[13]的两句，而踢开他的全篇，又用这两句来概括作者的全人，又用这两句来打杀了屈原，阮籍，李白，杜甫等辈，以为“都不免有些像金刚怒目，愤愤不平的样子”。其实是他们四位，都因为垫高朱先生的美学说，做了冤屈的牺牲的。

我们现在先来看一看钱起的全篇罢：

《省试湘灵鼓瑟》

善鼓云和瑟，常闻帝子灵。
冯夷空自舞，楚客不堪听。
苦调凄金石，清音入杳冥。
苍梧来怨慕，白芷动芳馨。
流水传湘浦，悲风过洞庭。
曲终人不见，江上数峰青。

要证成“醇朴”或“静穆”，这全篇实在是不宜称引的，因为中间的四联，颇近于所谓“衰飒”。但没有上文，末两句便显得含胡，不过这含胡，却也许又是称引者之所谓超妙。现在一看题目，便明白“曲终”者结“鼓瑟”，“人不见”者点“灵”字，“江上数峰青”者做“湘”字，全篇虽不失为唐人的好试帖，但末两句也并不怎么神奇了。况且题上明说是“省试”，当然不会有“愤愤不平的样子”，假使屈原不和椒兰吵架，却上京求取功名，我想，他大约也不至于在考卷上大发牢骚的，他首先要防落第。

我们于是应该再来看看这《湘灵鼓瑟》的作者的另外的诗了。但我手头也没有他的诗集，只有一部《大历诗略》[14]，也是迂夫子的选本，不过篇数却不少，其中有一首是：

《下第题长安客舍》

不遂青云望，愁看黄鸟飞。
梨花寒食夜，客子未春衣。
世事随时变，交情与我违。
空余主人柳，相见却依依。

一落第，在客栈的墙壁上题起诗来，他就不免有些愤愤了，可见那一首《湘灵鼓瑟》，实在是因为题目，又因为省试，所以只好如此圆转活脱。他和屈原，阮籍，李白，杜甫四位，有时都不免是怒目金刚，但就全体而论，他长不到丈六[15]。

世间有所谓"就事论事"的办法，现在就诗论诗，或者也可以说是无碍的罢。不过我总以为倘要论文，最好是顾及全篇，并且顾及作者的全人，以及他所处的社会状态，这才较为确凿。要不然，是很容易近乎说梦的。但我也并非反对说梦，我只主张听者心里明白所听的是说梦，这和我劝那些认真的读者不要专凭选本和标点本为法宝来研究文学的意思，大致并无不同。自己放出眼光看过较多的作品，就知道历来的伟大的作者，是没有一个“浑身是‘静穆’”的。陶潜正因为并非“浑身是‘静穆’，所以他伟大”。现在之所以往往被尊为“静穆”，是因为他被选文家和摘句家所缩小，凌迟了。

八

现在还在流传的古人文集，汉人的已经没有略存原状的了，魏的嵇康，所存的集子里还有别人的赠答和论难，晋的阮籍，集里也有伏义的来信，大约都是很古的残本，由后人重编的。《谢宣城集》[16]虽然只剩了前半部，但有他的同僚一同赋咏的诗。我以为这样的集子最好，因为一面看作者的文章，一面又可以见他和别人的关系，他的作品，比之同咏者，高下如何，他为什么要说那些话……现在采取这样的编法的，据我所知道，则《独秀文存》[17]，也附有和所存的“文”相关的别人的文字。

那些了不得的作家，谨严入骨，惜墨如金，要把一生的作品，只删存一个或者三四个字，刻之泰山顶上，“传之其人”，那当然听他自己的便，还有鬼蜮似的“作家”，明明有天兵天将保佑，姓名大可公开，他却偏要躲躲闪闪，生怕他的“作品”和自己的原形发生关系，随作随删，删到只剩下一张白纸，到底什么也没有，那当然也听他自己的便。如果多少和社会有些关系的文字，我以为是都应该集印的，其中当然夹杂着许多废料，所谓“榛楛弗剪”，然而这才是深山大泽。现在已经不像古代，要手抄，要木刻，只要用铅字一排就够。虽说排印，糟蹋纸墨自然也还是糟蹋纸墨的，不过只要一想连杨邨人之流的东西也还在排印，那就无论什么都可以闭着眼睛发出去了。中国人常说“有一利必有一弊”，也就是“有一弊必有一利”：揭起小无耻之旗，固然要引出无耻群，但使谦让者泼刺起来，却是一利。

收回了谦让的人，在实际上也并不少，但又是所谓“爱惜自己”的居多。“爱惜自己”当然并不是坏事情，至少，他不至于无耻，然而有些人往往误认“装点”和“遮掩”为“爱惜”。集子里面，有兼收“少作”的，然而偏去修改一下，在孩子的脸上，种上一撮白胡须；也有兼收别人之作的，然而又大加拣选，决不取谩骂诬蔑的文章，以为无价值。其实是这些东西，一样的和本文都有价值的，即使那力量还不够引出无耻群，但倘和有价值的本文有关，这就是它在当时的价值。中国的史家是早已明白了这一点的，所以历史里大抵有循吏传，隐逸传，却也有酷吏传和佞幸传，有忠臣传，也有奸臣传。因为不如此，便无从知道全般。

而且一任鬼蜮的技俩随时消灭，也不能洞晓反鬼蜮者的人和文章。山林隐逸之作不必论，倘使这作者是身在人间，带些战斗性的，那么，他在社会上一定有敌对。只是这些敌对决不肯自承，时时撒娇道："冤乎枉哉，这是他把我当作假想敌了呀！"可是留心一看，他的确在放暗箭，一经指出，这才改为明枪，但又说这是因为被诬为"假想敌"的报复。所用的技俩，也是决不肯任其流传的，不但事后要它消灭，就是临时也在躲闪；而编集子的人又不屑收录。于是到得后来，就只剩了一面的文章了，无可对比，当时的抗战之作，就都好像无的放矢，独个人在向着空中发疯。我尝见人评古人的文章，说谁是"锋棱太露"，谁又是"剑拔弩张"，就因为对面的文章，完全消灭了的缘故，倘在，是也许可以减去评论家几分懵懂的。所以我以为此后该有博采种种所谓无价值的别人的文章，作为附录的集子。以前虽无成例，却是留给后来的宝贝，其功用与铸了魑魅罔两的形状的禹鼎相同。

就是近来的有些期刊，那无聊，无耻与下流，也是世界上不可多得的物事，然而这又确是现代中国的或一群人的"文学"，现在可以知今，将来可以知古，较大的图书馆，都必须保存的。但记得C君曾经告诉我，不但这些，连认真切实的期刊，也保存的很少，大抵只在把外国的杂志，一大本一大本的装起来：还是生着“贵古而贱今，忽近而图远”的老毛病。

九

仍是上文说过的所谓《珍本丛书》之一的张岱《琅嬛文集》，那卷三的书牍类里，有《又与毅儒八弟》的信，开首说：

> 前见吾弟选《明诗存》，有一字不似钟谭[18]者，必弃置不取；今几社诸君子盛称王李[19]，痛骂钟谭，而吾弟选法又与前一变，有一字似钟谭者，必弃置不取。钟谭之诗集，仍此诗集，吾弟手眼，仍此手眼，而乃转若飞蓬，捷如影响，何胸无定识，目无定见，口无定评，乃至斯极耶？盖吾弟喜钟谭时，有钟谭之好处，尽有钟谭之不好处，彼盖玉常带璞，原不该尽视为连城；吾弟恨钟谭时，有钟谭之不好处，仍有钟谭之好处，彼盖瑕不掩瑜，更不可尽弃为瓦砾。吾弟勿以几社君子之言，横据胸中，虚心平气，细细论之，则其妍丑自见，奈何以他人好尚为好尚哉！……

这是分明的画出随风转舵的选家的面目，也指证了选本的难以凭信的。张岱自己，则以为选文造史，须无自己的意见，他在《与李砚翁》的信里说:“弟《石匮》一书,泚笔四十余载,心如止水秦铜,并不自立意见,故下笔描绘,妍媸自见,敢言刻划,亦就物肖形而已。……”然而心究非镜,也不能虚,所以立“虚心平气”为选诗的极境,“并不自立意见”为作史的极境者,也像立“静穆”为诗的极境一样,在事实上不可得。数年前的文坛上所谓“第三种人”杜衡辈,标榜超然,实为群丑,不久即本相毕露,知耻者皆羞称之,无待这里多说了;就令自觉不怀他意,屹然中立如张岱者,其实也还是偏倚的。他在同一信中,论东林云:

……夫东林自顾泾阳讲学以来,以此名目,祸我国家者八九十年,以其党升沉,用占世数兴败,其党盛则为终南之捷径,其党败则为元祐之党碑[20]。……盖东林首事者实多君子,窜入者不无小人,拥戴者皆为小人,招徕者亦有君子,此其间线索甚清,门户甚迥。……东林之中,其庸庸碌碌者不必置论,如贪婪强横之王图,奸险凶暴之李三才,闯贼首辅之项煜,上笺劝进之周钟[21],以致窜入东林,乃欲俱奉之以君子,则吾臂可断,决不敢徇情也。东林之尤可丑者,时敏[22]之降闯贼曰,“吾东林时敏也”,以冀大用。鲁王监国,蕞尔小朝廷,科道任孔当[23]辈犹曰,“非东林不可进

> 用”。则是东林二字，直与蕞尔鲁国及汝偕亡者。手刃此辈，置之汤镬，出薪真不可不猛也。……

这真可谓“词严义正”。所举的群小，也都确实的，尤其是时敏，虽在三百年后，也何尝无此等人，真令人惊心动魄。然而他的严责东林，是因为东林党中也有小人，古今来无纯一不杂的君子群，于是凡有党社，必为自谓中立者所不满，就大体而言，是好人多还是坏人多，他就置之不论了。或者还更加一转云：东林虽多君子，然亦有小人，反东林者虽多小人，然亦有正士，于是好像两面都有好有坏，并无不同，但因东林世称君子，故有小人即可丑，反东林者本为小人，故有正士则可嘉，苛求君子，宽纵小人，自以为明察秋毫，而实则反助小人张目。倘说：东林中虽亦有小人，然多数为君子，反东林者虽亦有正士，而大抵是小人。那么，斤量就大不相同了。

谢国桢[24]先生作《明清之际党社运动考》，钩索文籍，用力甚勤，叙魏忠贤两次虐杀东林党人毕，说道：“那时候，亲戚朋友，全远远的躲避，无耻的士大夫，早投降到魏党的旗帜底下了。说一两句公道话，想替诸君子帮忙的，只有几个书呆子，还有几个老百姓。”

这说的是魏忠贤使缇骑捕周顺昌[25]，被苏州人民击散的事。诚然，老百姓虽然不读诗书，不明史法，不解在瑜中求瑕，屎里觅道，但能从大概上看，明黑白，辨是非，往往有决非清高通达的士大夫所可几及之处的。刚刚接到本日的《大美晚报》[26]，有"北平特约通讯"，记学生游行，被警察水龙喷射，棍击刀砍，一部分则被闭于城外，使受冻馁，"此时燕冀中学师大附中及附近居民纷纷组织慰劳队，送水烧饼馒头等食物，学生略解饥肠……"谁说中国的老百姓是庸愚的呢，被愚弄诓骗压迫到现在，还明白如此。张岱又说："忠臣义士多见于国破家亡之际，如敲石出火，一闪即灭，人主不急起收之，则火种绝矣。"（《越绝诗小序》）他所指的"人主"是明太祖，和现在的情景不相符。

石在，火种是不会绝的。但我要重申九年前的主张：不要再请愿！

十二月十八—十九夜。

注释

1. 本篇第六、七两节最初发表于1936年1月上海《海燕》月刊第一期，第八、九两节最初发表于同年2月《海燕》第二期。

2. 蔡邕（132—192），字伯喈，东汉文学家。《述行赋》系愤慨于当时宦官擅权而作。《续古文苑》，清代孙星衍编。

3.《青光》是上海《时事新报》的副刊。

4. 这三种期刊均由林语堂编辑。

5.“意德沃罗基”是德语Ideologie的音译，意为“意识形态”。

6. 张岱（1597—1689），字宗子，号陶庵，明末文学家。《琅嬛文集》是他的诗文杂集。

7.《景清刺》是一首关于景清谋刺永乐帝的乐府诗。

8. 张岱《琅嬛文集》中有《琴操》十章，《脊令操》是其中之一。《琴操》是古琴曲。

9.《中学生》是以中学生为对象的综合性月刊，由夏丏尊、叶圣陶等编辑，1930年在上海创刊，开明书店出版。

10.《江赋》，晋代郭璞作；《海赋》，晋代木华作；《小园》和《枯树》，北周庾信作。

11. 沙孚（约前610—约前570），今译萨福，古希腊女诗人。

12. 亚波罗即阿波罗。

13. 钱起（约720—约782），字仲文，唐天宝间进士，“大历十才子”之一。

14.《大历诗略》是清代乔亿评选的唐诗选集。

15. 丈六是佛家语，指佛的身量。

16.《谢宣城集》是南朝齐诗人谢朓的诗文集。谢朓（464—499），字玄晖，曾官宣城太守。

17.《独秀文存》是陈独秀的文集。

18. 指明代文学家钟惺（1574—1625）和谭元春（1586—1637）。

19. 几社是明末陈子龙、夏允彝等组织的文学社团。王李，指明代文学家王世贞（1526—1590）和李攀龙（1514—1570）。

20. 宋徽宗时，蔡京奏请将宋哲宗元祐朝反对王安石新法的司马光、苏轼等三百余人镌名立碑于太学端礼门前，指为奸党，该碑被称为元祐党碑。

21. 王图（1557—1627），明万历时任吏部侍郎，后官至礼部尚书。李三才（？—1623），明万历时任凤阳巡抚，官至户部尚书。项煜（？—1645），明崇祯时官至詹事，李自成克北京后归降。周钟，生卒年不详，明崇祯翰林院庶吉士，李自成克北京后归降。

22. 时敏，生卒年不详，明崇祯时官兵科给事中、江西督漕，李自成克北京后归降。

23. 明清官制，都察院所属礼、户、吏、兵、刑、工六科给事中，及十五道监察御史，统称为科道。任孔当在南明鲁王小朝廷任浙江道监察御史。

24. 谢国桢（1901—1982），字刚主，史学家，曾在北京图书馆、南京中央大学任职。

25. 周顺昌（1584—1626），字景文，天启中任吏部文选司员外郎，后被魏忠贤陷害,死于狱中。

26.《大美晚报》是1929年4月美国人撒克里在上海创办的英文报纸,1933年1月另出中文版。

半夏小集[1]

一

A：你们大家来品评一下罢，B竟蛮不讲理的把我的大衫剥去了！

B：因为A还是不穿大衫好看。我剥它掉，是提拔他；要不然，我还不屑剥呢。

A：不过我自己却以为还是穿着好……

C：现在东北四省失掉了，你漫不管，只嚷你自己的大衫，你这利己主义者，你这猪猡！

C太太：他竟毫不知道B先生是合作的好伴侣，这昏蛋！

二

用笔和舌，将沦为异族的奴隶之苦告诉大家，自然是不错的，但要十分小心，不可使大家得着这样的结论：“那么，到底还不如我们似的做自己人的奴隶好。”

三

“联合战线”[2]之说一出，先前投敌的一批“革命作家”，就以“联合”的先觉者自居，渐渐出现了。纳款[3]，通敌的鬼蜮行为，一到现在，就好像都是“前进”的光明事业。

四

这是明亡后的事情。

凡活着的，有些出于心服，多数是被压服的。但活得最舒服横恣的是汉奸；而活得最清高，被人尊敬的，是痛骂汉奸的逸民。后来自己寿终林下，儿子已不妨应试去了，而且各有一个好父亲。至于默默抗战的烈士，却很少能有一个遗孤。

我希望目前的文艺家，并没有古之逸民气。

五

A：B，我们当你是一个可靠的好人，所以几种关于革命的事情，都没有瞒了你。你怎么竟向敌人告密去了？

B：岂有此理！怎么是告密！我说出来，是因为他们问了我呀。

A：你不能推说不知道吗？

B：什么话！我一生没有说过谎，我不是这种靠不住的人！

六

A：阿呀，B先生，三年不见了！你对我一定失望了罢？……

B：没有的事……为什么？

A：我那时对你说过，要到西湖上去做二万行的长诗，直到现在，一个字也没有，哈哈哈！

B：哦，……我可并没有失望。

A：您的“世故”可是进步了，谁都知道您记性好，“责人严”,不会这么随随便便的,您现在也学会了说谎。

B:我可并没有说谎。

A:那么,您真的对我没有失望吗?

B:唔,无所谓失不失望,因为我根本没有相信过你。

七

庄生以为“在上为乌鸢食,在下为蝼蚁食”,死后的身体,大可随便处置,因为横竖结果都一样。

我却没有这么旷达。假使我的血肉该喂动物,我情愿喂狮虎鹰隼,却一点也不给癞皮狗们吃。

养肥了狮虎鹰隼,它们在天空,岩角,大漠,丛莽里是伟美的壮观,捕来放在动物园里,打死制成标本,也令人看了神旺,消去鄙吝的心。

但养胖一群癞皮狗,只会乱钻,乱叫,可多么讨厌!

八

琪罗[4]编辑圣·蒲孚[5]的遗稿,名其一部为《我的毒》(Mes Poisons);我从日译本上,看见了这样的一条:

明言着轻蔑什么人，并不是十足的轻蔑。惟沉默是最高的轻蔑。——我在这里说，也是多余的。

诚然，“无毒不丈夫”，形诸笔墨，却还不过是小毒。最高的轻蔑是无言，而且连眼珠也不转过去。

九

作为缺点较多的人物的模特儿，被写入一部小说里，这人总以为是晦气的。

殊不知这并非大晦气，因为世间实在还有写不进小说里去的人。倘写进去，而又逼真，这小说便被毁坏。

譬如画家，他画蛇，画鳄鱼，画龟，画果子壳，画字纸篓，画垃圾堆，但没有谁画毛毛虫，画癞头疮，画鼻涕，画大便，就是一样的道理。

有人一知道我是写小说的，便回避我，我常想这样的劝止他，但可惜我的毒还不到这程度。

注释

1. 本篇最初发表于1936年10月《作家》月刊第二卷第一期。

2. 指抗日民族统一战线。

3. 指归顺、投降。

4. 琪罗（1868—1953），法国文艺批评家，著有《泰纳评传》等。

5. 圣·蒲孚（1804—1869），今译圣佩韦，法国文艺批评家。

死[1]

当印造凯绥·珂勒惠支（Kaethe Kollwitz）所作版画的选集时，曾请史沫德黎（A. Smedley）[2]女士做一篇序。自以为这请得非常合适，因为她们俩原极熟识的。不久做来了，又逼着茅盾先生译出，现已登在选集上。其中有这样的文字：

> 许多年来，凯绥·珂勒惠支——她从没有一次利用过赠授给她的头衔[3]——作了大量的画稿，速写，铅笔作的和钢笔作的速写，木刻，铜刻。把这些来研究，就表示着有二大主题支配着，她早年的主题是反抗，而晚年的是母爱，母性的保障，救济，以及死。而笼照于她所有的作品之上的，是受难的，悲剧的，以及保护被压迫者深切热情的意识。
>
> 有一次我问她："从前你用反抗的主题，但是现在你

好像很有点抛不开死这观念。这是为什么呢?”用了深有所苦的语调,她回答道,“也许因为我是一天一天老了!”……

我那时看到这里,就想了一想。算起来:她用“死”来做画材的时候,是一九一〇年顷;这时她不过四十三四岁。我今年的这“想了一想”,当然和年纪有关,但回忆十余年前,对于死却还没有感到这么深切。大约我们的生死久已被人们随意处置,认为无足重轻,所以自己也看得随随便便,不像欧洲人那样的认真了。有些外国人说,中国人最怕死。这其实是不确的,——但自然,每不免模模胡胡的死掉则有之。

大家所相信的死后的状态,更助成了对于死的随便。谁都知道,我们中国人是相信有鬼(近时或谓之“灵魂”)的,既有鬼,则死掉之后,虽然已不是人,却还不失为鬼,总还不算是一无所有。不过设想中的做鬼的久暂,却因其人的生前的贫富而不同。穷人们是大抵以为死后就去轮回的,根源出于佛教。佛教所说的轮回,当然手续繁重,并不这么简单,但穷人往往无学,所以不明白。这就是使死罪犯人绑赴法场时,大叫“二十年后又是一条好汉”,面无惧色的原因。况且相传鬼的衣服,是和临终时一样的,穷人无好衣裳,做了鬼也决不怎么体面,实在远不如立刻投胎，化为赤条条的婴儿的上算。我们曾见谁家生了小孩，胎里就穿着叫化子或是游泳家的衣服的么？从来没有。这就好，从新来过。也许有人要问，既然相信轮回，那就说不定来生会堕入更穷苦的景况，或者简直是畜生道，更加可怕了。但我看他们是并不这样想的，他们确信自己并未造出该入畜生道的罪孽，他们从来没有能堕畜生道的地位，权势和金钱。

然而有着地位，权势和金钱的人，却又并不觉得该堕畜生道；他们倒一面化为居士，准备成佛，一面自然也主张读经复古，兼做圣贤。他们像活着时候的超出人理一样，自以为死后也超出了轮回的。至于小有金钱的人，则虽然也不觉得该受轮回，但此外也别无雄才大略，只豫备安心做鬼。所以年纪一到五十上下，就给自己寻葬地，合寿材，又烧纸锭，先在冥中存储，生下子孙，每年可吃羹饭。这实在比做人还享福。假使我现在已经是鬼，在阳间又有好子孙，那么，又何必零星卖稿，或向北新书局[4]去算账呢，只要很闲适的躺在楠木或阴沉木的棺材里，逢年逢节，就自有一桌盛馔和一堆国币摆在眼前了，岂不快哉！

就大体而言，除极富贵者和冥律无关外，大抵穷人利于立即投胎，小康者利于长久做鬼。小康者的甘心做鬼，是因为鬼的生活（这两字大有语病，但我想不出适当的名词来），就是他还未过厌的人的生活的连续。阴间当然也有主宰者，而且极其严厉，公平，但对于他独独颇肯通融，也会收点礼物，恰如人间的好官一样。

有一批人是随随便便，就是临终也恐怕不大想到的，我向来正是这随便党里的一个。三十年前学医的时候，曾经研究过灵魂的有无，结果是不知道；又研究过死亡是否苦痛，结果是不一律，后来也不再深究，忘记了。近十年中，有时也为了朋友的死，写点文章，不过好像并不想到自己。这两年来病特别多，一病也比较的长久，这才往往记起了年龄，自然，一面也为了有些作者们笔下的好意的或是恶意的不断的提示。

从去年起，每当病后休养，躺在藤躺椅上，每不免想到体力恢复后应该动手的事情：做什么文章，翻译或印行什么书籍。想定之后，就结束道：就是这样罢——但要赶快做。这"要赶快做"的想头，是为先前所没有的，就因为在不知不觉中，记得了自己的年龄。却从来没有直接的想到"死"。

直到今年的大病，这才分明的引起关于死的豫想来。原先是仍如每次的生病一样，一任着日本的S医师[5]的诊治的。他虽不是肺病专家，然而年纪大，经验多，从习医的时期说，是我的前辈，又极熟识，肯说话。自然，医师对于病人，纵使怎样熟识，说话是还是有限度的，但是他至少已经给了我两三回警告，不过我仍然不以为意，也没有转告别人。大约实在是日子太久，病象太险了的缘故罢，几个朋友暗自协商定局，请了美国的D医师[6]来诊察了。他是在上海的唯一的欧洲的肺病专家，经过打诊，听诊之后，虽然誉我为最能抵抗疾病的典型的中国人，然而也宣告了我的就要灭亡；并且说，倘是欧洲人，则在五年前已经死掉。这判决使善感的朋友们下泪。我也没有请他开方，因为我想，他的医学从欧洲学来，一定没有学过给死了五年的病人开方的法子。然而D医师的诊断却实在是极准确的，后来我照了一张用X光透视的胸像，所见的景象，竟大抵和他的诊断相同。

我并不怎么介意于他的宣告，但也受了些影响，日夜躺着，无力谈话，无力看书。连报纸也拿不动，又未曾炼到"心如古井"，就只好想，而从此竟有时要想到"死"了。不过所想的也并非"二十年后又是一条好汉"，或者怎样久住在楠木棺材里之类，而是临终之前的琐事。在这时候，我才确信，我是到底相信人死无鬼的。我只想到过写遗嘱，以为我倘曾贵为宫保[7]，富有千万，儿子和女婿及其他一定早已逼我写好遗嘱了，现在却谁也不提起。但是，我也留下一张罢。当时好像很想定了一些，都是写给亲属的，其中有的是：

一，不得因为丧事，收受任何人的一文钱。——但老朋友的，不在此例。

二，赶快收敛，埋掉，拉倒。

三，不要做任何关于纪念的事情。

四，忘记我，管自己生活。——倘不，那就真是胡涂虫。

五，孩子长大，倘无才能，可寻点小事情过活，万不可去做空头文学家或美术家。

六，别人应许给你的事物，不可当真。

七，损着别人的牙眼，却反对报复，主张宽容的人，万勿和他接近。

此外自然还有，现在忘记了。只还记得在发热时，又曾想到欧洲人临死时，往往有一种仪式，是请别人宽恕，自己也宽恕了别人。我的怨敌可谓多矣，倘有新式的人问起我来，怎么回答呢？我想了一想，决定的是：让他们怨恨去，我也一个都不宽恕。

但这仪式并未举行，遗嘱也没有写，不过默默的躺着，有时还发生更切迫的思想：原来这样就算是在死下去，倒也并不苦痛；但是，临终的一刹那，也许并不这样的罢；然而，一世只有一次，无论怎样，总是受得了的……。后来，却有了转机，好起来了。到现在，我想，这些大约并不是真的要死之前的情形，真的要死，是连这些想头也未必有的，但究竟如何，我也不知道。

九月五日。

注释

1. 本篇最初发表于1936年9月20日《中流》半月刊第一卷第二期。

2. 史沫德黎（1890—1950），今译史沫特莱，美国女作家、记者。1928年来中国，1929年底开始与鲁迅往来。

3. 1918年，德国政府曾授予凯绥·珂勒惠支教授称号，普鲁士艺术学院聘请她为院士，并授予她“艺术大师”的荣誉称号，她享有领取终身年金的权利。

4. 北新书局是当时上海的一家书店，李小峰主持，曾出版过鲁迅著译多种。因拖欠版税，鲁迅于1929年8月曾委托律师与之交涉。

5. 指须藤五百三（1876—1959），早年任军医，1911年后在朝鲜任道立医院院长，1917年后在上海开设须藤医院。

6. 指托马斯·邓恩（1886—1948），美籍英国人，早年任美国海军军医，1920年来上海行医。

7. 宫保是太子太保、太子少保的通称。

图书在版编目（CIP）数据

鲁迅杂文选 / 鲁迅著. —南京：译林出版社，2023.10
（鲁迅作品：他和他的觉醒年代）
ISBN 978-7-5447-9819-8

Ⅰ.①鲁… Ⅱ.①鲁… Ⅲ.①鲁迅杂文 - 杂文集 Ⅳ.①I210.4

中国国家版本馆CIP数据核字(2023)第099109号

鲁迅杂文选 鲁 迅 / 著

责任编辑 侯擎昊
装帧设计 好谢翔
校 对 戴小娥
责任印制 闻媛媛

出版发行 译林出版社
地 址 南京市湖南路 1 号 A 楼
邮 箱 yilin@yilin.com
网 址 www.yilin.com
市场热线 025-86633278
排 版 南京展望文化发展有限公司
印 刷 江苏凤凰新华印务集团有限公司
开 本 787 毫米 ×1092 毫米 1/32
印 张 13.5
插 页 2
版 次 2023 年 10 月第 1 版
印 次 2023 年 10 月第 1 次印刷
书 号 ISBN 978-7-5447-9819-8
定 价 42.00 元